法蘭西白粉的祕密

The French Powder Mystery

Ellery Queen 著

顧效齡 譯

M&C推理傑作

艾勒里·昆恩 作品系列9

艾勒里·昆恩作品系列 9

法蘭西白粉的秘密

The French Powder Mystery

作　　者	Ellery Queen　艾勒里·昆恩
譯　　者	顧效齡
封面設計	李東記
出　　版	臉譜出版
發　　行	英屬蓋曼群島商家庭傳媒股份有限公司城邦分公司 台北市民生東路二段 141 號 2 樓 讀者服務專線：0800-020-299 服務時間：週一至週五9：30～12：00；13：30～17：30 24小時傳真服務：(02)25170999 讀者服務信箱 E-mail：cs@cite.com.tw 劃撥帳號：19833503 英屬蓋曼群島商家庭傳媒股份有限公司城邦分公司 城邦網址：http://www.cite.com.tw
香港發行	城邦（香港）出版集團有限公司 香港北角英皇道310號雲華大廈4/F，504室 電話：25086231／傳真：25789337
新馬發行	城邦（新、馬）出版集團 Cite(M) Sdn. Bhd.(458372 U) 11, Jalan 30D/146, Desa Tasik, Sungai Besi, 57000 Kuala Lumpur, Malaysia 電話：603-9056 3833／傳真：603-9056 2833 email：citek1@cite.com.tw
初版一刷	2004 年 10 月 25 日 版權所有，翻印必究（Printed in Taiwan） ISBN　986-7335-00-7 **定價：280元**

（本書如有缺頁、破損、倒裝，請寄回更換）

關於艾勒里・昆恩

推理史上的連體人：

正如他們的一部推理小說：《暹羅連體人的秘密》(*The Siamese Twin Mystery*)，艾勒里・昆恩這個了不起的名字，其實是由兩個不同的人組合而成：其一名喚佛列德瑞克・丹奈(Frederic Dannay)，另一名爲曼佛瑞・李(Manfred Lee)。

這是一對同樣一九〇五年出生於紐約布魯克林的表兄弟，相隔九個月和五個街口，性格卻截然不同。丹奈是沉穩、思考型的學者人物，李則是敏銳而活力四射的騷包傢伙，因此，兩人幾乎無事不可吵。丹奈說：「我們兩個誰都不服輸，總想壓倒對方。」李則說：「我們這樣吵吵鬧鬧已達三十九年之久，就連對推理小說的基本觀念也完全不同。」

怪的是，這對歡喜寃家卻是推理小說史上最成功且最長時間的合作搭檔，他們所創造一系列以推理作家兼業餘神探艾勒里・昆恩爲主的數十部推理小說，寫作時間垂半世紀之久，全球行銷約兩億册，並五次獲得美國推理小說最崇高的艾德格獎(Edgars，以推理小說鼻祖愛倫坡

Edgar Allen Poe命名)。

安東尼・布契(Anthony Boucher)直接了當的指出：「艾勒里・昆恩，即是美國推理小說的同義詞。」

事情是這樣開始的：

這一切開始於一九二八年秋天，地點是曼哈頓一家義大利餐館，這一對年輕的表兄弟，得知*McClure's*雜誌和Frederick A. Stokes出版公司合辦獎金七五〇〇美元的推理小說獎，遂食指大動決定聯手一試。於是，他們以艾勒里・昆恩爲筆名，並以艾勒里・昆恩爲小說中的破案偵探，寫出了第一部長篇《羅馬帽子的秘密》(*The Roman Hat Mystery*)。頒獎之前，*McClure's*的編輯先私下告訴他們可能獲得首獎，這對兄弟想到處女作竟能一舉成名，自然是樂不可支。

要命的是，錢未到手書未出版，且兩人已買了Dunhill名牌煙斗互贈慶祝勝利，並雄心萬丈打算辭職專事寫作之時，主辦的*McClure's*雜誌忽然宣佈破產，而買下*McClure's*的新老闆後來把大獎頒給別人，兩人當場由天堂墮入地獄，所幸原來負責出版的Stokes公司仍願出版此書，惟酬勞縮水爲一人二〇〇美元，在沒魚蝦也好的狀況下，這部開啓半世紀美國推理史的昆恩首部長篇，遂跌跌撞撞出版了，賣了八〇〇〇冊，差強人意。

古典推理的繼承者：

從此，這位既是作家本身又是書中神探的艾勒里・昆恩，便以一年一到二部長篇推理的速度，活躍於一連串謎樣的謀殺案中，迅速取代了古典大師范達因(S. S. Van Dine)及其筆下神探菲洛・凡斯(Philo Vance)，成爲美國推理小說的代表人物。

基本上，昆恩的小說，繼承了從艾倫坡、柯南道爾一脈相沿至二〇年代起能人輩出的古典正統路線。意即，以某個謎樣的犯罪事件（通常是詭譎的謀殺，甚至一連串的謀殺）爲始，衆多的嫌疑及其綫索鋪設成迷宮，而由擔任破案工作的「大偵探」(Great Detective)，通過嚴謹的理性分析，撥開迷霧，理清眞實和假象，找出凶手，完成了社會正義。

正如海克拉夫(Howard Haycraft)所言：「推理小說就是個結局——結局的破案。」古典正統推理小說，大體上是個頗爲純粹的智性遊戲，而整個犯罪樂章的眞正高峰，通常便在於書末的破案解說，昆恩的小說，除了聰明狡詐的佈局和柳暗花明的解說絲毫不讓前人之外，在他早期的秘密系列，甚至正面向讀者下戰書——在破案之前，有所謂的「向讀者挑戰」(Challenge To The Reader)，這是作者一份極具挑釁意味的啓示，告訴讀者，所有破案有關的線索至此俱已齊備，而這些衆聲喧嘩的線索事實上只可能容許一個破案的解答，只此一個，別無分號，你能嗎？

昆恩和雷恩：

昆恩小說中扮演福爾摩斯式大偵探的，通常是艾勒里•昆恩，其次是哲瑞•雷恩。

書中，艾勒里的本行是推理小說家，扮演華生醫生式的探案搭檔則是他父親——瘦小的紐約警局探長老昆恩。老昆恩的正統警察身份，不僅讓艾勒里方便介入各個謀殺案的核心；老昆恩那種硬橋硬馬的實踐派作風，更淸楚襯托出艾勒里佻達頑皮，時而閃爍著聰明洞見的探案趣向，這也使得這組小說比線條稍嫌生硬的古典傳統推理，多了層可供「再次閱讀」的盎然風味。然而，作爲創造者的丹奈和李卻毫不客氣修理他們筆下這個聰明愛現的了不起偵探，丹奈說：「這傢伙的性格眞是討厭極了。」李則說：「他可能是前所未見最喬張作致的人。」

另一位神探雷恩出現得稍晚，他的首次探案發生於一九三二年的紐約市，是爲《Y的悲劇》——發表時並非以艾勒里•昆恩的名義，改爲巴納比•羅斯(Barnaby Ross)，書出之後，這兩個愛搞鬼卻頗有生意腦袋的年輕推理作家，還自導自演一場昆恩和羅斯的戰爭，相互揭短，尖酸的攻擊對方小說的弱點，三年後才揭開謎底，把美國推理迷結實的玩弄了一番。

雷恩和昆恩很不一樣，他出場時年已六〇，耳聾而不耳順，是退休的著名莎劇演員，隱居在赫德遜河畔的古堡內，古堡叫哈姆雷特山莊，堡中的僕人以莎劇人物命名，擺設和佈置皆是維多利亞時期的，雷恩自己則除了一身古老的裝扮之外，辦案時動不動就援引一段莎劇對白，非常麻煩。

但雷恩由於太老了，在一九三三年辦完了《哲瑞・雷恩最後探案》之後，便溘然長逝，一共只出了四本書，往後仍是年輕的艾勒里・昆恩的天下。

已死和未死：

這一對精力旺盛的表兄弟，當然不以創作小說爲足。三〇年代開始，他們先帶著推理故事進軍廣播，爲期九年之久；跟著又推上了電視螢幕，由明星拉甫・貝勒米（Ralph Bellamy）扮演艾勒里・昆恩；一九四一年，他們還創辦了艾勒里・昆恩推理雜誌，盡力搜尋高水平的作品，以拔高推理小說在美國社會大衆心中的地位，一掃昔日粗糙廉價的印象。

到了一九七一年，他們仍奮力推出了《美好私密之地》（*A Fine and Private Place*），李也於是年逝世。

丹奈則多活了整整十一年，死於一九八二年。

至於艾勒里・昆恩，至今仍未死去。（**撰文：唐諾**）

法蘭西白粉的秘密

The French Powder Mystery

目次

第二部

第五部

人物表

塞路斯・法蘭西	法蘭西百貨公司老闆
溫妮菲・馬奇班・法蘭西	法蘭西先生的太太
貝奈思・卡默第	法蘭西先生的繼女
瑪麗安・法蘭西	法蘭西先生的女兒
安德希小姐	法蘭西家的管家
基頓小姐	貝奈思的專屬女僕
約翰・葛雷	法蘭西百貨董事
胡柏・馬奇班	法蘭西百貨董事
梅威爾・崔斯克	法蘭西百貨董事
柯納斯・佐恩	法蘭西百貨董事
文森・卡默第	古董商，法蘭西太太的前夫
衛斯禮・韋佛	法蘭西先生的機要秘書
保羅・賴夫瑞	法國室內設計師
麥肯齊	法蘭西百貨公司經理
詹姆士・史賓格	法蘭西百貨圖書部主管
威廉・科朗索	法蘭西百貨保全隊長
史考特・華勒斯	紐約警察局局長
山繆・鮑迪	紐約警察局助理法醫
薩瓦托・費洛黎	緝毒隊隊長

亨利・山普森	紐約地檢處總檢察官
提摩西・庫倫寧	紐約地檢處助理檢察官
湯瑪斯・維利	刑事巡佐
海斯壯、賀斯、福林特	紐約警察局刑事警探
瑞特、強森、皮格	紐約警察局刑事警探
朱南	昆恩家的僕人
理查・昆恩	紐約警察局探長
艾勒里・昆恩	探長之子，推理小說作家

前言

編者註：一位自稱是J·J·馬克的先生曾爲昆恩先生上一本偵探小說寫前言。不過不論是過去或現在，出版社無幸得知這位昆恩先生朋友的眞實身分。雖然如此，這次馬克先生再度應作者要求，替他朋友的新小說寫了序文如下。

多年以來，我一直密切觀察昆恩父子的生涯起伏，說起來比他們其他的朋友都要來得長久。所以就如艾勒里所宣稱，我很不幸的得以配樂者的地位，先行出場逗趣，就像在那種陳年舊戲裡暖場的人，我雖然期望能得到聽衆的注意，但不免只招來讀者的不耐。

話雖如此，我還是很高興再一次爲一個現代謀殺疑案寫前言。這種欣慰之情有兩個原因：昆恩先生以筆名發表的第一部小說甚受歡迎，而該書得以出版，與我不無關係；另一個原因是出於我與昆恩父子長遠但時而「艱困」的友誼。

我說「艱困」，是因爲吾輩乃是凡人，要跟得上一個紐約探長的忙碌生活，以及一個深通推理的書蟲的心智活動，說是「艱困」絕不爲過。遠在理查·昆恩退休之前，我就與他非常熟識，他在紐約警察局服務達三十二年之久，短小機靈，精力無窮，他了解他辦的案子、他要抓的人，而且他也了解他要遵行的法律。這些說來倒不算什麼，使一般的探長所望塵莫及的，是他所運用的辦案技巧。但對於講究破案破得更爲巧妙的艾勒里，他的父親終究是個徹頭徹尾踏實地的警察。偵察組在他的長年領導之下，除了當他的上級長官不是突發異想，就是爲了迎合議論而親自下手整頓的時候之外，一直在紐約市保持了偵破謀殺大案的最佳紀錄。

不消說，艾勒里・昆恩對他父親職業裡不須運用想像的部分嗤之以鼻，他是一個專門講究純粹推理的人，但又同時是夢想者、藝術家——這對不幸要受他銳利心智宰割的罪犯，可是致命的組合。在他父親退休之前，他的「事業」是什麼，非常人所能洞悉，除非你把他興之所至，就手寫下的偵探小說算是他的事業。他眞正致力追求的，乃是文化及知識，而且因爲有個舅舅的經濟支持，使他自有收入，不需工作，亦不需依靠別人，因此他得以過一種被他稱之爲「理想的智識生活」。對他來說，由於從小浸淫在謀殺及犯罪的故事裡，這種環境使他很自然對辦案感到濃厚的興趣，但他天性裡的藝術成分，卻使他不適合做例行的警察工作。

我清晰的記得，多年以前，在一段他們父子的談話之中，他們兩人對偵察犯罪的不同看法流露無遺。我特別在這裡提出，是因爲這段話可以充分顯示他們的差異——想要了解昆恩父子，對此乃不可不知。

那天，探長正在爲我細細解說他的本行，而艾勒里閒散的坐在我們之間。

「普通辦案子，」老人道，「說起來幾乎不要花多少心思，大部分的案子是「慣犯」幹的

——換句話說，這種人基於環境或習慣，以犯法爲職志，而百分之九十九在警方留了紀錄。

「所以當警探遇到像這樣的案子時，他有很多的線索可尋，如勃悌隆測量法——包括指紋、近身照、一整套的個人紀錄，還有慣犯個別作案手法的資料，我們在這方面雖然還不如倫敦、維也納及柏林那麼先進，不過至少已經有個基礎。

「比如說，某個竊盜老是用同一種方法開門開窗，或是炸開保險箱；一個強盜總是戴一副自家粗製的面具；一個抽煙的殺手老是留下某個牌子的香煙；或是有個歹徒對女人有不可克制的慾望。有些人一向單獨作案，也有人一定找人把風……這些不同的手法，有時就像指紋一樣，直指誰是作案的元凶。

「外行人可能會覺得奇怪，」老探長一面說，一面深深的從他的老鼻煙盒裡吸了一口——這是他根深蒂固的習慣了——「爲什麼有人會一直做同樣的事——總是留下同樣吸法、同樣牌子的香煙，總是戴同類的面具，總是在作案之後與女人狂歡。但是他們忽略了，犯案就像是這些人經營的生意，而每種生意，都會在生意人身上留下不可抹滅的習慣痕跡。」

「你是專精心理戰術的警察，」艾勒里微笑道，「可並不在乎有人通風報信，馬克。好像那種站在犀牛背上的小鳥，遠遠警告逐漸迫近的危險。」

「我正要說到這一點，」他的父親心平氣和的回道，「就像我開頭所說的，碰到慣犯的時候，我們有很多線索可尋。但是我們最主要的，別理我兒子的嘲弄，是靠黑社會的眼線及告密者——還有比這更難聽的名字——來解決一般性的案子，如果不靠他們，大概有很高比例的普通案子都不能偵破，而這點大家心照不宣，只是沒人說出來而已。對一個大城裡的警察來說，這些告密者就跟律師知道要查哪些資料一樣重要，道理很明白，在黑社會四通八達的網絡裡，總會有人知道某個大案是誰幹的。我們的問題是要找對人，找到人願意接受合適的條件，供給我們需要的消息，我可得提醒你，這並不像說的這樣容易……」

「這不過是小孩子玩遊戲罷了。」艾勒里故作挑釁的說，一邊又再牽動嘴角，微微一笑。

「我堅決相信，」老探長不爲所動，繼續說道，「如果在黑社會裡面，不再有人通風報信，全世界的警察局不出六個月全得關門大吉。」

艾勒里懶洋洋的抗議道，「你所說的大部分是眞的，這就是爲什麼你百分之九十的案子會這麼無聊，但是，那剩下的百分之十就大大不同了。」

「一般警探所不能解決的案子，馬克，」艾勒里轉向我微笑的說，「是那種犯案的人並不是慣犯，所以他沒有留下一組指紋，好便宜你跟檔案存底的那一套核對。你也無從得知他特有的作案手法，因爲，哈，他以前從來沒有作過案。一般說來，這種人並不是黑社會的一分子，所以不論你怎麼樣搞你的眼線，也搞不出一絲有用的消息。

「你沒有什麼好下手進行的，我很高興提到這一點。」他一邊轉動他的夾鼻眼鏡繼續，「只有專注於案子的本身，只有經過精細的觀察及調查，才能找出與案子有關的線索。顯然的——我可不是對我父親存在長遠的這一行業缺乏敬意——顯然的，要抓到像犯這種案子的歹徒，比一般的案子困難多了，不知頭痛多少倍。這可以解釋兩件事——爲什麼在這個國家裡有這麼多件無法偵破的罪案，以及爲什麼我會對這項娛樂如此沈迷。」

《法蘭西白粉的秘密》是昆恩檔案裡較老的一個案子——是個眞實故事，而且充分顯示了艾勒里才氣煥發的獨到之處。在偵察過程中，他一直作下筆記——這是他少數幾樣注重實際的習慣。在兇手被捉到之後，他根據眞實發生的事件，加上文藝創作的考慮，寫下了這本書。

當我在昆恩的義大利別墅寄居之時，我一再敦促艾勒里修飾原稿，然後以筆名再度發表。讀者將會記得，此時艾勒里已經完全斷絕他原有的興趣，結婚，成了居家男人，過去的案子全都埋在檔案櫃的深處，所以，要不是有個多管閒事的朋友不斷強迫，才逼得他把陳稿翻出，重新潤飾。

爲公平起見，有一點要特別提到的是，在這個案子裡，老探長昆恩之所以沒有扮演重要的角色，是因爲在那段時間他的公務極爲繁忙，當然這與新上任的警察局長史考特・華勒斯找他麻煩不無關係。

最後，我很高興在此報告昆恩一家的近況，他們現在仍住在義大利山上的小家裡。艾勒里的兒子已開始搖搖學步，已能用他天眞而又嚴肅的聲音喚他祖父。朱南身體健康，最近受了一個鄉下女孩的蠱惑，墮入不可救藥的情網；而老探長仍在爲德國雜誌撰寫專題論文，有時則訪問歐陸各警察部門；艾勒里太太的病也於最近康復；至於艾勒里呢，自從他上個秋天訪問紐約回來之後，對羅馬美妙的景色滿懷感激，他說他對於這些讓他分心的事並不介意，不過我可有點懷疑。

至此我要擲筆，最後希望讀者能與我一樣，充分享受閱讀這本書的樂趣。

——J•J•馬克

一九三〇年六月　於紐約

第一部

特別值得提出的一點是……在無數的個案裡，是否能夠破案的關鍵是……辦案的偵探能否破除強烈的心理障礙，能夠穿越事物表面，而直追眞相。

—— 引自盧奇•平納博士著《一份對犯罪的處方箋》。

1 客廳裏的皇后們

他們全到齊了。在昆恩家的公寓裏，五個男子團團圍坐在一張老木桌子邊。一個是身材瘦削，目光銳利的地方檢察官亨利・山普森，旁邊坐著瞪眼的是身粗體壯、右頰一道黑疤的緝毒隊隊長薩瓦托・費洛黎。山普森的紅髮助手提摩西・庫倫寧也到了，理查・昆恩探長及他的兒子艾勒里比肩坐在一塊，不過兩人形容各異。老者面色陰鬱，嚼著鬢角；艾勒里則心不焉的呆望著費洛黎臉上的疤痕。

這一天是五月二十四號星期二，春天的微風吹得窗簾嘎嘎作響。昆恩老探長環顧四側，首先發言：「亨利，這華勒斯過去到底做過什麼好事？」

「嘿，別這樣，史考特・華勒斯沒那麼差勁。」

「哼，這我到今天才明白了，一個人如果上馬會打獵，下馬會打高爾夫，就能幹上警察局長。更別提他丟給我們一大堆莫名其妙的公事了。」

山普森說：「也不至於到這個地步吧，平心而論，他不是沒推行過幾件有意義的事，像救濟水災小組、社會工作等。如果一個人這樣致力於非政治性的活動，總不會一無可取吧。」

老探長打鼻孔裏哼氣，輕蔑的說：「你知道他上任了多久？只兩天。現在你可聽仔細了，就這兩天的工夫，他已經攪得天翻地覆。

「首先，他重新組織尋人處，天曉得為什麼把柏森一腳踢走。其次，他把七個分局長東遷西調，讓他們連老地盤也找不到。你倒說說看是為什麼？第三，改組交通警察大隊。第四，兩打中級警探被降去巡邏。不為別的，只聽說州長的小秘書要找碴。第五，通盤改變警察學校規則。現在他又看準了我手下的偵緝謀殺專案小組。」

庫倫寧說：「小心你的血管別爆裂了。」

老探長沈著臉說：「你還沒聽完呢。從現在開始，每個一級警探每天都要寫報告，直接送交局長。哼，好像他們不要幹別的事了。」

庫倫寧咧咧嘴：「那他可得好看了。這些傢伙裏，有一半連『謀殺』這兩個字都會寫別字呢。」

「他才不自個兒看呢，提摩西，你以為他會浪費他的時間，門都沒有。他差遣他的秘書把那些報告一古腦兒送到我的辦公室，外附一張條子，要我限時給他簡報，好了，我正在那兒滿頭大汗，追查這件毒品案，正事不得幹，坐下來批這一大堆玩意。」老探長奮力吸鼻煙。

「昆恩，你只知其一，」費洛黎冷哼一聲：「這個兩眼翻白、鬼鬼祟祟的死老百姓到了我的部門，別的好事不幹，東摸摸，西摸摸，偷偷摸走了一罐鴉片，送到吉米那兒。你們猜他想要查什麼？他媽的查指紋，好像在這麼個給摸遍的罐子上，居然可以查得出毒犯的指紋。嚇！

再說我們已經有了指紋。不過他可懶得聽你解釋。然後史登跑來告訴我這麼個見鬼的故事。原來他找這罐子遍尋不著，硬說我們想要逮的傢伙自個兒走進總部，偷走了這罐煙。」費洛黎平攤一雙大手，把一截雪茄塞進嘴裏。

就在這個當兒，艾勒里拿起一本封面殘破的小書，開始看起來。

山普森收起微笑：「別開玩笑了。老實說，如果我們再不加強調查這個販毒集團，可要吃不了兜著走了。華勒斯不該這樣礙手礙腳，又搞出懷特案子來，看起來好像這個集團……」他遲疑的搖搖頭。

「這正是惹毛我的地方，」老探長憤憤抱怨：「我正開始漸漸摸清了彼得・史拉汶那夥痞子，偏偏得整天跑到法院去作證。」

滿室沈寂了一會，直到庫倫寧好奇的問道：「那椿金斯理謀殺案，到底是不是歐薛尼幹的呢？」

老探長回道：「昨天我們著實費了點工夫審問他，不過他看我們證據俱在，最後只得招了。」他繃緊的嘴角放鬆了一點：「這個案子，艾勒里辦得不錯。雖然我們知道一定是歐薛尼幹掉了荷林，但搞了大半天，摸不著點頭腦。幸好我這兒子來了，不費吹灰之力，蒐集充分證據，管保兇手跑不了。」

山普森低笑一聲：「奇蹟再現啊？可否詳細告訴我們。」衆人都往艾勒里望去，不過他正陷在椅子裏專心看書。

老探長得意的說：「說出來再簡單不過，朱南，請你再來點咖啡。」

一個短小精悍的身影敏捷的從廚房裏出來，又迅速消失。朱南不只是昆恩家的隨從，還一手包辦各項雜務，又是警探組的福星。他端出咖啡壺給每人重新倒過咖啡。艾勒里一邊漫漫然摸著了他的杯子，一邊兩眼直盯著書本，繼續閱讀。

老探長接下去說：「說簡單也不足以形容。吉米在現場撒滿了讓指紋現形的藥粉，但除了荷林自己的指紋之外，別的什麼也找不著，大夥兒正亂著出主意，藥粉滿天飛。」他用力一拍桌子，「艾勒里就在這當兒走了進來，我就說給他聽，你們可還記得，我們在飯廳地板上找著了荷林的足印，但這可怪極了。因爲根據情勢研判，荷林哪有可能到過飯廳？如果不是絕頂聰明，誰可以想出來？艾勒里當下就問，你們確定這是荷林的足印嗎？我告訴他，絕對沒錯，如假包換。他聽完我的分析，也同意這是荷林的沒錯，但同時荷林也絕無可能到過那個房間。我這寶貝兒子立刻就說，說不定荷林眞的沒到過飯廳，我說那些足印可怎麼解釋呢？他說他知道了，說著就走進了臥房。」

老探長歎了一口氣：「確實給他料到了。在臥房裏，他仔細檢查了荷林的鞋子，脫下來，跟吉米要了些顯指紋的藥粉，又要了一份歐薛尼的指紋樣本，在鞋子裏撒了粉，不出他所料，端端正正硬是出來了一個大拇指印。一對照，果然是這歐薛尼的。你瞧，我們把整個現場翻遍了，偏偏就出現在屍體身上，誰會想到在被害人穿的鞋子裏找證據呢？」

「的確出人意料。」提摩西嘀咕了一聲：「虧他怎麼想出來的。」

「艾勒里的推測是這樣的，既然荷林人不在，而鞋印卻在那個房間出現，不消說一定是有人穿了荷林的鞋，或是用了他的鞋故布疑陣。說出來很明顯吧？但你非想到這一點不可。」老者凝視埋首看書的艾勒里，作出一副有點兒著惱的模樣：「艾勒里，還在看什麼？一點也沒有個作主人的樣子。」

山普森輕笑一聲：「有時候，一個人不是幹警探這行，偏偏對指紋學瞭如指掌，倒是可以大大派上用場。」

「艾勒里！」

艾勒里興奮的抬起頭，得意的揮舞著手上的書，對著驚訝的衆人沒頭沒腦的說：「如果他們穿著涼鞋睡覺，鞋帶陷進肉裏，涼鞋就會凍在他們脚上，這有一半是因爲他們的舊涼鞋壞了，可見他們穿的是堅硬的生皮。你可知道，老爸，這給我一個絕妙的主意。」他滿面發光，一邊抓起一支鉛筆。

老探長一屁股站起來，低聲嘀咕：「當他這副德性的時候，你就別想跟他說話。來吧，亨利，還有你，費洛黎，我們一塊去市政廳吧。」

2 帳房裏的國王們

當老探長、庫倫寧、費洛黎一夥人離開位於第87街的公寓，前往法院時，已是上午十一點了。正當同時，在另一棟公寓裏，一個男子默默的站在圖書室窗前。這間公寓座落於第五街上的法蘭西百貨公司六樓。站在窗前的男子，正是這間公司的大老闆塞路斯・法蘭西。

法蘭西目光渙散的注視著窗外川流不息的車輛。他的年紀約莫六十五，面色嚴厲，矮胖結實，看起來灰不溜秋。他穿著一身深色西裝，一朵白花別在胸襟上。他說：「衛斯禮，我希望你都通知到了，這個會議得在今天上午十一點舉行。」他一面作個大轉身，回過來瞪著一個坐在窗邊玻璃桌旁的男子。

衛斯禮・韋佛點點頭。他的容貌煥發，精神振奮，看起來不過三十出頭。他溫和有禮的回答：「是的，都通知到了。」然後放下正在寫的速記簿，抬起頭來說：「這兒有一份我昨天下午打的備忘錄。除了今天早上你在桌上找到的這一份之外，我給每個董事都寄了一份。」說著，他指著在電話機旁一頁泛白的紙張。而在玻璃桌上，除了最右邊被圓錐形瑪瑙書擋夾住的五本書，一架電話，以及那張備忘錄之外，乾乾淨淨，沒有一樣別的東西。「半小時之前，我又打電話給各個董事，提醒他們一定要來，他們也都答應了。」

法蘭西悶哼一聲，又轉身注視窗外的車輛。他的兩手別在背後，開始用他略微刺耳的聲音交代公事。

五分鐘過後，從接待室外面的大門傳來一聲敲門聲。法蘭西不耐的大聲說道：「進來。」來者窸窸窣窣的試著開門，法蘭西說道：「啊，門是關著的，衛斯禮，去開門。」

韋佛迅速起身，穿過接待室，打開沈重的大門。一個老人身材瘦小、形容枯槁，脚下卻異常輕快的走進來。「塞路斯，我總不記得你這扇門永遠是鎖的。」他一邊與法蘭西、韋佛握手，一邊說：「我是第一個到的嗎？」

法蘭西微現笑容：「不錯，約翰，你是第一個，不過其他人應該立刻就到了。」

韋佛指著一張椅子說：「葛雷先生，請坐。」

約翰・葛雷年約七十，過去的歲月彷彿輕輕的在他的瘦肩上停住。一層稀疏的白髮覆在他像鳥似的頭上，而他的臉色像難以形容的蠟紙，上面常常出現一抹笑容，露出紅色的薄唇。他穿著一件正式的襯衫，繫著領巾。

他異常敏捷的坐了下來。

「塞路斯，這一趟旅行的結果怎麼樣？」他問，「惠特尼那邊打算要簽約嗎？」

「差不多，差不多了。」法蘭西繼續踱著方步，「如果今天早上我們開會正式通過，不到一個月，就可以與他們完成合併了。」

「太好了。」約翰•葛雷搓著手，作出一個古怪的姿勢，再度把手合了起來。

又是一聲敲門聲。韋佛再度走進接待室，然後宣布：「是崔斯克先生與馬奇班先生。啊，從電梯上來的這位是佐恩先生吧？」衆人逐一進入。韋佛也迅速歸位，大門在他們身後自行掩上。

經過一陣握手寒暄，各人在房間中央的會議桌邊紛紛落座。這幾個人看來各有千秋。名列社交名人簿的梅威爾•崔斯克一貫無精打彩，懶洋洋的坐在那兒，玩弄著桌上的一支鉛筆，其他人也懶得理他。胡柏•馬奇班年約四十五，肥胖笨拙，他沈重的坐下來，斷斷續續的大聲發出一陣陣的喘氣聲。旁邊的柯納斯•佐恩從他的老式金邊眼鏡後面細細端詳他的同事。他的頭禿而方，手指粗厚，留著一掛紅鬚。一屁股坐在椅子裏，把個椅子塡得紮紮實實，活像一個生意發達的屠夫。

法蘭西在首座坐下，嚴肅的環視衆人：「各位，今天的會議，在百貨業將有歷史性的意義。」他停下來清清喉嚨：「衛斯禮，請你找人守在門口，以確定絕對沒有人來打擾。」

韋佛一面答應，一面拿起電話：「請接科朗索先生的辦公室。」過了一會兒，他說，「科朗索嗎?誰?唔，別去找他了，就請你派個人上來，到法蘭西先生的私人公寓門前來站崗。我們正在這兒開董事會，要他看好別讓人來打擾法蘭西先生。他也不必通報，就站在門口守衛……你要派誰上來?……羅伯?可以了，就麻煩你告訴科朗索一聲……唔，他九點就到了……好，那你見到他，就替我轉告一下，我現在正忙呢。」他掛了電話，一個箭步在法蘭西右邊坐下，一把抓起他的鉛筆，放在記事簿上。

五個董事開始忙碌的翻閱一大疊報告，就在他們研究各種細節時，法蘭西瞪著窗外五月的藍色天空，兩隻手不耐煩的在桌面上移動。忽然，他轉身對韋佛說：「我幾乎給忘了，替我打個電話回去，現在是十一點一刻，他們應該都起床了。從我昨天去了大克鎮之後，還沒有跟我太太說話，她說不定會有點擔心。」韋佛接通電話，聲音一緊：「安德希小姐嗎？法蘭西太太起身了嗎？……瑪麗安呢？還有貝奈思？……好吧，請幫我接瑪麗安。」他不自覺的改變姿勢，離正在與葛雷說話的法蘭西遠一點。忽然之間，韋佛眼睛發亮，臉孔泛紅。

「嗨，瑪麗安，」他的呼吸急促起來，「我是衛斯禮，抱歉，你知道，我在你父親的公寓，他想跟你說話。」

一個女子低聲回答：「親愛的，我曉得……噢，寶貝，眞不巧，如果爸爸在那兒，我們就不能多說了。你還愛我嗎？我要聽你說。」

「當然，但我不能說。」韋佛非常緊張的悄悄說道。他的背豎直莊重，但他那張別過去不讓法蘭西看到的臉，卻充滿了激動的表情。

「我知道你不能，小呆呆。」電話裏傳來女孩的笑聲：「我只是想惹你著急，不過你是愛我的，是不是？」她又笑了起來。

「是的，是的，是的。」

「讓我跟爸爸說話吧，寶貝。」

韋佛迅速的清了一下喉嚨，轉向法蘭西：「至少找到瑪麗安了。」他把電話交給老人：「安德希小姐說法蘭西太太及貝奈思都還沒有下來。」

法蘭西一把接過電話：「瑪麗安，我剛從大克鎮回來，我很好。你們怎麼樣？……怎麼啦？你聽起來好像很疲倦……沒事了。我只是想告訴你們一聲，我已經平安回來，請你替我告訴你母親一聲。待會兒我太忙了，恐怕不能再打電話。再見，親愛的。」

他回到座位，嚴肅的環視衆人：「各位，剛才你們已經看過了我與惠特尼協商的結果，現在我們來討論一下。」一邊說著，他一邊伸出一隻手指，在上空揮舞。

□

十一點四十五分，電話鈴聲乍然響起，打斷了法蘭西、佐恩兩人熱烈的討論。韋佛立刻跳過去接：「哈囉，法蘭西先生正在忙……是你嗎？安德希小姐？怎麼回事？……請等一下。」他轉身對法蘭西說：

「很抱歉，打擾一下，是管家安德希小姐打來的。她好像有要緊的事，你要跟她說話，或是待會兒再打回去？」

法蘭西一面瞪著佐恩，後者正忙著擦他滿是汗水的脖子，一面一把抓起電話：「什麼事？」一個顫抖的女子聲音回答：「法蘭西先生，不好了，我找不著法蘭西太太及貝奈思！」

「啊，你在說什麼？究竟怎麼回事？她們到底在哪裏？」

「我就是不知道。一個早上，她們都沒有叫她們的女僕。所以幾分鐘之前，我上樓去查。先生，你絕不會想到，我實在不明白……」

「到底怎麼樣？」

「她們的床整整齊齊的，昨兒晚上她們根本沒有在家過夜。」

法蘭西惱怒的大聲說道：「傻瓜，就這點事，你來煩我們開會？昨天晚上下了一夜雨，她們可能住在朋友家了。」

「但是，法蘭西先生，那她們一定會打電話回來的。」

「安德希小姐，請你別來找麻煩，回去做事，我待會兒再來管這件事。」法蘭西重重的把電話摔下：「一點腦子也沒有。」他嘀咕一聲，之後聳聳肩又轉向佐恩：「怎麼樣？難道爲了區區這幾千塊錢，你就不同意了？讓我告訴你，佐恩……」

3 失足摔了個大跟頭

法蘭西百貨公司座落於紐約第五街的中心地段，正好位於鬧區與市中心辦公區之間。它吸引的顧客，有錢沒錢，兼容並顧。每當中午的休息時間，六層樓都擠滿了附近的雇員、速記員。但一到下午，闊太太、闊小姐們出來購物，又是另一番景象。而法蘭西百貨公司要不是有最低廉的價格，就是有最新最摩登的商品，提供了最多的選擇。正因爲這個緣故，法蘭西百貨公司在紐約廣受歡迎。從早到晚，人來人往，門庭若市。就連圍繞在這大理石建築邊的人行道，都常擠得水泄不通。

法蘭西先生不僅眼光遠大，又有其他董事支持，他運用雄厚的財經組織勢力，把兩代經營的法蘭西百貨公司建立爲紐約市的明星。很久以前，在美國尚未流行帶有藝術風格的產品及服裝之時，法蘭西已經開始聯絡它的歐洲代表，常常舉行藝術品、藝術家具展示會，而每一次都吸引了大批的觀賞人潮。在第五街上最主要的櫥窗之一，就用來定期陳列這些舶來品。這個櫥窗逐漸成爲紐約客注意的焦點，好奇顧客的必觀之地。

就在這一天，五月二十四號星期二早上，差三分鐘十二點的時候，一扇通往櫥窗的門緩緩打開，一個身穿黑衣白圍裙，頭戴一頂白色小帽的模特兒走了進來，她在窗前漫步，好像在查看什麼。忽然，她僵硬的停下來，一動不動，好像在等待一個特別的時間，再開始她神妙的活動。

這個櫥窗裏，正在展示一間風格前衛、客臥兩用的房間。角落上貼著一張海報，註明是由巴黎的保羅•賴夫瑞所設計。另有一系列演講在五樓舉行。剛才模特兒開門進來的那面淡綠的牆，掛滿了裝飾品。一面巨大威尼斯式的鏡子掛在牆上，既不裝框，邊緣又呈不規則形。靠牆放的則是一張長而窄的桌子，並未上漆，倒塗上一層層厚蠟。桌上放著一盞稜鏡做的燈，上頭的毛玻璃是一家專門製作藝術品的奧地利工廠獨家所生產。椅子、茶几、書架，散布在發亮的地板上，無一不造型奇特，風格大膽。靠邊的牆前，則隨意擺了幾件家電用品。而在天花板上及邊牆裝置的隱藏式照明設備，正開始在歐洲大爲流行。

正午的時刻一到，原來進門後一動也不動的模特兒，忽然展開行動。此時在人行道上已聚滿人潮，摩肩擦踵，興奮的等待模特兒開始舉行展示。

這模特兒放下掛著幾張海報的金屬架子，拿起一根象牙棒，先指著第一張海報的說明，再指著東邊牆上的一件陳列品，像演啞劇似的展示它的構造及特性。

當第五張海報出現時，聚集的人潮越來越多。這張海報上寫著：

這件家具隱於西牆之後，經由按鈕電子操縱。

保羅・賴夫瑞先生特別設計。全美獨一無二，首次展出。

模特兒對海報再指了一指，以示鄭重。之後靜靜的走向西牆，向衆人顯示了一個象牙小鈕。她伸出一指，但在按下去之前，朝窗前等待的觀衆再看了一眼。窗外的人個個引頸眺望，等著看到底有什麼不可思議的東西會出現。

他們所看到的果然出人意料，恐怖異常。所有的人都不禁驚異得凍結在那兒，好像身在噩夢之中。模特兒按鈕之後，牆壁的一部分靜寂無聲的向外向下滑開，兩條原來摺起的短木腿就勢展開，變出一張平放的臥床。而在床上，一個慘白變形的女人屍體，兩處血跡浮在凌亂的衣服上，從絲質床單翻落在模特兒的脚下。

這時候正好是十二點十五分。

4 都是國王的馬

那模特兒發出一聲驚怖的大叫，叫聲直穿過厚重的玻璃窗。她的目光渙散，一頭栽倒在屍體旁邊。站在窗外的觀衆仍像置身一場大戲之中，嚇得動彈不得。就在一片死寂之中，一個把臉貼住櫥窗的女子開始尖聲大叫。突然之間，群衆開始騷動。尖叫之聲此起彼落，不絕於耳。擁擠的人潮驚駭的飛逃，把一個跌倒在地的小孩也踩在脚下。此時警笛大作，一個警察揮舞著警棍穿梭在人群之中，不明白到底發生了什麼事。

突然，通往櫥窗的門迸了開來，一個瘦削有鬚，戴著單片眼鏡的男子飛奔進來，他呆呆瞪著地上兩具不動的軀體、窗外推擠的人群、以及揮舞警棍的警察，簡直不能相信自己的眼睛。他無聲的咒罵了一句，一躍而過，拉下半透明的窗簾，遮住了外面瘋狂的人潮。

這有鬚男子跪在模特兒的身邊，先摸摸她的脈搏，然後遲疑的探觸另一個女人的皮膚。他呼一聲站起來，往門口直奔。百貨公司內，櫥窗外聚集的店員、顧客蜂擁過來。三個男子穿過人群，彷佛想要進入櫥窗。還在窗內的有鬚男子緊張的說：「你……快去找店裏的保全隊長——沒關係，他已經來了——科朗索先生！科朗索先生！這兒，在這裏。」

一個虎背熊腰、臉上帶斑的男子滿嘴詛咒衝了過來，就當他快要進入櫥窗之時，剛才在外指揮群衆的警察也跟著跑了過來。那三個男子在人群中消失，警察隨即把門關上。

有鬚男子站在一邊：「科朗索先生，眞是可怕的意外……警察先生，很高興你也在……老天……不得了，發生了這樣的事。」

店裏的保全隊長威廉•科朗索大踏步走了過去。俯視躺在地上的兩個女人：「賴夫瑞先生，這個女孩子怎麼了？」他粗聲向那有鬚的男子問道。

「我猜大概是嚇昏了。」

「科朗索，讓我看看。」剛進來的警察粗魯的把賴夫瑞推向一邊，走過去審視從床上掉下來的女子屍體。

科朗索淸淸喉嚨，很神氣的說：「布許，我看我們來不及作什麼檢查。最好什麼也不碰，還是先通知警察總局要緊。賴夫瑞先生和我會站在這裏看著。你快去打電話，布許，哥兒們都是見過場面的人。」

那警察不知所措的站了一會，抓抓他的頭，終於快步離去。

科朗索嘀咕了一聲：「眞他媽的到底怎麼一回事？賴夫瑞先生，這女的是誰？」

賴夫瑞瘦長的手指神經質的捏著鬍鬚：「難道你不知道？嗯，也難怪你不知道。噢！老天，科朗索先生，現在我們該怎麼辦？」

科朗索皺皺眉：「別太緊張，賴夫瑞先生，這是警方的工作。就是這麼簡單。幸而我立刻就趕到了。現在我們得等總局的消息，緊張也沒用。」

賴夫瑞冷淡的打量他一眼：「科朗索先生，我沒問題。」接著他字斟句酌的吩咐道：「我建議你立刻去維持店裏的秩序。最好假裝什麼事也沒發生。先去找麥肯齊經理，再找人通知法蘭西先生及其他董事。我知道他們現在正在樓上開會。這件事比你想像的還要嚴重。去罷。」

科朗索不服氣的看著他，搖搖頭，往門外走去。正在此時，一個矮小深膚的男人，帶著一只醫生用的皮包，一腳跨了進來。他很快的掃視全場，然後一言不發的走到那兩個軀體邊。他只略略瞧了那模特兒一眼，摸摸她的脈搏，頭也不抬的說：「是賴夫瑞先生吧？請你幫個忙，叫外面的人拿杯水，把這模特兒搬到矮几上。她不過是昏倒了。請你再找個人到醫務室把護士叫來。」

賴夫瑞點點頭，走出去，往門邊竊竊低語的群衆中張望：「麥肯齊經理，請來這裏一會兒。」一個和顏悅色的中年人快步跟了進來。賴夫瑞對他說：「請你幫個忙。」

那醫生忙著檢查另一個女子，不覺把她的臉也給遮住了。賴夫瑞和麥肯齊兩人把逐漸醒轉的模特兒抬到矮几上。一個辦事員拿來一杯水，模特兒咕嚕喝了一大口，低哼起來。

醫生抬起頭，很鄭重的宣布：「這個女人已經死了。不只如此，她已經死了好一會了。槍殺，打在心臟上，看起來一定是謀殺。」

賴夫瑞面色慘白的低呼道：「我的天！」

麥肯齊匆匆過來，看了蜷曲的屍體一眼，不覺震驚後退：「老天爺，這是法蘭西太太！」

5 都是國王的人

櫥窗的門霍然打開，兩個男人走了進來。其中之一身材瘦高，嘴含雪茄，先一脚停下來，四處張望。當他看到地板上橫臥的屍體，立刻趕了過去。接著瞥了旁邊站著的醫生一眼，僅點點頭就跪在地上，過了一會，他抬頭問：「你是店裏長駐的醫生吧？」那醫生緊張的點點頭：「是，是，我作了一個初步的檢查。她已經死了，我……」

「我曉得。」新來的男子截斷他的話：「我姓鮑迪，是助理法醫。待會還要請教你。」一說完，他又彎腰轉向屍體，一面一手打開他的袋子。

第二個進來的男子，身材高大，不發一言。他輕輕的關上門，環顧室內諸人。除此之外，面無表情，僵硬的站在一旁。直到鮑迪醫師開始檢查之後，他突然開始行動。正當他往麥肯齊走去的時候，傳來一陣急速的敲門聲。他停下來厲聲說道：「進來。」一邊擋在床前，讓來客不致一眼看到上面的屍體。

門開之後，一群人魚貫而入，他立刻迎上去，不讓他們通過：「等一下，這裏太擠了，你們是誰？」

法蘭西滿臉脹紅，憤怒的說：「我是這裏的老闆，這些先生們是董事。誰說我們不能在這？這位科朗索先生是我們的保全隊長。請你站到一邊去。」

高大的男子並不移動：「法蘭西先生，唔？董事？噯，科朗索先生，那位是誰？」他指著站在一角，面色慘白的韋佛。

法蘭西不耐煩的接口：「那是我的秘書韋佛。你是誰？到底發生了什麼事？讓我過去。」

高大的男子遲疑了一會兒，然後斷然的說：「我是謀殺偵緝小組的湯瑪斯．維利巡佐。很抱歉，法蘭西先生，在這裏請你聽從我的命令。請進，但請不要碰任何東西。」他讓到一邊，好像很有耐性等待將要發生的事。

賴夫瑞奔了過來，當他看到法蘭西大步往床那頭走去，他張大眼睛，一把抓住老人：「法蘭西先生，法蘭西先生，請先別看。」

法蘭西暴躁的把他推開：「別拉我，到底是怎麼回事？什麼人在搞鬼，亂下命令？」他繼續往前走，賴夫瑞往後退，臉上現出一副無可奈何的表情。突然，彷彿靈機一動，他把葛雷帶到一邊，附在他的耳邊低語。葛雷一聽，面色蒼白，站在那兒動彈不得。之後，他輕呼一聲，躍到法蘭西身旁。

他到得正是時候。法蘭西好奇的越過鮑迪醫生的肩膀，探頭一看，一瞧見地上的女屍，登時昏倒了過去，給葛雷抱個正著。賴夫瑞也趕過來，幫著把老人放到房間另一端的椅子上。

一個穿著白衣的護士悄悄進來，她原來在看顧還激動不已的模特兒，見狀立刻趕了過來。

把一個藥瓶放在法蘭西的鼻下，並要賴夫瑞幫著擦熱他的雙手。葛雷在旁急得走來走去，喃喃自語。駐店醫生則跑去幫護士的忙。

其他人等張惶失措，莫名其妙的往屍體移動。韋佛、馬奇班一看到那女子的臉，同時驚呼出聲。佐恩一面咬住唇，一面轉身而去。崔斯克則驚嚇的立刻把臉別過。一群人呆楞楞的退到一角，不知所措的面面相覷。

維利巡佐伸出一指，對科朗索說：「你採取了哪些行動？」科朗索露齒微微一笑：「你放心，全辦好了。我已經找好人散布各處，維持秩序，一切都沒問題，就包在我身上。維利巡佐，沒什麼要你手下辦的。」

維利巡佐悶哼一聲：「有一件事，你倒是現在就可以去辦。請你把靠近謀殺現場的周圍地帶用繩子圍起來，不准閒雜人等進入。我想，現在關門已經太遲了，不論是誰殺的，早就跑得不知踪影。好了，快去辦吧。」

那保全隊長點頭而去，又再折回：「維利巡佐，躺在地上的女人到底是誰？知道了可能對我們有幫助。」

維利巡佐冷笑一聲：「唔？有什麼幫助？其實猜猜就知道了，這是法蘭西先生的太太。眞見鬼，找這麼個好地方來謀殺。」

科朗索張口結舌的說：「法蘭西先生的太太？你說這是大老闆的太太？」他偷偷看了癱在那裏的法蘭西一眼，走了出去，開始大聲發布命令。

櫥窗裏仍然一片死寂，衆人呆呆站在屋角。那模特兒及法蘭西先生都已經醒了過來。模特兒緊抓著護士漿挺的衣角，兩眼驚惶的溜來溜去。法蘭西面如白紙，半躺半坐。葛雷在他耳邊低聲慰問，但就連一向生氣勃勃的葛雷，似乎也一下子洩了氣。

維利巡佐對著鮑迪醫生身邊慌慌張張的麥肯齊說：「你是麥肯齊經理吧？」麥肯齊應了一聲。維利巡佐冷冷的看著他說：「請你鎮靜下來，總得有人能辦事。現在就要請你主持一下。」麥肯齊挺起肩來，維利巡佐低聲繼續說：「第一點，所有的工作人員都不得離開這裏。如果有人走了，我可唯你是問。第二，查查看有誰不在他的工作崗位上。第三，今天有誰沒來上班？列個單子出來，註明缺席原因。好了，現在快去辦吧。」

麥肯齊囁嚅聽命，悄悄走了。

維利巡佐把正在跟韋佛講話的賴夫瑞拉到一邊：「你也是主事的吧？請問你貴姓？」

「我是保羅•賴夫瑞，主持五樓的現代家具特展。這個櫥窗只是我展覽的樣品。」

「原來如此。賴夫瑞先生，看來閣下是最鎮靜的了。可不可以請教一下，那個死去的女人確實是法蘭西太太嗎？」

賴夫瑞翻翻眼睛：「不錯，正是她，也難怪大家都給嚇住了，天曉得她怎麼會……」他突然警覺的住口。

維利巡佐繃著臉接口：「你的意思是她怎麼會到這裏來？唔，這是一個問題。賴夫瑞先生，請你等一下。」他站起來，身手矯捷的走向門邊，招呼一夥新到的人。

「你早，探長，啊，艾勒里，太好了，你也來了。現在這兒眞是亂得不成樣子。」他走到一側，指著室內東一堆西一堆的人群：「眞夠瞧了，哪像謀殺現場？倒像在趕集。」維利巡佐難得一口氣說了這麼多話。

昆恩探長的眼睛隨著維利巡佐的手打量四周，不悅的說：「老天，怎麼有這麼多人在這兒？湯瑪斯，我沒想到你……」維利巡佐低聲打斷他：「探長，我想可能……」他附著老探長的耳朵，聲音越來越低。

「唔，好吧，我知道了。」老探長拍拍他的手臂說：「那就盡早告訴我。現在我們來看一下屍體。」

他穿過房間，擠到床的另一邊，鮑迪醫師一面忙著檢查，一面對他點點頭說道：「是謀殺沒錯，不過還沒找到任何左輪槍。」

老探長專心注視那死去女子慘白的臉，又看了看她凌亂的衣著：「待會兒我找人來搜查。大夫，麻煩你繼續吧。」他歎了一口氣，又走回維利巡佐身邊。

「湯瑪斯，你就從頭說起。」他睜著他的小眼睛細細打量室內衆人，一面聆聽維利巡佐小聲而迅速的報告在過去半小時之內所發生的各種事件。室外現在已充斥了穿制服的警察，巡邏警察布許也在其中。

艾勒里關起門，倚門而立。他的身材瘦高，有一雙有力而細長的手。穿著一身整齊的灰色粗呢西裝，帶著一根枴杖及薄大衣。一片夾鼻眼鏡架在他尖瘦的鼻樑上，再往上是一片寬廣平順的前額，好像從沒有遇見過一件煩心的事。他的頭髮黑而服貼，一本陳舊的小書微微從大衣口袋裏露出來。

他好奇的觀察室內眾人。不只好奇，而且好整以暇，看得津津有味。他的眼睛一個接一個看過去，彷彿把每一個人的特性吃進他的腦子裏，可還有餘力分心傾聽維利巡佐對他父親所作的報告。突然，他與韋佛四目相投，後者正一臉倒楣的靠在另一側牆角。

一眼之下，兩人都認出了對方，同時大步跨出，伸出手來。

「艾勒里，太好了。」

「眞沒想到是你，衛斯禮。」他們兩人興奮的緊緊握手。老探長驚異的向他們望過來，再轉回去聽維利巡佐冗長的陳述。

「能再見到你，實在太好了。」韋佛低聲說道。他又重新回復滿面愁容：「你是？啊，那就是昆恩探長嗎？」

「哈，如假包換。」艾勒里回答：「是他沒錯……但別管他。告訴我，你怎麼樣？啊，我們有五六年沒見了吧？」

「可不是，艾勒里，眞高興見到你。別的不說，我現在多少比較安心了……發生這樣的事情……」

艾勒里收起了笑容：「實在慘得很。衛斯禮，你怎麼搞在裏面的？嘿，不是你幹的吧？」他開玩笑的說，但掩不住一絲著急的意味。在一邊豎起耳朵監聽的老探長不禁暗暗詫異。

「艾勒里！」韋佛坦然的瞪了他一眼：「亂扯什麼？我可不覺得好笑。」他又重新愁容滿面：「艾勒里，你不知道到底有多糟。」

艾勒里輕輕拍了一下韋佛的手臂，漫不經心的拿下他的夾鼻眼鏡：「等一下我就知道了。待會我再跟你好好談，我父親正在那拚命的跟我招手呢。振作點，衛斯禮。」他微笑著慢慢走開。韋佛又重新倚牆而立，但心情似乎好了一點，不再那樣垂頭喪氣。

老探長悄悄的跟他兒子說了一陣。艾勒里低聲回答後，走到鮑迪醫師身後，靜靜觀察法醫忙碌的工作。

老探長轉身面對衆人，「請各位安靜一下。」滿室驟然沈寂了下來。

6 口供

老探長舉步向前，繼續說道：「現在我們要開始作初步調查。不過，這一步非常重要，請大家全部留下來。爲了避免有人藉故離開，我先說明一下。很明顯的，這是一樁謀殺案，可以說再嚴重不過。而不論集團或個人，在法律之前都一律平等。一位女士被謀殺了，而兇手既可能早已逃之夭夭，也可能就在這個房間內。所以各位應該了解——」他疲倦的眼神意味深長的審視那五個董事，「我們越快越好，已經浪費太多時間了。」

他突然去開門，銳利的叫出一串名字。六個警探魚貫而入，走在最後的瑞特把門在身後關上。

「海斯壯，你的筆記。」海斯壯立刻掏出一本小本子，及一支鉛筆。

「皮格、賀斯、福林特——房間。」昆恩探長又小聲說了幾句，那三個警探咧咧嘴，立刻分頭開始搜索。他們緩慢而有系統的逐一檢查家具、地板及四面牆壁。

「強森——床。」強森迅速的走到床邊，動手檢視整個床鋪。

「瑞特，在邊上待命。」說完之後，昆恩探長掏出他棕色的鼻煙盒，深吸一口，又再放了回去。「現在，」他威嚴的環顧四周，檢閱飽受驚嚇的衆人。艾勒里看著他的父親，不禁微微一笑。昆恩探長一手指向在旁臉色蒼白，瞪大眼睛的模特兒：「你叫什麼名字？」

「黛安·瓊森。」她輕輕顫抖，一面低聲回答，一面著魔似的望著他。

「黛安·瓊森？」老探長向前走了一步，一指仍舊指向她：「今天中午十二點十五分，你爲什麼要打開床？」

「我，我必須，」她結結巴巴的說：「這是——」

保羅·賴夫瑞遲疑的向老探長揮揮手：「我可以解釋——」

老探長不以爲然的悶哼了一聲，保羅·賴夫瑞的臉登時變色。過了一會，他帶點譏諷的微笑說：「好吧，你說，瓊森小姐。」

「是這樣子的。當時是預定的展示時間，我每次都在快十二點時進入這個房間，準備開始。」瓊森顚三倒四的說：「然後，每次當我介紹完這項設計時——」她指著那架似乎集沙發、床及書架於一身的矮几說：「我就走到牆邊，一按鈕，然後，然後，這個女人屍體就直直滾到我的脚邊……」她又顫抖了起來，抽了一口氣，看了正在作速記的海斯壯一眼。

老探長繼續追問：「瓊森小姐，當你按鈕的時候，你並不知道有屍體在裡面囉？」

那模特兒張大眼睛說：「如果我早知道，給我一千塊錢，我也不幹。」旁邊的護士帶點神經質的吃吃發笑。但給老探長瞪了一眼，她便隨即安靜下來。

「好，那你的部分結束了。」老探長轉向海斯壯：「你都記好了吧？」海斯壯滿臉嚴肅的點點頭。老探長又轉回來對護士說：「請把瓊森小姐帶到樓上醫護室，等我下一步的指示。」

那模特兒跌跌撞撞的急著離開，護士則有點垂頭喪氣的跟著她一路上樓。

接著老探長叫來了巡邏的警察布許，布許對屍體掉出來之後，在人行道上及櫥窗內的情況作完報告，就重新回到他在第五街上的崗位去了。

再下一個該保全隊長威廉·科朗索。他原先站在艾勒里及山繆·鮑迪醫生旁邊，此時走上前去，滿不在乎的瞪著昆恩探長。「你就是駐店的保全隊長？」

「是的，探長。」他兩腳移來移去，咧開嘴，露出一口帶煙印的黃牙。

「維利巡佐告訴我，屍體被發現之後，他指示你在一樓布滿安全人員，你辦好了沒？」

「是。辦好了，我派了半打人在外面，所有人手都在各處看著。」威廉·科朗索很快的回答：「但目前還沒找到任何嫌犯。」

「哼，能找到才怪。」老探長又吸了口煙：「說說看，當你進來時，你看到了些什麼？」

「剛開始時，我一個部下打電話到我樓上辦公室，說人行道上好像發生了暴亂。我立刻下樓來看，經過這座櫥窗時，賴夫瑞先生衝著我大叫，我趕著過來，看到這具屍體，及那個女孩子昏倒在地上。緊接著，布許也跟進來了。我告訴他們，在總部還沒來人之前，什麼也別碰。接著我就出去幫忙維持秩序，加強注意。等維利巡佐來了之後，我就聽他命令，我——」

「好了，好了，夠了。」老探長說：「但先別離開，待會我可能還要麻煩你。天曉得我們還缺多少人。」他一邊嘀咕，一面轉向山繆·鮑迪醫生。

「大夫，你可以開始報告了嗎？」

正跪在地上的法醫點點頭：「差不多了，探長。要我在這裡跟你報告嗎？」他望望四周的閒雜人等，露出一副不以爲然的表情。

「沒關係，就說吧，不會有很要緊的發現吧？」

「這可說不定。」鮑迪醫生嘀咕一聲站起來。他咬緊雪茄，不慌不忙很愼重的說：「這位女士被兩顆子彈打中，都是從點三八口徑的左輪槍發出，很可能就是同一把槍。不過這點得在顯微鏡下檢查之後才能知道。」他舉起兩團不成形狀的金屬，老探長接過之後，一言不發，立刻轉交給艾勒里，艾勒里急切的趨前接下。放在手裡翻來覆去的觀察。

鮑迪醫生出神的望著地上的屍體，兩手深深的插在口袋裡，繼續說道：「一顆子彈直接穿過心臟中央部位，在心囊造成一個鋸齒形的傷口，打碎了胸骨，穿透了膈膜，然後經過一層纖維，進入內層，最後到達了心臟尖端的外圍，也正是與大血管連接的地方。不只是血，還流出了不少黃色的心臟液體。由於子彈進入的角度，留下了一個可怕的傷口……」

艾勒里插口道：「所以立即造成死亡？換句話說，第二發子彈其實是無關緊要的。」

鮑迪醫生平板的說：「不錯，其實不論哪顆子彈都能立刻致人死命。說起來，這第二顆子彈——也說不定不是第二顆，我實在不能確定哪一顆是先發出來的——就說是第二號子彈吧，比第一號子彈更爲厲害。因爲它穿透心臟與腹部之間的區域，而這個部分的肌肉與血管，其重要性絕不在心臟之下……」鮑迪醫生突然頓住，眼神像受了什麼刺激似的轉向地上的屍體。

老探長在旁問道：「這左輪是在近距離發射的嗎？」

「探長，並沒有找到火藥的痕跡。」鮑迪醫生一面回答，一面仍舊皺著眉，打量著地上的屍體。

艾勒里接著問：「這兩顆子彈是從同一個地方射出來的嗎？」

「很難說。它們側面的角度很相似，這表示不論是誰發射這兩顆子彈，都應該是站在這位女士的右邊。但這兩顆子彈落下來的路線太接近了，實在非常奇怪。」

艾勒里趨前追問：「這是什麼意思呢？」

鮑迪醫生咬著雪茄低哼了一聲：「假設這兩顆子彈幾乎是同時發出的。而且這位女士差不多留在相同的位置，那麼打在心腹之間的那顆子彈，應該有較大的下落角度。這是因爲槍是對在較低的部位發射……不過也許現在我不應該作任何推測。有很多其他的可能，都可以解釋這種現象。還是得去找勞肯斯，看看子彈及傷口的情形。」

「絕少不了他的。」老探長歎了一口氣，「你說完了嗎？」

艾勒里再一次檢查了那兩顆子彈，開口問道：「死亡時間大概有多久？」

鮑迪醫生很快的回答道：「大概十二個小時。等做過解剖之後，就可以比較確定了。不過她一定是死於午夜之後，凌晨兩點之前。」

老探長很有耐性的再問道：「報告完畢了吧？」

「是，但有一件事使我有點……」鮑迪醫生咬著牙說：「探長，這實在怪得很。就我對這種心臟傷口的了解，只出這麼點血簡直不可能。我想你也注意到了，傷口上面的衣服凝結了不少血，但比我所估計的要少太多。」

「這怎麼說呢？」

「過去我看過太多類似的傷口。而這種傷口通常血濺四方，流得到處都是。特別是現在的這個口子，這麼大，更應該引起大量出血。在心腹之間的傷口倒不致於造成很大的流血量，但另一個傷口，看起來很有問題。所以我要特別提出來，請探長注意一下。」

昆恩探長正要張口回答，艾勒里警告似的瞥了他父親一眼，老探長立刻閉起嘴來，點頭打發了鮑迪醫生。艾勒里把子彈交給他，鮑迪醫生小心的放進袋子，慢條斯理的用床單蓋好屍體。在保證立刻找人來運屍之後，轉身離去。

老探長繼續詢問：「駐店醫生在不在這兒？」

那瘦小深膚的醫生遲疑的走上前來，亮了亮牙齒，應了一聲。

老探長以少見的溫和向他問道：「對鮑迪醫生的驗屍報告，你有什麼想要補充說明的？」

駐店醫生很不自在的望著走遠的鮑迪醫生說：「噢，沒有，沒有，沒有什麼要補充的，鮑迪醫生的報告很精確。哈，只是稍微有點太簡單。這子彈是——」

不等他繼續說完，老探長一口打斷，謝了他。轉身輕慢的對保全隊長威廉・科朗索說：「是誰負責管夜間守衛的？」

「彼得・歐法提。」科朗索答道。

「晚上一共有多少守衛？」

「四個。歐法提負責看管在39街上的門。羅斯卡、鮑爾斯兩個巡邏，波倫負責39街上進貨的開口。」

老探長謝過他，轉身向警探瑞特說：「去把麥肯齊經理找來。另外找出這四個守衛的住址，盡快把他們給搞來。去吧。」瑞特領命而去。

艾勒里突然站直了，把眼鏡架好，走到他父親身邊。兩人悄悄私語了一會。艾勒里又退回原處，找了一個觀察衆人最淸楚的地方站著。老探長彎彎手指，指向衛斯禮・韋佛。他問道：「韋佛先生，你是法蘭西先生的私人機要秘書吧？」

「是的。」韋佛機警的回答。

老探長斜覷了法蘭西一眼，後者軟弱的躺在椅子上，葛雷關切的拍著他的手臂。昆恩探長接著說：「我想現在最好不要打擾法蘭西先生——你跟法蘭西先生整個早上都在一起嗎？」

「不錯。」

「法蘭西先生並不知道法蘭西太太在百貨公司囉？」

「當然不知道。」韋佛尖銳而迅速的回答。他開始滿腹疑心的打量著老探長。

「那你呢？你知不知道？」

「我？我當然不知道。」

「唔。」老探長的下巴彷佛要陷進胸前。他低頭默想了一會兒，突然伸出一指，指向房間另一頭那群聚在一塊的董事們：「各位先生，有沒有哪一位知道法蘭西太太昨晚或今早在公司裡的。」

他這一問，立刻引起一陣怒聲否認。佐恩面紅耳赤，開口大聲抗議。

「請安靜。」老探長厲聲說道，衆人又漸歸靜默：「韋佛先生，爲什麼今天早上諸位先生都到齊了？他們平時不是每天都到吧？」

韋佛坦誠的臉忽然爲之一亮，好像鬆了一口氣，有了解釋的機會：「我們所有的董事都積極參與店務。雖然有時只在這兒待一兩個小時，但他們每天必到。至於今天，在法蘭西先生樓上的私人公寓裡，有一個特別的董事會議。」

昆恩探長驚異的哼了一聲：「你說什麼？樓上還有一個私人公寓？在第幾樓？」聽到這一樁新線索，他臉上露出一絲喜色。

艾勒里也突然振奮了起來。他再一次穿過房問，附在他父親耳邊低語，昆恩探長再度點點頭。

「韋佛先生，」昆恩探長略帶急切的追問：「今天早上，你和所有董事在法蘭西先生的私人公寓裡待了有多久？」

韋佛彷彿有點詫異的回答：「整個早上，探長先生。我在八點半到達。法蘭西先生是九點鐘到的，其餘的董事則在十一點過後。」

昆恩探長沈吟了一會：「你一直待在那兒？有沒有離開過呢？」

「當然沒有。」韋佛急促的回答。

「其他幾位呢？法蘭西先生？董事們？」昆恩探長耐著性子問道。

「全沒有，探長。我們都在樓上，直到公司裡的警衛來通知我們，說在樓下發生了意外。而且我必須聲明——」

「衛斯禮，衛斯禮……」艾勒里帶點責備意味的低聲呼道。韋佛驚異的回過頭來，看到艾勒里別有含意的瞪著他。他神經質的咬咬唇，住口不再說下去。

昆恩探長不顧衆人驚詫的眼神，好像自得其樂的說：「各位先生，請想清楚了。到底是什麼時候有人來通知發生了意外？」

韋佛平靜了點：「在十二點二十五分。」

「之後每一個人都離開公寓了嗎？」韋佛點點頭。

「你就鎖上了門？」

「門在我們身後自動關上的。」

「所以公寓裡應該沒人動過？而且沒人看守？」

「不。」韋佛很快的回答：「今天早上，會議剛開始時，法蘭西先生要我找一個守衛來站在門外。他惟一的任務就是在門口站崗，所以他應該還在那兒。事實上，我記得當我們衝出來看發生了什麼意外的時候，還看到過他。」

「太好了，」昆恩探長愉快的回答，「是公司的守衛吧？這個人可靠嗎？」

「絕對可靠，探長。」科朗索從一角上說：「維利巡佐也認得他。羅伯以前也是警察，與維利巡佐一起巡邏的。」昆恩探長帶著詢問的眼光望向維利巡佐，後者點點頭表示同意。

昆恩探長一面伸手取出一撮鼻煙，一面對維利巡佐說：「請你過去看看，看這羅伯老兄是不是還在那兒？是不是一直在那兒沒有走開？問問他，有沒有人想要闖進去？最後帶個人去接替他——記得要去接替他。」

維利巡佐木著臉答應了一聲，拖著脚走了出去。正當他走出去時，一個警察進來報告：「探長，皮貨部有電話找一位韋佛先生。」

「什麼？有電話找？」昆恩探長轉向站在一角愁眉苦臉的韋佛。

韋佛站直了：「大概是會計室的桂夫打來的，今天早上我應該送去一份報告。但又是開會，又發生了這種事，我完全給忘了。現在我可以走了嗎？」

昆恩探長遲疑了一下，他的眼光瞥向艾勒里，艾勒里漫不經心的玩弄著他的眼鏡，微微點了個頭。

昆恩探長不悅的對韋佛說：「好吧，快去快回。」

韋佛跟著那個警察走到對面的皮貨部門，接過電話：「這是韋佛，很抱歉，還沒把報告給你送去。唔？你是誰？」

突然他的臉色大變，原來打來的不是別人，而是瑪麗安。他立刻彎過身去，放低聲音悄悄私語。站在他身後的警察也跟著靠過去，想要偷聽他們談話的內容。

瑪麗安的聲音透出一絲焦急：「親愛的，發生了什麼事？我打到公寓去找你，但沒人接電話。接線生到處找你。有沒有出什麼事？我以爲早上父親要主持一個董事會議。」

韋佛強作鎮靜：「瑪麗安，我現在不能告訴你，是出了事。親愛的寶貝——出了這樣的……」他突然停止，好像心裡有番掙扎。他決定不再多說：「甜心，你可不可以幫我做件事？」

瑪麗安聽了益發著急：「到底是怎麼回事？是不是爸爸出了什麼事？」

「噢，不，他沒事，你放心。」韋佛好像整個身體都躺在電話上：「寶貝，不要再問了，你現在在哪裡？」

「我在家裡，衛斯禮，到底出了什麼事？」瑪麗安的聲音裡添了幾分驚恐：「是不是溫妮菲或貝奈思出了事？她們都不在家。衛斯禮，她們整個晚上都不在家……」她突然停住，發出一聲輕笑：「親愛的，我不要你白白著急，一會兒我叫個計程車，十五分鐘之內就會到。」

「我知道你一定會趕來的。」韋佛激動得幾乎要哭出來：「寶貝，不論發生了什麼事，記得我愛你，我愛你。」

「衛斯禮，小傻子，你要把我嚇昏了。再見，我立刻就過來。」聽筒裡傳來一點微弱的聲音，彷彿是瑪麗安的輕吻。韋佛歎了一口氣，掛下電話。

韋佛一轉頭，原來在他身後偷聽的警察一臉笑容的蹦了回去。韋佛滿面通紅，想要說什麼，又搖搖頭，只說：「有一位年輕的女士在十五分鐘之內會到。當她一到，請你立刻告訴我。她是瑪麗安．法蘭西小姐，我還會在櫥窗那邊。」

那警察收起了笑容，磨著牙慢慢的說：「我不知道我可不可以幫你通報。你得去問探長，我無權管這檔子事。」他不顧韋佛的抗議，一把硬拉著他走了回去。

他一面緊抓著韋佛的手臂，一面畢恭畢敬的對昆恩探長說：「探長，這傢伙說有個瑪麗安•法蘭西小姐要來，她人一到，就要我告訴他。」

昆恩探長驚訝的抬頭看著韋佛，不客氣的說：「你不是說桂夫先生打來的電話嗎？」

韋佛還來不及開口，那警察插進來說：「不，這是一位小姐，我想他叫她瑪麗安。」

「探長，」韋佛用力掙開那警察的手，發起火來：「這簡直是無聊透頂，我原來的確以爲是桂夫先生打來的，結果不是，是法蘭西先生的女兒——法蘭西小姐——一半也是爲了公事。我就自行決定請她即刻過來，不用說，我不希望法蘭西小姐一頭走進來，看見她繼母的屍體臥在地上，我不要嚇著她。」

昆恩探長取出一撮鼻煙，他的眼光從韋佛的臉上移轉過去，看了看艾勒里：「好了，好了，我很抱歉，韋佛先生……韋佛先生說的沒錯吧？」他轉過去，急促的問跟來的警察。

「不錯，我全聽到了，他是這麼說的。」

「哼，他最好是說眞的。」昆恩探長悶哼了一聲：「韋佛先生，請站到一邊去，等那位小姐來了之後再說。」遣走了韋佛後，昆恩探長摩拳擦掌低吼道：「該你了，法蘭西先生。」

法蘭西驚愕的抬頭呆望，他的目光渙散，直直向前瞪。

「法蘭西先生，你可不可以告訴我們一些有助破案的事情？」

「你……你說什麼？」法蘭西結結巴巴的問。他從椅子的靠背上用力撐起頭，好像完全被他妻子的死亡給震呆了。

昆恩探長的臉上露出一絲憐憫的表情，一眼接住約翰•葛雷憤怒的眼神。他囁嚅道：「好吧，別提了。」接著他挺挺胸，從兩道濃眉下瞧了艾勒里一眼：「怎麼樣？再來仔細檢查一下屍體吧。」

艾勒里精神一振：「旁觀者清哪，老爸，如果你以爲這句成語太俗濫，那你就有所不知了。來吧！」

7 屍體

昆恩探長走到房間另一頭擺屍體的地方，一手揮走了正在翻檢床單的警探強森。他跪在那死去女子的身邊，掀開了白色的床單。艾勒里越過他父親的肩頭，不動聲色卻鉅細靡遺的把一切都看在眼裡。

屍體橫七豎八的躺在那兒，左手臂向外伸直，右手臂卻折在背後。她的頭彎向一邊，一頂棕色的帽子壓在眼睛上。法蘭西太太是個嬌小的女人，手脚纖細。她的雙眼圓睜，並未闔上，裡面滿是驚詫。嘴角下牽，一抹乾掉的血跡黏在頰上。她的衣著簡單嚴謹，但品質極佳，正符合她的地位及年齡。一件淡棕色的布大衣，領子及袖口鑲著狐皮。裡面是一件深黃褐色的棉質連身裙，在胸腰上有橘棕兩色花樣，配著同色系的棕色絲襪，及一雙極好走的棕色便鞋。

老探長抬頭輕聲很秘密似的問道：「艾勒里，你可注意到她鞋底的泥？」

艾勒里點點頭：「不錯，不過這個用小腦也想得出來。昨天下了一天的雨，特別到了晚上，大雨傾盆，難怪這不幸的女士弄溼了她尊貴的雙足。事實上，不只是鞋，她的帽子也溼漉漉的。不錯，法蘭西太太昨天是在雨裡出去過。不過這不能說明什麼。」

「何以見得？」老探長的手輕輕摸過那位女士的衣領。

「因爲她可能是從人行道走到百貨公司時淋溼的，這又能表示什麼？」艾勒里不以爲然的回道。

老探長並未回答。突然，他在那衣領下掏出一條薄薄的花色圍巾，猛然發出一驚歎。在圍巾的一角，有一個絲線繡的名字。艾勒里傾身向前唸出來：「M・F。」他站直了，皺著眉，但沒說什麼。

昆恩探長往房間另一頭董事們聚集的角落望過去。他們也正注意著他的一舉一動。當他們發現昆恩探長轉過來看他們時，個個尷尬的別過頭去。

昆恩探長開口問道：「法蘭西太太的名字叫什麼？」

這群董事好像個別接受審訊一樣，異口同聲的回答：「溫妮菲。」

「溫妮菲？」昆恩探長悶哼了一聲。他的眼神先轉向地上的屍體，之後停在艾勒里的臉上。「溫妮菲？」他又說了一遍。韋佛的頭不自然的轉來轉去，好像完全被那條薄絲巾給嚇住了。「溫妮菲？她還有其他的名字嗎？」

「溫妮菲・馬奇班・法蘭西(Winifred Marchbanks French)。」韋佛結結巴巴的說。

老探長略略點了點頭。他站起來走到法蘭西旁邊，後者正呆呆的注視著他。昆恩探長輕輕的拍了拍這百萬富佬的肩膀：「法蘭西先生，這是你太太的圍巾嗎？」他舉高圍巾放在法蘭西的眼前：「你知道我在問什麼嗎？法蘭西先生，這是不是你太太的圍巾？」

「唔，讓我看看。」老人從昆恩探長的手裡一把將圍巾扯過來，急切的將圍巾鋪平，手指抖顫的撫過上面繡的名字，忽的又縮回椅子裡。

「法蘭西先生，到底是不是她的？」昆恩探長拿開圍巾，跟著追問。

「不，不是。」法蘭西平板的，有氣無力的回答。

老探長轉身對著在旁邊靜待默不作聲的衆人說：「有誰認得出這條圍巾？」他把圍巾再一次舉高，但半晌無人回答。昆恩探長又問了一遍，同時一個一個看了過去，其中只有韋佛避開他的眼光。

「韋佛，你就說出來吧。」昆恩探長抓著他的手臂，不客氣的說：「M・F到底代表什麼？是不是瑪麗安・法蘭西(Marion French)？」

韋佛好像哽在那裡，一下子說不出話來。他焦慮的望向艾勒里。他的朋友一臉同情的看著他，他又望望正在自言自語的法蘭西……

「探長，你不會眞以爲她跟這謀殺案有什麼關係吧？她太好，太年輕，太……」

老探長截斷他的話，轉向葛雷：「剛才韋佛先生提到的瑪麗安・法蘭西，是法蘭西先生的女兒吧？」

葛雷沈重的點點頭。突然，法蘭西彷彿要從椅子裡躍出來。他粗聲的喊：「不，不可能的。不是瑪麗安，不是她。」他的眼睛發紅，身體顫抖。在他旁邊的葛雷、馬奇班急忙衝上去扶住他。他全身痙攣了一會，終於垮了下來，重新陷進椅子裡。

老探長不再發言。一直在旁靜靜觀察的艾勒里，把衆人的表情一一看在眼裡。此時他對著靠著一張桌子愁眉苦臉的韋佛，投出一瞥安慰的目光，彷彿要他的朋友放心。韋佛忽然彎下腰，拿起一個丟在地上，幾乎被死者衣裙遮住的東西。

那是一個深棕色的小皮包，上面印著「W・M・F」。艾勒里坐在床邊，接過皮包在手上翻查。他好奇的打開皮包，把裡面的什物一件件放在床墊上。裡面有一個小零錢包、一個金色化妝盒、一條有花邊的手帕、一個裝撲克牌的金盒子，全都有W・M・F這幾個字在上面。最後，還有一條唇膏，放在銀色花紋的套子裡。

老探長抬頭犀利的說：「你在看什麼東西？」

艾勒里有點不好意思的說：「是死者的皮包，你想要看看嗎？」

老探長假裝惱怒的瞪他兒子一眼：「我想要看看嗎？艾勒里，有時候你實在太過分了。」

艾勒里微笑的把皮包給了他父親。昆恩探長仔細的檢查了皮包，以及堆在床上的零星物件，不耐煩的說：「我看不出來這些東西有什麼要緊的，而且我——」

「真的沒什麼要緊嗎？」艾勒里帶點撩撥的語氣問道。

「你這是什麼意思？」他的父親音調大變。老探長又重新檢查了一遍：「小皮包、化妝盒、手帕、牌盒、唇膏，這些東西有什麼重要的？」

艾勒里正對著這些物件，所以他的背擋住了旁觀衆人的視線。他很小心的拿起唇膏，交給他父親，老探長滿腹疑心，同樣小心的接住，突然發出一聲驚呼。

「是個——C。」艾勒里囁嚅的說：「你想這是什麼意思？」

這支唇膏大而長，在蓋子上刻了一個C。老探長訝異的望了一陣子，正準備詢問室內衆人，但艾勒里作了一個警告的手勢，阻止了他，並從他父親的手裡接過唇膏，把唇膏蓋旋開，旋出了半吋左右的唇膏。唇膏的紅色至此清晰可見。他的眼睛轉到死者的臉上，兩眼忽然爲之一亮。

艾勒里很快的在他父親旁邊跪下來，他們的身體仍然遮住了旁觀者的視線，沒有人看得到他們在做什麼。

「你看這唇膏，爸爸。」他好像若無其事的低聲說，一面把唇膏舉到他父親眼前，昆恩探長百思不得其解的望著。

「有毒？但這是不可能的——還沒作過檢驗，你怎麼會知道？」

「不，不是。」艾勒里依然低聲輕呼道：「是顏色，爸，看那顏色。」

老探長的臉色也爲之一亮。他的眼睛從艾勒里手上的唇膏看過去，停在死者的唇上。再清楚不過了。死者唇上的顏色絕不是從這支唇膏來的。在唇上的是一種淡紅色，幾近於粉紅，而這支唇膏卻是一種深洋紅色。

「艾勒里，交給我。」老探長拿起那支打開的唇膏，飛快的在死者的臉上塗了一個紅色的印子。

「不錯，是不一樣。」他用床單的一角擦掉了那抹紅印：「但是，我看不出來——」

「所以應該另外有一支唇膏，是不是？」艾勒里淡淡的說，一面站起身來。

昆恩探長一把抓過死者的皮包，急急的又檢查了一遍，但沒有另一支唇膏的蹤影。他向警探強森揮揮手：「你在床上及櫃子裡有沒有找到什麼？」

「什麼也沒有，探長。」

「眞的？沒看到一支唇膏？」

「沒有，絕對沒有。」

「皮格、賀斯、福林特。」那三個警探停止搜查，走到老探長身邊。昆恩探長又問了一遍，但同樣沒有結果。沒有人發現任何特別的東西。

「威廉•科朗索呢？」那保全隊長趕了過來。他不等人問，開口道：「我剛在外頭看著，現在一切都齊整了，我手下的人一直在那兒忙，這可不是蓋的——探長，您找我做什麼？」

「你發現屍體時，有沒有看到一支唇膏？」

「唇膏？沒有，沒看見，就是看見了，我也不會碰。這點我知道，探長。」

「賴夫瑞先生？」那法國人也一口咬定，他絕沒看到任何唇膏；至於那模特兒呢？昆恩探長隨即要皮格上樓，問那模特兒可看到什麼？

老探長轉過身，皺眉對艾勒里說：「這可奇怪了。不會有人從這裡摸走了那玩意兒吧？」

艾勒里微微一笑：「爸爸，如果你想這樣子找出偷了那支唇膏的人，我怕你要白費工夫了。事實上，我有一個說不定很準的推測……」

「你是什麼意思？」老探長低吼道：「如果沒人拿，那到底在哪裡？」

「這點我們到時候就知道了。」艾勒里冷靜的說，「但再看看她的臉，爸爸，特別是她嘴唇的部分。除了唇膏的顏色之外，你還有沒有發現其他值得注意的地方？」

「啊！」老探長倒抽了一口冷氣，駭異的瞪著那具屍首。他摸出了鼻煙盒，痛吸了一口：「我不知道要說什麼，但，老天，那唇上，那唇上還沒塗完唇膏。」

「正是。」艾勒里一面把玩著他的夾鼻眼鏡，一面說：「我檢查屍體時，就一眼注意到了。不知道發生了什麼驚人的事，以致一個平時梳妝整齊的中年婦人，會只搽了一半唇膏？」他噘著嘴，聚精會神陷入思考。他的眼睛一直停留在死者的唇上。在她的上、下唇，各有兩抹粉紅色。在上唇，有兩點粉紅，尚未抹開，而下唇只有在中央，有一點粉紅。唇膏沒有塗到的部分，則是一片淒慘的紫色——死亡的顏色。

正當老探長無奈的摸著眉毛時，皮格回來了。

「怎麼樣？」

警探報告道：「屍體一從牆上的床翻出來，那女孩子就昏倒了，沒看到任何東西，更別提唇膏了。」昆恩探長滿面困惑，默默的拉起床單，覆蓋在屍體上。

8 守衛

櫥窗門霍然打開，維利巡佐跟一個兩眼向前平視、身著黑衣的男子一起走了進來。這個新來的人畢恭畢敬的向老探長行個禮，站在一邊等著。

「探長，這是羅伯。」維利巡佐俐落的介紹，「百貨公司的保全人員，我可以替他擔保。他就是韋佛先生今兒一早在開董事會時，找去在公寓站崗的。」

「情形怎麼樣？」老探長問。

「今天早上十一點，我被派去法蘭西先生的公寓，要我站在門外，看好別讓人來打擾開會。根據我接到的指示……」

「是誰給你的指示？」

「我想是韋佛先生打來的電話。」昆恩探長看了韋佛一眼，後者點點頭，昆恩探長就做個手勢要羅伯繼續報告。

「根據給我的指示，我在公寓外面巡邏，不得干擾開會。我在六樓走廊接近公寓的地方，一直待到差不多十二點二十五分。就在那時候，門開了，法蘭西先生、董事們、還有韋佛先生全都跑出來，坐上電梯下樓去。他們好像都激動得很……」

「你知不知道為什麼法蘭西先生、韋佛先生、所有這些先生們，會那樣子跑出公寓？」

「不，我不知道，不過就像我剛才說的，他們好像很激動，一點也沒注意到我。半小時前，有人經過告訴我，我才知道原來法蘭西太太出了事。」

「他們離開公寓時，有沒有董事關上門？」

「那扇門是自動關上的。」

「所以你並沒有進入公寓？」

「是，我從沒有進去過。」

「你今早站崗的時候，可有其他人到過公寓？」

「一個人影也沒有。而且所有董事離開後，除了我剛才提到的那個報訊的傢伙之外，沒有一個人來過。我一直站在那裡，直到五分鐘之前，維利巡佐才派了兩個人來接替我。」

老探長沈吟了一會：「所以你確定絕對沒人進入那間公寓？你知道這點可能非常重要。」

「絕對確定。」羅伯很清楚的說：「所有董事離開之後，我還會一直留下來，就是因為我不知道該怎麼辦。不過每當有特殊狀況發生時，我總覺得留在原來的崗位最為保險。」

「好，你的報告差不多了，可以走了。」

羅伯向老探長又行個禮，轉向威廉•科朗索，聽從下一步的命令。這百貨公司的保全隊長昂頭挺胸，詳細指示他該如何到外面去維持群眾秩序。羅伯就此走了。

9 守衛們

昆恩探長走到門邊，外面仍然萬頭鑽動，人聲沸騰。他大聲吼道：「麥肯齊先生？麥肯齊先生在不在？」

「在這兒，我來了。」噪雜之中，傳來麥肯齊經理微弱的聲音。

老探長又踱回了房間，一邊用手摸索他的鼻煙盒。他幾乎是不懷好意的打量著那群董事，心情似乎好轉了不少。這群人中，塞路斯・法蘭西仍然悲痛不能自抑，壓根兒沒有注意到周遭發生的事。但其餘的人不再那樣震驚，開始感到百無聊賴。柯納斯・佐恩不斷偷偷看他沈重的金錶。胡柏・馬奇班好像出操似的在房間裡走來走去。梅威爾・崔斯克則每隔一陣子掏出一小瓶威士忌，仰頭一灌。只有約翰・葛雷臉色灰白，默默的站在塞路斯・法蘭西的椅後。保羅・賴夫瑞則靜靜的注視著昆恩探長及其手下的一舉一動。而韋佛孩子氣的臉上，一點也掩不住滿懷焦慮。他常常望向艾勒里，像是要請他幫忙，但艾勒里能幫什麼忙呢？

「各位先生，我要請你們再耐心等待一會。」老探長伸出手背，把他的鬍子抹平：「我們還有幾件事要解決，然後我們再看看……啊，你是麥肯齊先生吧？那些是守衛嗎？」

麥肯齊走了進來，跟他一塊兒到的還有四個年紀不小的男人。一個個面露驚恐，一副侷促不安的模樣，跟在最後的是警探瑞特。

麥肯齊揮揮手要他們走到前面一點。他們拖拖拉拉的稍微移了一步。麥肯齊一邊對老探長報告：「我剛才就照維利巡佐的指示，已經開始清查所有工作人員的行蹤。」

「你們中間，哪個是領班？」老探長開始盤問。

「是我，我是歐法提。」一個肥頭大臉，眼神溫和的老者碰碰他的前額，站了出來。

「昨天你有沒有值班？」

「是，先生，我有。」

「什麼時候開始的？」

「就照我平常的時間。」那守衛說，「五點半。我在39街上的夜間值班室接班。」他伸出一隻粗肥多繭的指頭，指著跟在他後頭的兩人：「他們兩個跟我一塊去的，我們昨晚都到了，全都照常。」

「唔，」老探長停了一下，「你知道發生了什麼事嗎？」

「是，我聽說了。先生，實在非常遺憾。」歐法提狀極嚴肅的回答。他偷偷看了癱在那裡的法蘭西先生一眼，立刻偏過頭，正視著老探長，好像他剛才做了什麼見不得人的事。他的手下跟著他的眼神，不約而同的先盯了法蘭西先生一眼，又急急忙忙往前看。

「你可以一眼認出法蘭西太太來嗎？」老探長問，他銳利的小眼睛靜靜打量著那老人。

「是，沒問題。」歐法提回答：「有時候公司打烊了，但法蘭西先生還在，法蘭西太太總在那時候來。」

「她常來嗎？」

「不，倒不常來，不過我認得她。」

「嗯。」老探長的聲調漸趨和緩：「歐法提，現在我要問你一個問題，我希望你小心回答。更重要的，要像出庭作證一樣，不能有半句虛言。好，現在我問你，昨天晚上你有沒有看到法蘭西太太？」

整個房間頓時安靜下來，只有心跳聲、脈搏聲，聲聲震耳。所有的眼睛全集中在老人斑痲的臉上。他舔舔唇，好像在用力回想，最後他挺起肩，微微喘氣的說：「是，我看到她。」

「在什麼時候？」

「十一點四十五分。先生。」歐法提繼續說：「公司打烊之後，晚上只留下一扇門出入。其餘的都上了鐵門。那扇門在39街上，專門給員工用的。晚上除了那扇門之外，沒辦法從其他門進出，我——」

艾勒里突然移動了一下，所有人都轉頭看他。他帶著點不以爲然的微笑望著歐法提：「爸爸，很抱歉，我忽然想到一件事……歐法提，你剛才說，在打烊之後，只有專供員工進出的那扇門還是開的？」

歐法提咬著牙又想了想：「是啊？難道有什麼不對？」

「只有一個小問題。」艾勒里笑笑說：「我想在39街上，還有另外一個夜間進貨的開口，是吧？」

「噢，你說那個門。」歐法提哼了一聲，「那實在談不上是個開口，先生。絕大部分時間都是關的，所以，就像我剛才所說的——」

艾勒里舉起手：「等一下，歐法提，你說，絕大部分時間都是關的，這是什麼意思？」

歐法提搔搔頭說：「那個開口整個晚上都是關緊的。只在十一點至十一點三十分之間打開，所以實在不能算數。」

「這是你的想法。」艾勒里辯道：「既然在那個開口，特別派了人整夜守在那兒，總該有點道理吧？到底誰在那站崗的？」

「是波倫。」歐法提說：「波倫，站過來給這位先生看看。」

一個頭髮漸灰的中年人站了出來：「是我。」他說：「昨兒晚上我守的進貨口一點問題也沒有，如果你想問這個的話……」

「沒有一點問題？」艾勒里目光銳利的注視著他，「這個門到底爲什麼要在十一點至十一點三十分鐘之間打開呢？」

布倫回道：「要送雜貨啦、肉類啦等等。公司裡有餐廳，需要量大得很，每天晚上都得送新的來。」

老探長插嘴道：「是哪家運貨公司送來的？」

「柏格公司，每天晚上同一個司機送來。」

老探長先指示海斯壯記下來要問那卡車司機一些問題，接著對艾勒里說：「還有什麼要問的嗎？」

艾勒里又再轉身向波倫問道：「請你告訴我，每天晚上柏格卡車公司運貨過來的時候，你們一送一收的程序如何？」

波倫說：「我每次十點鐘開始值班。卡車每天晚上十一點到達，約翰——就是那司機，會先按運貨門外的電鈴。」

「通常那扇門是不是在五點三十分之後就鎖起來了？」

麥肯齊從旁插嘴道：「不錯，當公司一打烊，那扇門會自動鎖住，一直要等卡車在十一點抵達時，才會再打開。」

「波倫，說下去吧。」

「約翰一按鈴，我就把鐵門捲上去。卡車開進來後，馬雷開始搬運，之後把東西存放好。同時約翰跟我在門房辦清點接收。事情辦好之後，他們就開車走了。我把鐵門捲下，然後留在那兒守一夜。」

艾勒里想了一想說：「他們卸貨時，那扇鐵門是不是一直開著的？」

「當然。」布倫回道：「那扇門不過開個半小時，而且如果有人進來的話，我們幾個人之中，一定會有人看到的。」

「你能不能擔保？」艾勒里咄咄逼人的說：「嘿，老兄，你可以賭咒發誓嗎？」

波倫遲疑了一下：「我實在看不出來，居然有人能混進來。」他的語氣軟了下來：「馬雷在那兒卸貨，我和約翰就在旁邊的門房裡……」

「卸貨的區域有多少電燈呢？」艾勒里追問道。

布倫有點茫茫然的回答：「有盞大燈照在卡車停的地方，另有一盞小燈在門房，約翰也讓車頭燈一直開著。」

「卸貨的地方有多大？」

「唔，大概有七十五呎長，五十呎寬。在店裡專供緊急需要用的卡車也停在那裡過夜。」

「卸貨的卡車離門房有多遠？」

「卡車停在很後面的地方，那裡有一個通往廚房的運貨口。」

「而在那一大片漆黑裡只有一盞燈。」艾勒里喃喃的說，「門房是關著的吧？」

「只有一扇玻璃窗面對著室內。」

艾勒里把玩著他的眼鏡說：「波倫，如果我要你發誓，沒有人可能經過這個開口，進入卸貨間，你能發誓嗎？」

波倫無可奈何的笑一笑：「大概辦不到。」

「當昨天晚上門戶洞開，你和約翰清點貨物的時候，到底有沒有看到人進來？」

「沒有，我沒有看到任何人。」

「但可能有人會摸進來，是不是？」

「我想，這說不定。」

「最後一個問題，」艾勒里溫和的說，「他們每天都會送貨來，而且每天絕對都在相同的時間送貨來，是不是？」

「不錯，我記得一直都是這樣的。」

「很抱歉，還有一個問題。昨天晚上十一點半，你是不是立刻鎖上了進貨門？」

「是，我準時鎖上了門。」

「你是不是在門邊守了一夜？」

「不錯，我坐在門邊的椅子上，守了一整夜。」

「沒有受到干擾？有沒有看到或聽到任何可疑的事？」

「沒有。」

「如果有人想經過那扇門，離開這棟大樓，」艾勒里異常清晰的強調，「你應該會看到或聽到吧？」

「不錯，應該會。」波倫微弱的回答，一面愁眉苦臉的望向麥肯齊。

「好了，我問完了。」艾勒里隨意的向波倫揮揮手，接著對他父親說：「探長，交給你了。」他向後退了幾步，隨即在他的筆記本上振筆疾書。

老探長帶著逐漸了悟的表情，在旁傾聽艾勒里對波倫的詢問。此時他歎了一口氣，對歐法提說：「你剛才說，法蘭西太太是在十一點四十五分到的，現在繼續往下說吧。」

歐法提的手微微顫抖的抹抹眉，猶豫的向艾勒里看了一眼，開始道：「我整夜坐在我的崗位上——可一次也沒走開，羅斯卡及鮑爾斯每小時巡邏一次。這是我的職責，先生，除此之外，我在那兒登記有哪些人加班晚走的，像那些經理之類。先生，我——」

「別緊張，慢慢說。」老探長像很感興趣的對歐法提說：「法蘭西太太到了之後，到底發生了些什麼事？你確定那時絕對是十一點四十五分嗎？」

「絕對沒錯，先生。我看過桌子旁的鐘，因爲我一定得把所有人進出的時間登記下來。」

「唔？進出登記表？」昆恩探長轉向麥肯齊：「請你把昨晚的進出登記表立刻送來好吧？」麥肯齊點頭離去。昆恩探長要歐法提繼續說下去。

「透過走廊的門。我看到一部計程車開過來，接著法蘭西太太下了車，付了錢，上前敲門。我一看是法蘭西太太，立刻過去開門。她好像心情挺不錯的跟我道了晚安，問我法蘭西先生還在不在，我就告訴她，法蘭西先生不在。下午我來值班時，法蘭西先生拎了手提箱走了。法蘭西太太謝了我，停下來想了一下，說她還是想去樓上法蘭西先生的私人公寓。說著她就往直通公寓的專用電梯走去。我對她說，要不要我找人給她開電梯、開公寓的門。她謝了我，說不用了，可眞有禮，先生。接著她在皮包裡摸了一陣，看她有沒有帶鑰匙來，沒問題，帶著了。她把鑰匙拿出來給我瞧一瞧，然後，她——」

「等一等，歐法提，」老探長好像發現了什麼，「你說她有公寓的鑰匙？可不可以再解釋一下。」

「先生，法蘭西先生公寓的鑰匙一共只有六把。」歐法提不再像剛才那樣緊張：「就我所知，法蘭西先生、法蘭西太太各有一把，瑪麗安小姐一把，貝奈思小姐一把——我在這兒做了十七年，我知道法蘭西先生家裡有些什麼人，先生——韋佛先生也有一把。還有一把主鑰匙，一直存放在我的辦公桌裡，所以加起來一共有半打。那把主鑰匙是以防萬一用的。」

「你說法蘭西太太在離開你的辦公室之前，給你看過她的鑰匙，你怎麼知道就是那把鑰匙呢？」

「這沒問題，每把鑰匙都是特別訂製的。而且上面都有這麼一丁點金金的東西，上面刻著每個人姓名的第一個字母。法蘭西太太給我看的鑰匙就有，而且我認得出這鑰匙該是什麼樣子。她是拿著那把公寓鑰匙沒錯。」

「等一下，歐法提，」老探長轉向韋佛，「你有沒有帶著公寓鑰匙？請你給我看看。」

衛斯禮•韋佛(Westley Weaver)從口袋裡掏出一個皮製的鑰匙包，交給昆恩探長。在那一串鑰匙裡，其中一把有一個金色小片，上面鑄著W•W，老探長抬頭看著歐法提：「是不是就像這一把。」

「沒錯，只是鑄的名字不一樣。」

「太好了。」老探長把鑰匙包還給韋佛：「歐法提，在你還沒說下去之前，先告訴我，你把主鑰匙放在哪裡？」

「就放在我辦公桌一個專用的抽屜裡，從早到晚，一直都在那兒。」

「昨晚它是不是在那裡呢？」

「是，我常常檢查，看那把鑰匙在不在。沒錯，那把鑰匙一直存在那裡。就是那把，上面也鑄了字，有個『主』字在上頭，」

「歐法提，」老探長靜靜的問，「昨天晚上你一直留在你的辦公桌邊嗎？有沒有離開過辦公室？」

「絕對沒這回事。」這老守衛一口咬定：「從我五點半一到，到今早八點半老申來接替爲止，我從來沒離開過辦公室。我値班的時間比老申要久，因爲他的事情多，要登記員工進出什麼的。先生，我絕對沒離開辦公桌一步。我從家裡帶了熱咖啡，就裝在保溫壺裡。先生，我一整夜都守在這裡。」

「好，我知道了。」昆恩探長擺擺頭，彷彿在重振精神，他揮揮手要歐法提繼續說下去。

「法蘭西太太離開了我的辦公室之後，我起身到走廊去看她，她打開電梯門，走了進去。這是我最後一次看到她。雖然她沒再下來，但我也沒多想，過去不是沒有發生過，好幾次法蘭西太太留在樓上的公寓裡過夜。我就猜她一定留下來了。這是所有我知道的事情。」

艾勒里在旁動了一動，他從床上拿起死者的皮包，在歐法提的眼前晃了晃：「你以前有沒有看過這個皮包？」

那守衛回答：「是，這正是法蘭西太太昨天帶的皮包。」

艾勒里輕聲問道：「那麼昨天她是從這個皮包拿出那把鑰匙來的？」

歐法提對這個問題好像有點摸不著頭腦的回答：「當然囉，先生。」艾勒里似乎對這個回答很滿意，退回去在他父親耳邊喃喃私語。老探長皺皺眉，點一點頭，他轉向威廉•科朗索：「請你到39街的辦公室把那把主鑰匙拿來。」威廉•科朗索應聲而去。老探長又拿起他在屍體邊發現，上有「M•F」字樣的圍巾，交給歐法提：「你記不記得法蘭西太太昨天晚上曾經戴過這條圍巾？仔細想想看。」

歐法提用他粗糙肥厚的手指捏住那條圍巾，翻來覆去看了幾遍，終於皺著眉頭說：「這實在很難講。我好像看過她戴，又好像從沒看過，我實在不敢說。」他現出一副無能為力的表情，把圍巾交還給老探長。

「所以你不敢確定？」老探長把那條圍巾又丟回床上：「昨天一切看起來是不是都很正常？有沒有什麼可疑的事？」

「不，沒有，你知道公司裡有防盜系統。昨天晚上靜悄悄的，就像教堂一樣。就我所知，沒有一點兒異常。」

昆恩探長對維利巡佐說：「給防盜總辦公室打個電話，看他們昨天有沒有收到什麼報告。應該是沒有，不然我們早該知道了。」維利巡佐照例一言不發，默默離開了。

老探長又繼續問：「歐法提，昨天晚上除了法蘭西太太之外，你還有沒有看到任何其他人進來？」

「沒有，絕對沒有，一個人影也沒有。」歐法提一再強調，好像要補償他剛才不能確定圍巾的缺失。

「麥肯齊經理，請給我看一看進出登記表。」麥肯齊剛拿了一大捲紙回來。老探長接過來，很迅速的看了一遍。突然好像有什麼引起他的興趣。他對歐法提說：「從你的表看來，韋佛先生及一位史賓格先生是昨天最後離開的人，是你登記吧？」

「不錯，史賓格先生在六點四十五分離開，幾分鐘之後，韋佛先生也走了。」

「是不是這樣的？韋佛先生？」老探長向那機要秘書追問。

「不錯。」韋佛沈著的回答：「昨天晚上，我要給法蘭西先生準備今天的報告，所以待得晚一點。我記得我還刮了鬍子……我在將近七點時離開的。」

「那誰是這位史賓格先生呢？」

「唔，詹姆士•史賓格是我們圖書部門的主管。」麥肯齊在旁插嘴道：「他常常晚回去，很負責任的。」

「好，好——你們兩個，」老探長指著兩個尚未發言的守衛：「你們有什麼要說的？對剛才歐法提說的話，有什麼要補充的？一個一個來，你的名字是？」

其中一個守衛緊張的清清喉嚨：「我叫喬治•鮑爾斯，探長。我沒什麼可說的。」

「你巡邏的時候，是不是一切都沒有問題？是你管這層樓嗎？」

「是，一切都沒有問題。不過不是我管這層樓。是羅斯卡。」

「羅斯卡？你叫什麼名字？羅斯卡。」老探長問道。

第三個守衛呼吸沈重的說：「羅斯卡，先生，我是賀曼•羅斯卡，我想——」

「你想，嗯？」老探長轉頭對警探海斯壯說：「你都記下來了吧？」

「是。」海斯壯一牽嘴角，一邊仍忙著記錄。

「好。羅斯卡，你剛才想到什麼事？不消說應該很重要囉。」

羅斯卡把身體繃緊了回答：「昨天晚上在這層樓，我覺得好像聽到了什麼。」

「你聽到了什麼？確定的地點在哪裡？」

「就在這裡，在這間房間外面。」

「老天！」老探長忽然安靜下來：「在這間房間外面，太好了，羅斯卡，怎麼回事呢？」

羅斯卡似乎被老探長平靜下來的聲音所感染。他開始和緩的繼續說：「大約在清晨一點左右，可能是一點鐘之前。我在店裡靠近第五大道及39街的部分巡邏。而我們現在站的地方面對第五大道，過了夜間辦公室。所以兩個地方有相當的距離。忽然我聽到了一種奇怪的聲音，但我不能確定到底是什麼聲音。可能是有人移動，也可能是脚步聲，或是有門被關上。反正我說不上來。但我也沒起疑——因爲在晚上，有時候你就是會聽到些莫名其妙的聲音。不過我還是走了過來，卻找不到有什麼不對的地方。所以我想大概是我自個兒想像出來的。我試著檢查了好幾扇橱窗門，也檢查了這一扇。確定它們全鎖好了，我就沒再查了。我跟歐法提說了一聲之後，就繼續巡邏去了。」

「噢，」老探長似乎頗為失望的說：「所以，就算你眞的聽到了聲音，也不能確定那聲音是從哪裡來的？」

羅斯卡很謹愼的回答：「如果確實有聲音的話，那聲音是從這層樓靠近大街的櫥窗發出來的。」

「昨晚整個晚上還有沒有發生其他的事？」

「沒有，先生。」

「好了，我沒有問題了。你們可以回家補一覺。今天晚上還是要照常來上班。」

「是，是。」那幾個守衛退出了櫥窗離去。

老探長一邊揮舞著那張進出登記表，一邊對麥肯齊說：「你仔細看過這張表嗎？」

「不錯，我想你可能有興趣，所以我在走過來的時候，已經檢查過了。」

「很好，麥肯齊先生，那麼你發現了些什麼？是不是每個員工昨天都按時下班了？」昆恩探長的臉很平靜，好像不很在意的說。

麥肯齊卻毫不遲疑：「你可以看得出來，我們是根據不同的部門登記的，所以一目了然，很容易查……我可以很肯定的說，所有昨天來上班的人全都離開公司了。」

「包括經理，以及那些董事先生？」

「不錯，他們的名字也都列了出來。」

「好，謝謝你。」老探長難得客氣的說：「但請別忘了查那些請假的人，麥肯齊先生。」

維利巡佐和威廉•科朗索這時同時走了進來。科朗索交給老探長一把鑰匙，與韋佛的一模一樣。唯一不同的地方是，正如歐法提所說，在金片上刻的是『主』字。維利巡佐則報告說，防盜辦公室並沒有收到任何警訊，昨晚一切正常。

老探長轉向麥肯齊問道：「這歐法提有多可靠？」

「可靠得不得了，爲了法蘭西先生，他的命也可以不要，探長。」麥肯齊熱切的回答：「他是店裡最資深的員工，老早前就認得法蘭西先生了。」

「這是眞的。」科朗索在旁附和，好像很希望他的意見也受到注意。

「我剛才忽然想到，」老探長朝麥肯齊問道：「法蘭西先生的公寓到底有多隱密？除了法蘭西先生一家人，以及韋佛先生之外，還有誰能進出他的公寓？」

麥肯齊慢吞吞的摸摸下巴：「沒什麼其他人了，探長。當然，各個董事定期在法蘭西先生的公寓裡開會，或處理一些公事。但只有剛才歐法提提到的那幾個人才有鑰匙。事實上，說來奇怪，熟悉法蘭西先生公寓的人很少。從我來這裡做事，少說也有十年了，我就沒去過幾次，上禮拜，法蘭西先生有特別的公事交代，找我去他的公寓時，我才想到平時我有多麼少去。至於其他的員工呢？法蘭西先生一向非常重視隱私。每週三次，有個清潔婦來，歐法提替她開門，看她離去。但除此之外，沒有其他的員工可以進出，或是去公寓找法蘭西先生。」

「唔，這公寓——看來我們老是繞著這公寓打轉，」老探長喃喃自語：「我們在這裡所能作的調查好像差不多了……艾勒里，你覺得怎麼樣？」

艾勒里一面看著他父親，一面異常激動的揮舞著眼鏡。他的眼神閃爍，彷彿有什麼事在困擾著他。

「你在問我嗎？」他煩躁的笑一笑：「在過去半個小時之內，我的全副精神都放在解決一個難以理解的小問題。」他咬著唇回答。

「問題？什麼問題？」他的父親縱容的低聲吆喝：「我還沒時間想個清楚，而你居然在講什麼問題！」

「這問題是，」艾勒里一個字一個字很清楚的說出來，但又小心不讓別人聽到：「爲什麼法蘭西太太開她丈夫公寓的鑰匙不見了？」

10 瑪麗安

「這不算什麼問題。」老探長道：「哪有什麼道理非在這裡找到那把鑰匙不可？而且，我看不出來這有什麼重要的？」

「好吧，我們暫時不去管它。」艾勒里仍舊微笑著，「不過我總是特別留意該在而不在的東西。」他稍退一步，在他的口袋裡摸索出香煙盒。他父親銳利的注視著他，艾勒里通常絕少抽煙的。

就在此時，一個警察推開門，搖搖擺擺的走到老探長身邊：「有一位瑪麗安‧法蘭西小姐在外頭，說她想見韋佛先生。」他沙啞的低聲說：「這小姐被外面這麼多人及警察嚇個半死。現在有個巡警陪著她，我應該怎麼辦？探長。」

老探長瞇著眼睛看了衛斯禮‧韋佛一眼，雖然那秘書並沒有聽到他們悄悄的在說什麼，但他好像意識到他們說話的內容，隨即往前走了一步。

「對不起，探長。」他急切的說，「如果是法蘭西小姐來了，我可不可以立刻去看她。」

「哇，不得了的直覺。」老探長忽然滿面綻開笑容的叫道：「哇，我想……去吧，韋佛先生，你也該幫我介紹一下。」他作個急轉身，對維利巡佐說：「你接管一下。沒有我的准許，任何人都不准離開，我一會兒就回來。」然後就跟在精神大振的韋佛後面，快步走了出去。

他們一跨到櫥窗外，韋佛就開始往前直奔。在一小群警探及警察中間，一個年輕的女孩僵硬的站著。她的臉上毫無血色，眼睛裡充滿了莫名的恐懼，一看到韋佛，她就驚呼出聲，搖搖欲墜的往前走了過來。

「衛斯禮，發生什麼事了？這麼多警察、警探，」她伸出手臂，就在一個個咧開嘴角的警察及老探長的注視下，韋佛上前把她抱進懷裡。

「甜心，你一定要保持鎮靜，不要害怕……」韋佛焦急的附在那女孩子的耳邊低聲說，那女孩仍舊緊緊的抱著他。

「衛斯禮，告訴我，是誰？不是？」她稍微後退，離他遠一點，滿眼驚恐的說：「不是，不是溫妮菲吧？」

在他還來不及點頭之前，她從他的眼睛裡已經看出了答案。

就在這個時候，老探長身手矯健的擋在他們中間，插嘴道：「韋佛先生，我有沒有這個榮幸……？」

「噢，是，是。」韋佛迅速的後退，放開了那女孩子。他好像一時忘記身在何處、正在何時。老探長的出現，讓他大吃一驚：「瑪麗安，親愛的，這是探長理查・昆恩先生，探長——這是法蘭西小姐。」

老探長接住了瑪麗安的小手，深深一鞠躬。瑪麗安含糊的問好。但她灰色的大眼睛充滿了好奇，注視著面前這個身材瘦小、一嘴白鬚的中年男人。

「你在調查——一個案子？探長？」她結結巴巴的問，一面掙開了他，緊抓住韋佛的手。

「眞對不起，法蘭西小姐。」老探長說道：「我實在很抱歉，這些警察這樣圍著你，眞是抱歉之至。」韋佛憤怒又驚異的瞪著他。這個老奸巨滑，他早知道會發生這種情況的……老探長繼續溫和的對瑪麗安說：「你的繼母被謀殺了。眞是太可怕，太可怕了。」他咬文嚼字，作出一副非常關切有禮的樣子說。

「謀殺！」女孩完全呆住，握著韋佛的手先不自禁的痙攣了一下，接著無力的垂下來。在那一刻，老探長及韋佛都以爲她立刻要昏過去，不約而同上前想扶住她。但她撐了過來：「不，謝謝你們。」她輕聲說：「老天——是溫妮菲，昨天一整夜溫妮菲和貝奈思都不在家。」

老探長全身僵了一下，然後摸出了鼻煙盒：「法蘭西小姐，你剛才提到的是貝奈思嗎？」他說，「那些值夜守衛也提到過這個名字。是你的姊妹嗎？」他彬彬有禮的問。

「噢，如果我——噢，衛斯禮，帶我走。」她把整個臉埋在韋佛的外套裡。

韋佛越過她的頭解釋：「探長，請別奇怪，事情是這樣子的。他們家的管家安德希小姐今早在法蘭西先生開會時打電話來，說法蘭西太太及她的女兒貝奈思昨晚都沒在家過夜。所以，當瑪——法蘭西小姐……」

「當然，當然。」老探長微笑著碰碰那女孩子的手臂，她開始全身痙攣，「可不可以請你往這邊走，法蘭西小姐？別害怕，我想請你過去看看。」

他站在那裡靜靜的等著。韋佛滿腔怒火的看了他一眼，一邊還是輕輕的握著那女孩的手臂，帶著她抖抖顫顫的往櫥窗走去。老探長隨後跟上，然後一邊對旁邊一名警探作個手勢，等他們三人一進去，那個警探就在櫥窗外站好。

韋佛帶著那女孩進入櫥窗時，滿室起了一陣小騷動。就連彷佛在打擺子的法蘭西先生一看到她，也好像清醒了點：「瑪麗安，親愛的。」他用一種極難聽的聲音喊了出來。

她撇開了韋佛，跑到她父親的椅子前跪了下來。沒有人發出一點聲音，衆人都有點尷尬的別過頭去，父女兩人緊緊的抱住彼此……

從走進這房間以來，法蘭西太太的兄弟首次開口：「這簡直是人間地獄。」他滿眼都是血絲，瞪著老探長一字一字慢慢說道：「我不想再待在這兒了。」

老探長向維利巡佐作了個手勢。那魁梧的警官走過去逼近胡柏・馬奇班，他一言不發，手臂鬆鬆的擺在兩側。胡柏・馬奇班雖然身材也頗高壯，但在這彪形巨漢之前，不禁矮了半截。他滿臉通紅，噤住了氣，向後退了幾步。

「現在，」老探長平心靜氣的說，「法蘭西小姐，可不可以麻煩你回答幾個問題？」

「探長，請等一下，」韋佛不顧艾勒里搖手阻止，抗議道：「你非得現在問不可嗎？」

「沒關係，我可以回答你的問題。」那女孩很平靜的說。她站起來，眼睛仍然泛紅，但看得出來，她已經鎮靜下來了。她父親又重新垮在椅子上，好像已經忘記了她的存在。她虛弱的對韋佛微微一笑，而韋佛在房間的另一頭，熱烈的注視著她。不過她一直避免向床上蓋著床單的屍體望去。

「法蘭西小姐，」老探長不客氣的拿出從死者衣服裡找出的圍巾，在那女孩子的眼前揮來揮去：「這是你的圍巾嗎？」

她的臉色發白：「是，但這怎麼會到這裡來的？」

「這個嘛，」老探長冷冷的說道：「正是我想要知道的，你能提出什麼解釋嗎？」

女孩子眼光驚動，但她回答的聲音倒還平靜：「不，我不知道。」

「法蘭西小姐，」老探長頓了一頓，又繼續說：「你的圍巾圍在法蘭西太太的脖子上，藏在她的大衣領子裡。你能想出個道理來嗎？」

「你說她繫著這條圍巾？」瑪麗安驚詫的呼道：「我……我不明白。她以前從來沒有這樣做過。」她無助的看著韋佛，當她轉移目光時，正碰上艾勒里的眼睛。

當他們目光相對的那一刻，彼此都不禁震了一震。從艾勒里的眼裡，看到一個纖細的女孩，有一頭像被煙燻過的頭髮，以及一對灰色大眼。她那種淸爽的身材及氣質，讓他爲韋佛感到高興。她看起來坦率直接，意志堅定——誠實的眼神，堅實的唇，小而有力的手，線條優美的下巴，以及挺直的鼻子。艾勒里不禁微微一笑。

而瑪麗安看到一個高大健壯、彷彿精力無窮的男子。從他的前額及嘴部，煥發出驚人的智慧、異常的冷靜。他來好像有三十歲了，但實際年齡要小得多，正從他的夾鼻眼鏡裡端詳著她。瑪麗安禁不住微微臉紅，她移開了眼睛，轉而注視老探長。

「你最後一次看到這條圍巾是什麼時候？法蘭西小姐。」那老人繼續追問。

「噢，我——」她的音調轉爲堅定：「我記得昨天好像還戴過。」她慢慢的說。

「昨天？很有意思，法蘭西小姐，你還記得在哪裡繫過的？」

「我吃過午飯後離開了家。」她說：「在這件大衣下，就繫著那條圍巾。我跟一個朋友在卡內基廳見面，聽了一場音樂會，是柏絲納克的鋼琴演奏。聽完之後，我們就分手了。我搭了巴士來到公司——我記得一整天都戴著這條圍巾……」她的眉毛很美麗的皺了起來：「但我不記得回家時是否還繫著這條圍巾。」

「你剛才說你到過公司，法蘭西小姐？」老探長很有禮貌的插嘴道：「可有什麼特別的緣故嗎？」

「倒沒有什麼特別緣故，我以爲說不定會碰到父親。我知道他要到大克鎮去，但我不知道他要什麼時候出發，所以——」

老探長舉起一隻出奇細小的手：「等一下，法蘭西小姐，你說你父親昨天去了大克鎮？」

「不錯，他有公事要處理，這沒有什麼關係吧？是不是？先生。」她咬住了唇。

「不，不，絕對沒關係。」老探長微笑的說。他轉向韋佛：「你爲什麼不告訴我這回事？韋佛先生。」

「你沒有問我呀。」韋佛回嘴道。

老探長原像要說什麼，但只笑了笑：「說來是我的不對了。那他是什麼時候回來的？還有，他爲什麼要去呢？」

韋佛同情的看著他狀極虛弱、被置於一邊的老闆：「法蘭西先生昨天下午很早就去大克鎭，找惠特尼先生討論有關合併事宜。探長，這也正是今天早上開會的原因。法蘭西先生告訴我，惠特尼先生的司機今早把他送回來。他在九點鐘到達公司。你還想要知道些什麼？」

「暫時夠了。」昆恩探長轉向瑪麗安：「很抱歉，沒請教完。那麼你在公司裡去過哪些地方？」

「到我父親六樓的公寓裡。」

「眞的？」老探長道：「爲了什麼事情呢？」

「雖然我不常來，但我來的時候，總會去我父親的公寓。」瑪麗安解釋道，「而且我知道韋佛先生還在那做事，所以我想去看看他。」她擔心的看了父親一眼，但父親好像聽不見任何一個字。

「你進來後直接去了公寓，之後就立刻離開了？」

「不錯。」

老探長非常溫和的說：「法蘭西小姐，你有沒有可能把這條圍巾丟在公寓裡？」

她並沒有立刻回答。韋佛拚命的想要接住她的眼睛，他的嘴彎成一個「不」字。但她點點頭。

「這是很可能的，探長。」她安靜的說。

「我知道了。」老探長好像很愉快的說：「你最後看見法蘭西太太是在什麼時候呢？」

「昨天吃晚飯時。昨晚我有約，所以很快就出去了。」

「法蘭西太太看起來怎麼樣？她的言行舉止有沒有任何異常的地方？」

「嗯，她似乎有點擔心貝奈思。」瑪麗安緩緩的說。

「啊！」昆恩探長合起兩掌：「那是你的異父姊妹是吧？她沒在家吃飯？」

「沒有。」瑪麗安猶豫了一下說：「溫妮菲——我的繼母說貝奈思出去了，不會回來吃晚飯。但她看起來好像還是很擔心。」

「她有沒有提到她在擔心什麼？」

「沒有，一個字也沒提。」

「貝奈思姓什麼？是跟著姓法蘭西嗎？」

「不，探長，她仍用她父親的姓——姓卡默第。」瑪麗安低聲道。

「嗯，我曉得了。」老探長站在那裡思索了一會。葛雷不耐煩的改變姿勢，附在佐恩的耳邊低語幾個字，佐恩難過的點點頭，靠在法蘭西先生的椅背上。昆恩探長對他們全不在意，他抬頭注視瑪麗安。瑪麗安軟弱疲倦而纖細的身軀，像是隨時要倒下來。

「我現在還有一個疑問，法蘭西小姐，」他說：「之後你就可以去休息了……以你對法蘭西太太的人事以及各種關係背景的了解，你可不可以推想出，」他重複了一遍：「你可不可以推想出任何引發這件謀殺案的原因呢？」在她還沒來得及回答之前，他又急急加上一句：「當然，我知道這事關重大，你一定得非常愼重，慢慢想，仔細想。最近發生了些什麼事？」他停了一會兒：「法蘭西小姐，你現在有什麼可以告訴我的嗎？」

滿室頓時沈寂，但在這難耐的靜默之中，彷彿有飛跳的脈搏在那裡一聲聲敲打。艾勒里聽到有人抽了一口氣，看到有人全身僵硬，兩眼圓睜，雙手發抖。除了塞路斯・法蘭西之外，滿室的人全都集中精神，注視著正對著他們的瑪麗安。

但她只淡淡的說：「沒有。」老探長忍不住眨動眼睛。其餘的人則都放鬆了下來。艾勒里注意到佐恩歎了一口氣，崔斯克則神經質的點了一根煙，緊接著又熄滅了它。馬奇班坐在他的椅子好像不能動彈，而韋佛看起來似乎充滿了憂慮。

「法蘭西小姐，我們就到此結束了。」老探長回復了過來，用瑪麗安剛才那種淡淡的口氣說。他轉而凝視保羅・賴夫瑞很正式的領巾，似乎忽然對此感到興趣，之後他加了一句：「請不要離開這個房間，法蘭西小姐，……賴夫瑞先生，我可以跟你談一談嗎？」

瑪麗安退後了一步。韋佛拖了一把椅子跳到她身邊，她輕輕的笑了一笑，陷入椅子裡，一隻手一動也不動的遮住眼睛，另一隻手則悄悄的放在韋佛熱切伸過來的手中……艾勒里在旁觀察了他們一會，之後把他的注意力轉到賴夫瑞身上。

那法國人向老探長鞠躬致敬，把玩著他的短鬚在一旁靜待。

11 蛛絲馬跡

「就我所知，賴夫瑞先生，現代家飾展覽是你負責的，是不是？」昆恩探長重振旗鼓，精神似乎恢復了一些。

「不錯。」

「這個展覽已經展出多久了？」

「大概一個月。」

「主要的展覽室在哪裡？」

「在五樓。」保羅・賴夫瑞揮舞著手說：「你知道，這個展覽在紐約可是非常前衛。我接受法蘭西先生及諸位董事的邀請，特別來美國展示我的作品。這些先生們都非常支持前衛派。附帶說明一句，這個展覽與營業有關的部分，多半是由法蘭西先生來處理。」

「怎麼說呢？」

賴夫瑞露齒微笑了一下：「比如說，作這個櫥窗展示，就是法蘭西先生的主意，等於是給公司打廣告嘛。不消說，在外面圍觀的人，受到吸引擠了進來，紛紛到五樓去參觀。來的人這麼多，我們還得另外僱些招待員去領路。」

老探長禮貌的點點頭：「所以這櫥窗展示是法蘭西先生的主意？不錯，不錯，你剛才已經說了。那麼這個櫥窗的展示有多久？賴夫瑞先生。」

「這個嘛，唔，我想想，這是客廳與臥室雙功能室內設計，已經展出兩個禮拜了。說得更精確點，一共展示了十四天。明天我們就要把東西移走，準備換作餐廳示範。」

「啊，這櫥窗是每兩個禮拜換一次？那麼這是你發表的第二個設計囉？」

「不錯。第一個是臥房設計。」

昆恩探長在衆人面前靜靜思考了一會。他的眼神疲倦，眼下兩道黑色的腫泡，在室內走來走去。之後又在賴夫瑞前停了下來。

「要我看起來，」他不像在對賴夫瑞說話，倒像在自言自語：「這個案子跟發生的地點及狀況，簡直風牛馬不相關，配不起來嘛……唔，賴夫瑞先生，還有一個問題，這個櫥窗示範在每一天舉行的時間都一樣嗎？」

賴夫瑞有點驚訝，瞪著他說：「當然，當然。」

「在每一天完全相同的時間嗎？」老探長繼續追問。

「不錯。」賴夫瑞說：「從展示期開始，模特兒就在每一天中午同樣時間進入櫥窗。」

「好，太好了。」老探長好像挺愉快的說：「賴夫瑞先生，就你所知，從開始展覽到現在的一個月之中，有沒有不按時示範過？」

「絕對沒有。」賴夫瑞很肯定的說：「這點我很清楚。每天模特兒示範時，我都站在一樓櫥窗後面。我在樓上的演講得到三點半才舉行，所以我中午有空。」

老探長揚揚眉：「哦，你還舉行演講？賴夫瑞先生。」

「當然。」賴夫瑞激動的回答：「據我所知，」他狀極嚴肅的說，「我對維也納霍夫曼作品的闡釋，在此地藝術界頗引起一番騷動。」

「是的，是的。」老探長微微一笑：「賴夫瑞先生，我還有最後一個問題——我想這整個展示會，並不是隨隨便便舉行的？我的意思是，一定作過宣傳，所以大家才知道你的櫥窗展示，以及樓上的演講？」

「當然啦。我們早就計畫好一波波的宣傳及廣告。」賴夫瑞回答道：「我們先廣泛通知各個藝術學院及有關組織。就我所知，經理部門也送出了私人邀請信函給特別顧客。至於吸引一般大衆的注意，則是經由報紙廣告，當然你一定已經看過了。」

「唔，我很少看百貨公司廣告的。」老探長很快的回答，「所以，想來你的知名度一定很高囉？」

「噢，那當然。」賴夫瑞一亮牙，「如果你不嫌棄，可以看我收集的剪報——」

「沒關係，不麻煩你了，賴夫瑞先生，謝謝你的合作。」

「請等一下，我可以問些問題嗎？」艾勒里微笑的上前一步。老探長看了他一眼，微微揮了一下手，好像在說，該你問了。之後退到床邊，歎了一口氣坐下來。

艾勒里並沒有立刻開口。他轉了一回眼鏡，突然抬頭說：「我對你的作品非常有興趣，賴夫瑞先生。」他調皮的作了個鬼臉：「不過我的美學素養不夠，對現代室內裝飾，只知道一點皮毛。上回你在演講時提到布諾•鮑爾，有意思極了。」

「啊，所以你來聽過我的即席演說了，」賴夫瑞很高興的說，「說不定我是有點太偏向鮑爾了——你知道，我跟他很熟的。」

「是的，」艾勒里垂眼看著地板，「我想你以前一定來過美國吧？賴夫瑞先生，你的英文並沒有多少法國口音。」

「我常常來。」賴夫瑞承認道：「這是我第五次來美國——你是昆恩先生吧？」

「很抱歉，我忘了自我介紹。」艾勒里說，「昆恩探長是我的父親……賴夫瑞先生，這櫥窗每天作多少次示範？」

「只有一次。」賴夫瑞一揚眉道。

「每次示範要花多少時間？」

「三十二分鐘整。」

「唔，有意思。」艾勒里喃喃的說：「那這間房間一直是開放的嗎？」

「不，裡面有許多貴重的物件。平時一直是鎖上的，只有在作示範時才打開。」

「當然當然，你看我眞昏了頭，」艾勒里微笑道，「你一定有鑰匙囉？」

「一共有好幾把鑰匙。」賴夫瑞回答：「不過上鎖倒不是怕晚上有人來偷，而是防止白天閒人進進出出。這個地方在關門之後有防盜系統，又有守衛巡邏。如此嚴密防範，我相信這間房間應該是頂安全，不怕人來偷的。」

「抱歉插一句話，」一旁的麥肯齊經理很客氣的說，「關於鑰匙的問題，說不定我可以幫忙解釋一下。」

「歡迎歡迎，請說吧。」艾勒里很快的說，不過他一面開始轉動他的眼鏡。坐在床上的老探長雖沒開口，但一直很注意的看著他們。

「我們有好幾把複製的鑰匙，」麥肯齊先生解釋道，「以這個櫥窗來說，賴夫瑞先生有一把，作示範的瓊森小姐有一把，她下班時會把鑰匙留在辦公室，還有一整套所有的複製鑰匙。所以恐怕不少人都有機會拿到鑰匙。」

艾勒里似乎並不為此所動。他突然走到門邊，開門張望了好一會，又折了回來。

「麥肯齊先生，可不可以請你把這櫥窗對面皮貨部門的售貨員找了過來？」麥肯齊聽命而去，不旋踵帶來一個矮胖的中年男人。他的臉色蒼白，一副手足無措的樣子。

「你今天一早上都在這裡上班嗎？」艾勒里很溫和的說。那個男子猛一點頭，表示沒錯。

「那昨天下午呢？」又是猛一點頭。「今天早上或昨天下午，你有沒有離開過你的櫃檯？」

「噢，不，沒有，先生。」那個售貨員終於開口回答。

「太好了。」艾勒里仍舊非常溫和的說：「在今晨或昨天下午，你注意到有人進出這扇櫥窗嗎？」

「不，沒有。」售貨員很肯定的說：「我一直待在我的櫃檯。因爲我實在沒什麼事，所以如果有人用這間房，我一定會注意到的。」他有點不好意思的瞟了麥肯齊一眼。

「謝謝你。」售貨員隨即匆匆離去。

艾勒里歎了一口氣：「我們好像蒐集了不少資料，但又看不出什麼苗頭來……」他聳聳肩，又轉向賴夫瑞。

「賴夫瑞先生，入夜之後，這幾扇窗子是亮著的嗎？」

「不，作完示範之後，這些窗簾就拉了下來。不到第二天作示範之前，是不會開的。」

「那麼，」艾勒里強調道，「這些照明設備都是假的囉？」

旁觀衆人不是倦於等待，就是悲痛過度，此時一隻隻眼睛忍不住跟著艾勒里的手臂，他正指著一盞盞奇形怪狀的毛玻璃燈，衆人的眼睛也跟過去，注視著室內無數盞造型奇特的燈。

賴夫瑞沒有開口。但是他走近後面牆上，在那裡轉動了一陣子，拿下一只非常摩登的燈罩，可是裡面並沒有任何燈泡。

「我們不需要開燈。」他說，「所以也沒有裝燈泡。」說著他敏捷的把燈罩又裝了回去。

艾勒里向前走了一步，但搖搖頭又退了回來。他轉向老探長說：「我想就問到這裡爲止了。」他微微一笑：「現在我要暫充古哲學家，好好想一想。」

12 櫥窗之外……

一個警察推推攘攘的擠進了房間，四處張望，彷彿在找誰是上級長官。老探長立刻把他叫了過去，他不清不楚的說了幾句，又匆匆走了。

老探長立即把約翰・葛雷叫到一邊，跟他咬了一陣子耳朵。葛雷走到塞路斯・法蘭西身邊。法蘭西目光空洞，喃喃自語，彷彿不知身在何處。葛雷找了韋佛及佐恩，三人協力搬動他的椅子，讓老人的椅子背對著屍體。法蘭西好像完全沒有注意到四周發生的事。醫生過來替他量脈搏。瑪麗安一手按著脖子，走過來站在她父親椅後。

櫥窗門隨即打開，兩個白衣戴帽的工作人員抬著擔架進來。他們先向老探長敬禮，老探長伸出一指，指向蓋著床單的屍體。

艾勒里此時退到一個僻遠的角落，拿著他的夾鼻眼鏡，時而對著它絮絮密語，時而拿它在手背輕敲。最後他把大衣一丟，坐在床上，兩手夾著頭，不知他是無所適從，還是已經有了心得，他從口袋裡取出一本小冊子，振筆疾揮，急急忙忙的不知在寫什麼，一點也沒有注意到那兩個法醫正彎下腰來對著死者。另一個沈默而緊張的男子跟在後面，不客氣的把艾勒里拉下了床。艾勒里也毫不在意。這個男子帶著一個助手，開始照相。他們照下了死者的屍體，她在地上的位置，床、手提包、及各種與死者有關的物件。艾勒里的眼睛跟著他們移動，但看不出什麼表情。

他突然把那本小冊子塞回口袋，靜靜默想等待，直到他父親注意到他。

老探長走了過來：「老天，我累得要死，又擔心得要命。」

「擔心什麼？老爸，別這樣喪氣，沒什麼好擔心的，這案子正慢慢有進展……」

「是嗎？你是不是已經抓到了兇手，把他藏在口袋裡？」老人悶吼了一聲，「我倒不擔心那兇手，我擔心的是華勒斯局長。」

「很抱歉。」艾勒里走近了一點，「別讓那個華勒斯局長惹慌了。其實他可能不像你想的那樣差勁。趁他找你麻煩的時候，我暗地裡去找些其他的線索，你覺得怎麼樣？」

「這樣也好。」老探長道，「現在他隨時都可能會到，想來他一定已經接到電話報告。艾勒里，我從沒想到要派你暗中活動，你到底想做些什麼？」

一個警察在此時進來，傳了話又走了。

老探長低哼了一聲：「那個華勒斯果然要來了，現在我們非得要逮人啦、問話啦、記者滿場飛啦，好不熱鬧。」

艾勒里收起玩笑的態度，把他父親一把拉過來，斜對著牆。

「如果真會發生這樣的情況，那我現在馬上告訴你我的想法。」他向四周張望，確定沒什麼人在注意他們，然後低聲道：「你想出什麼結果沒有？在我說出我的看法之前，我想先知道你的看法。」

老人也小心的四處打量，之後用手遮著嘴說：「這檔子事實在怪得很。我還搞不清楚細節；你是旁觀者清，可能比我要明白。至於對這案子本身——謀殺的可能動機、緣由等——我的感覺是法蘭西太太被謀殺倒不怎麼重要。眞正的關鍵是，到底在什麼情況下演變成非殺人不可……」艾勒里深思的點點頭：「沒話說，這是一個經過仔細計畫的謀殺案。雖然選擇的地點有違常情，作案的手法好像拖泥帶水，但其實線索少得驚人。」

「你看瑪麗安的圍巾是不是線索呢？」艾勒里問。

「哼，無足掛齒。」老探長輕蔑的說：「我看不出這有什麼重要的，很可能她丟在哪裡，被法蘭西太太撿到了。不過我敢打賭，局長一定以爲這可不得了。」

「我想這倒不至於。」艾勒里道：「他可不想得罪塞路斯‧法蘭西，別忘了，法蘭西先生是道德重整協會的會長。爸爸，我相信他暫時不會去找瑪麗安麻煩的。」

「那麼，你的看法是什麼呢？艾勒里。」

艾勒里拿出他的小冊子，翻到他剛才塗寫過的那一頁。他抬頭說：「我還沒有層層推敲過這個案子。不過你既然提起，我想說不定你是對的。這個案子的動機，可能遠較謀殺本身要重要得多……我剛才一直在想幾個比較具體的問題。有四個很有意思的謎團，都需要更進一步的追查。現在，請你仔細聽我說。

「第一個，可能也是最重要的問題，」他一邊查筆記，一邊開始：「法蘭西太太的鑰匙是最大的謎。我們大致知道事情發生的順序，值夜守衛歐法提在晚上十一點四十五分，親眼看到被害人帶著鑲金片的公寓鑰匙，而她在今天中午十二點十五分才被發現。她人是死了，可並沒有離開這裡，但鑰匙卻不在現場，表面上看起來沒什麼，但仔細想一想，裡面有若干可能性。我們現在很可以假設，鑰匙的消失與這個案子有關。很可能直接與兇手有關。兇手沒有出現，鑰匙也不見了，不難想像他們是一起消失的。假如就像我們所假設的，那麼兇手為什麼要拿走這把鑰匙?當然我們還不能回答這個問題，不過我們知道，兇手持有一把法蘭西六樓私人公寓的鑰匙。」

「如果是這樣，」老探長低語，「幸好你剛剛建議派人上去看守那間公寓。」

「我雖然想到這一點，」艾勒里說，「但還有其他的事讓我很困擾。我不能不自問，既然鑰匙不見了，是不是表示屍體是從別的地方搬來這裡的呢？」

「我看不見得。」老探長不以為然的說：「我看不出來這中間有什麼相關之處。」

「我們先別爭論。」艾勒里喃喃道，「我想到一個很有意思的可能性。根據那個可能，我剛才的疑問並不離譜，而且瑪麗安的圍巾似乎也指向那個方向。我想我應該可以找到一些其他的證據，來證明我剛才的假設……現在我們先來討論第二個問題。

「既然屍體藏在這櫥窗裡，自然會讓人以為，這就是發生謀殺的地點。大部分人壓根不會停下來多想一想。」

「對我來說，這點是透著奇怪。」老探長皺著眉說。

「啊，是嗎？說不定待會兒我可以分析一下你的疑點。」艾勒里精神抖擻起來：「我們一進來，看到這屍體，我們說，在這裡殺了人，從此停止作進一步的觀察。法醫告訴我們，這位女士已經死了十二個小時，而屍體是在剛過中午時被發現的，所以法蘭西太太應該是在午夜時分遇害。換句話說，謀殺發生的時刻是在午夜。現在我們來想一想，在半夜的時候，這個櫥窗、這整個部門是什麼樣的情況呢？不消說，是完完全全一片漆黑。」

「所以呢？」老探長不為所動的說。

「我想你還沒明白，」艾勒里笑道，「我再說一遍——完完全全一片漆黑。然而我們居然假設這就是謀殺發生的現場。我們走來走去，檢查這個櫥窗，看到底有沒有裝燈？如果有，就別提了。當所有的門窗緊閉，臨街又掛著如此厚的窗簾，就算有燈光，外面的人也看不見。我們繼續追查，但不，沒燈光，一點也沒有。不錯，是有很多燈，但沒有一支燈泡。我猜連電線也沒有。所以突然之間，我們發現，如果這是犯罪現場，謀殺就是發生在完完全全一片漆黑之中。所以，你是不是覺得這不大可能呢？至少我覺得不大可能。」

「你知道天底下有這麼件東西叫做手電筒吧？」老探長不以為然的說。

「不錯。我是想到過這點。之後我就再問，如果謀殺是在這裡發生的，在這之前，想來應該先有一些其他的事件，比如說，有人會面、吵架等。同時在這個案子裡，除了殺人之外，還包括把屍體藏到一個不但非常奇怪，而且極不方便的所在——一個從牆上拉下來的床裡……而所有這些事，居然都發生在手電筒那幾絲亮光之中？我說，拜託拜託，我可不吃這一套。」

「說不定兇手自備燈泡行凶哩。」老探長喃喃說道，接著兩人對看了一眼，忍不住笑了起來。

艾勒里轉爲嚴肅的說：「我們現在暫時不再討論燈光的問題。你也覺得不太可能了？」

「現在我們來看另一個更啓人疑竇的東西，」他繼續說，「就是那支刻了C字的唇膏。這是我的第三個問題。從很多方面來說，這個問題都異常重要。很明顯的，這支有C字在上面的唇膏，一定不是法蘭西太太的。因爲她皮包裡其他三樣屬於她的東西，都刻了W・M・F。而且這支唇膏也比死者唇上的顏色要深。這點不但再度指出這不是法蘭西太太的唇膏，而且想來還有另一支的確屬於法蘭西太太的唇膏。你明白我的意思嗎？所以那支唇膏到底在哪裡？既然這個櫥窗裡找不到，那一定是在別的地方。難道兇手拿走了唇膏？就像他拿走了鑰匙？這聽起來好像滿無稽的。啊——但是，當然，只要看一看……」他停了一下：「看一看死者的唇，只塗了一半，而且是另一種較淡的顏色，顯然的，當法蘭西太太塗口紅時，不知道什麼事打斷了她，之後她自已的唇膏也不見了。」

「爲什麼你以爲她被打斷，所以沒有繼續搽唇膏呢？」老探長追問道。

「難道你見過任何女人只搽了一半唇膏就算了？這一定是她還沒搽完就被打斷了，很可能就是被暴力打斷的。只有天大的怪事，才會讓一個女人沒把最後一點唇膏搽完就停止了。」

「比如說，發生了謀殺？」老探長眼睛裡冒出點詭異的光，大聲說道。

艾勒里微微一笑：「說不定，但你了解到其中的含意嗎？老爸，如果她是在那時候被殺死的，或被在這之前發生的事情所打斷，而唇膏卻不在這櫥窗裡——」

「當然，當然。」老人大聲叫道。他也明白了過來：「所以那兇手可能為了特殊的理由，把法蘭西太太的唇膏給帶走了。」

「從另一方面來說，」艾勒里繼續，「如果兇手沒把唇膏帶走，那麼那支唇膏一定還在這棟大樓裡。或許你應該派人把這六層樓全搜查一遍。」

「唔，這可難辦了，不過我想待會兒我們總得試試看。」

「在十五分鐘之內，大概還沒去辦的必要。」艾勒里答，「無論怎麼說，還有一個問題，那麼那支有C字的唇膏是誰的呢？老爸，你可能也得去查查看。我怕這個問題會引起麻煩——史考特・華勒斯所引起的麻煩。」

一聽到警察局長的名字，老探長立刻拉長了臉：「艾勒里，你最好趕快把話說完，華勒斯可能隨時會到。」

「我立刻說。」艾勒里拿下眼鏡，在空中隨意揮舞：「在我們還沒有開始討論第四點之前，別忘了，你可能有兩個女嫌疑犯。一個留下了唇膏，一個留下了圍巾……」

「現在我們來看第四個疑團。」艾勒里眼裡閃著光，「要說到這第四點，我們就非得感謝我們一流腦袋、九流薪水的法醫山繆・鮑迪。他覺得以法蘭西太太的傷口來看，不應該只流這麼一點血。至少在她的身體及衣服上幾乎沒有多少血跡……另外還有一點，在她的左手掌上，有一道乾血——你一定注意到了吧？」

「我的確看到了。」老探長喃喃的說，「說不定當子彈射過來時，她一手去摀住傷口，然後——」

「然後呢？」艾勒里接著說：「她的手落在源源流出的血裡。至少根據物理定理，及我們的老友鮑迪的看法，她的手應該落在噴出來的血裡，所以我應該說，」他停了一下又嚴肅的繼續：「根據不可變的物理定律，她的血一定流得到處都是……」

「我明白你的意思了。」老探長喃喃的說。

「血流得到處都是，但可不在這個櫥窗裡。換句話說，我們得綜合好些理由來解釋，爲什麼雖然有兩個會大量流血的傷口，但在屍體上，卻幾乎找不到什麼血跡……」

「所以目前我的推論是這樣子的，」艾勒里簡潔的說，「從法蘭西太太遺失的鑰匙，這個缺乏照明設備的櫥窗，法蘭西太太原來有、但找不著了的唇膏，應該有血、但沒有血的傷口，到瑪麗安·法蘭西的圍巾，以及另一樁同樣令人起疑的事件，全都指向同一個結論。」

「那就是這件案子，並不是發生在這個櫥窗內。」老探長一面說，一面緩緩掏出鼻煙。

「正是。」

「可是你最後提到的那樁事到底是什麼?艾勒里。」

艾勒里慢慢的答道：「你覺不覺得選這個櫥窗作爲犯罪現場，簡直荒誕極了？」

「就像我剛才說的，我是覺得很怪，但——」

「老爸，你全神貫注在千頭萬緒的各種細節裡，大概忽略了一項重要的心理因素。你想想看，一個計畫周密的謀殺案需要在十分隱密，而且便於行事的情況下進行。但在這裡，這個兇手面對的是怎麼樣的情形？一個沒有燈光、經常有巡邏經過的窗口。從頭到尾危險極了，值夜守衛的大本營就在這層樓，事實上，守衛領班的辦公室距離這裡不到五十呎。所以爲什麼選這個地方呢？簡直莫名奇妙。我一想到這裡，就立刻覺得不對勁。」

「有道理。」老探長喃喃的說：「但是如果謀殺不在這裡發生，兇手爲什麼要把屍體移到這裡呢？要我看起來，移屍說不定比殺人更危險呢……」

艾勒里皺著眉說：「我也想到這一點。當然，一定有個緣故。嗯，非得有個緣故，這一定是個高手幹的……」

「不論如何，」老探長略顯不耐的打斷艾勒里的沈思：「經過你的分析之後，很顯然的，這個櫥窗並非謀殺現場。我想，唔，當然，那一定是樓上的公寓了。」

「唔，那公寓。」艾勒里漫不經心的說：「當然，除此之外，還會有什麼其他的可能？鑰匙、唇膏可能在的地方，隱密性，燈光照明……當然，當然，絕對是六樓的公寓沒錯。我接著就要去檢查那個地方……」

「糟糕，艾勒里，」老探長好像想到什麼大叫起來，「想想看，從今天一早八點半韋佛到了之後，至少有五個人不斷在用那間公寓。沒有一個人注意到任何異樣。所以犯罪的證據一定早就被消滅了。老天，如果……」

「老爸，不要胡思亂想瞎著急了。」艾勒里大笑起來，好像心情好了不少。「當然，犯罪的證據早就被消滅了。但只限於最表面的，最多是稍微深一層的證據，可是你怎麼知道我們不會找到蛛絲馬跡，可以用來破案呢？不錯，我接著就應該去那裡。」

「我還在想爲什麼兇手會選這個櫥窗？」老探長皺著眉說：「難道這跟時間因素有關？」

「老天，老爸，你實在天才極了！」艾勒里笑道，「我也才解決了這個小問題。爲什麼屍體被放在那裡？讓我們非常邏輯的好好思考一下。

「這有兩種可能性。其中至少有一種一定是正確的。首先，屍體被移走，也就轉移了對眞正犯罪現場，也就是公寓的注意力。其次，更合乎邏輯的可能性是，兇手希望在中午之前，屍體不會被發現。就像你剛才所說的，時間是一個因素。而整個紐約，一般人都知道每天中午是示範開始的時間——這實在太有道理了。」

「但這到底是爲什麼？」老探長不明所以的說：「爲什麼怕屍體在中午之前被發現呢？」

「如果我們知道就好了。」艾勒里聳聳肩低哼道，「不過有可能是這樣的，如果兇手把屍體留在那裡等著被發現，而且他確定這時間是十二點十五分，那麼他一定有重要的事必須在中午之前辦完，所以他不希望因爲屍體被發現而壞事或攪局。你明白我的意思嗎？」

「但到底是——」

「不錯，到底兇手今天一早要辦什麼事？這我可就不知道了。」艾勒里低沈的回答。

「這不是像跌跌撞撞在摸黑似的嗎？」老探長悶哼了一聲：「從假設到結論，一點眞憑實據也沒有……比如說，爲什麼兇手昨天晚上不能在這裡做他要做的事?而且如果他想要與人聯絡，這裡有的是電話……」

「是嗎?但是——我們待會兒最好去查查看。」

「我立刻就去。」

「等一下，老爸，」艾勒里攔了下來，「爲什麼不先派維利巡佐坐私人電梯，上去追查血跡?」

老探長雙眼圓睜，握著拳大叫道：「天曉得，我怎麼這樣糊塗。當然，湯瑪斯。」

維利巡佐走了過來，老探長壓低聲音，給了他一番指示。湯瑪斯•維利隨即匆匆離去。

「我早就應該想到了，」探長轉身向艾勒里怒聲道，「如果謀殺發生在公寓裡，屍體一定得從六樓搬到這裡來。」

「不見得能發現什麼，」艾勒里說，「如果是我，我大概會走樓梯……老爸，我有件事要請你幫忙——現在局長隨時都會到。一般人看起來，這櫥窗絕對是犯罪現場沒錯。他一定會在這裡重新偵訊一遍。請你把他留住，讓我跟韋佛有機會在六樓待一個小時。我一定得現在就去查那間公寓。董事們開會被打斷之後，還沒有人進去過，而且外面有人一直守著，我一定可以找到點線索。」

老探長無可奈何的絞著手：「好吧，就照你說的辦。你總是比我看得明白點。我會把華勒斯留在這兒，反正我也想去檢查員工進出的辦公室、運貨間、這整層樓……可是你爲什麼要帶韋佛去？」他忽然低聲說，「艾勒里，你不是在玩火吧？」

「老爸，你這是什麼意思？」艾勒里張大眼睛，萬分驚訝的問，「如果你懷疑衛斯禮•韋佛，可以立刻免了吧。衛斯禮和我是同一個學校畢業的，我們是多年的老朋友了。你還記得有一年夏天，我到緬因州的一個好朋友家去？那就是衛斯禮父親家。我了解衛斯禮的爲人，就像我了解你一樣。他父親是教士，母親像聖人，背景再單純不過。他的生活就像本打開的書，一覽無遺，哪有什麼秘密？什麼見不得人的過去？」

「但你怎麼知道他到紐約做事之後，有沒有改變？艾勒里。」老探長不以爲然的說，「你有多年沒有見到他了。」

「老爸，」艾勒里嚴肅的說，「你聽我的話從沒出過錯吧？就再聽我一次。衛斯禮絕對是清白的，他這樣緊張兮兮，全是爲了瑪麗安•法蘭西的緣故……哦，攝影師在找你。」

他們轉身面對衆人，老探長跟警方的攝影師談了一陣子，遣走他之後，他突然問麥肯齊道：「關門之後，店裡的電話還打得通嗎？」

麥肯齊道：「除了通運貨卡車的那一線之外，其餘的都在晚上六點切斷。沒切斷的那一線與歐法提守的夜間進出口相通。所以外面有電話進來時，由他來接。除此之外，晚上沒有別的電話可通。」

「從歐法提的記錄看來，昨天晚上並沒有任何電話打進或打出。」老探長邊看著那些圖表邊說。

「探長，這歐法提的爲人，你是可以信得過的。」

昆恩探長繼續追問：「如果有些部門加班的話怎麼辦？電話可以通嗎？」

「是的，」麥肯齊回答，「但必須經過部門主管書面要求──我要補充一句，我們這裡很少有人加班，法蘭西先生一向堅持在差不多同樣的時間關門。當然，偶爾會有例外，不過如果歐法提沒有留下這樣的記錄，那就表示沒有發生這樣的事。」

「連法蘭西先生的私人公寓也沒有電話出入？」

「就連法蘭西先生的私人公寓也沒有電話出入。」麥肯齊堅定的回了一句：「除非法蘭西先生或韋佛先生給接線生特別的指示。」

老探長帶著詢問的眼光，掃向一旁的韋佛。韋佛用力搖搖頭，好像在強調確實是這樣的。

「還有一件事，麥肯齊先生，你知道在昨天以前，法蘭西小姐最後一次來這裡是在什麼時候？」

「我想是在上禮拜一，探長。」麥肯齊遲疑了一下：「沒錯，我現在記起來了，她曾經問我一件進口洋裝。」

「之後她就沒有再來過？」老探長環視室內衆人，但沒有半個人回答。

就在此時，維利巡佐走了進來，附在老探長耳邊說了一陣，老探長轉向艾勒里：「電梯裡什麼也沒找到，一點血跡也沒有。」

一個警察走了進來，筆直向老探長走去：「報告探長，局長到了。」

「我立刻就來。」老探長愁眉苦臉的說。當他離開時，艾勒里別有用意的看了他一眼，老探長微微點了點頭。

沒過一會兒，當老探長陪著矮胖的華勒斯局長，以及一群警探、警察進來時，艾勒里與韋佛已經不見了。而瑪麗安‧法蘭西坐在她父親身邊，緊抓著父親的手，呆呆的望著櫥窗的門，好像她的心及勇氣，也隨著韋佛的離去而消失。

第二部

線索這個字，源起於希臘神話……在希臘文裡原意爲線，古英文據其涵義譯爲線索。這是引自希臘傳奇希索斯與艾瑞愛德娜的故事，這一球線就是她給他在殺了怪獸之後，可以跟著線走出迷宮……在進行偵查時，線索依其本質，可以無形，也可以有形；可以是一種心神狀態，也可以是一項具體存在的事實。可以是一樣該在而不在的物件，也可以是一樣不該在卻居然出現的東西……但不論它的性質是什麼，線索指引著查案的人穿過滿是無關緊要、千頭萬緒的迷宮，而達到完全深入的理解。

—— 引自威廉・葛瑞替約翰・斯崔所著的《犯罪藝術》所寫的導言。

13 公寓：臥室

艾勒里與衛斯禮•韋佛靜悄悄的穿過人群。在靠近公司後門的牆邊有一扇小鐵門，一個警察背對著門守在那裡。韋佛說：「艾勒里，那就是通往公寓的私人電梯。」

艾勒里立刻注意到牆角的樓梯，然後才進入電梯，小心的關上了門。電梯往六樓上升，他們一言不發的對站著，韋佛在沈默之中緊咬著唇。

電梯的內部色調深沈，鋪著橡膠地板，但一塵不染，異常乾淨。沿牆有一條鋪著黑絲絨的矮凳。艾勒里扶著他的眼鏡到處觀察。他彎腰仔細打量絲絨矮凳，又伸長脖子檢查牆上一道古怪的暗痕。他想維利巡佐應該不致於漏掉任何可疑的線索吧。

電梯在此時停住，門自動打開。他們就一腳踏了出去，進入一個寬敞無人的走廊。一邊有個開在高處的窗。幾乎就在電梯的正對面，有一扇沈重的桃花心木大門，上面整整齊齊掛著一個小牌子，上面寫著：

專供私用
塞路斯·法蘭西

一名便衣警探百無聊賴的倚門閒站。他好像一眼就認出了艾勒里，立刻跟他打個招呼，站到一旁：「要進去嗎?昆恩先生?」

「正是。」艾勒里彷彿興致高昂的說，「我們要到這公寓裡瞧瞧看。拜託你，幫我們守在外面。如果看到任何人——警方的人——來了，請你敲敲門。如果是其他的人，就請他們離開。明白我的意思嗎?」

那警探點點頭。

艾勒里轉身向韋佛說：「可不可以借用一下你的鑰匙?」他的聲音非常平靜，韋佛二話不說，立刻遞給他先前老探長查過的鑰匙包。

艾勒里找出那把鑲有金片的鑰匙，插進鑰匙孔，門鎖無聲的轉開，他推開了沈重的大門。那門的重量似乎使他十分訝異。他退後一步，手一鬆，那扇大門就立刻自動關上。艾勒里試著轉動門把，但大門又已經完全鎖上。

「瞧我這糊塗的。」他喃喃的說。重新用鑰匙開了門，他揮手讓韋佛先走，然後等那扇門又一次的自動關上。

「這是把特製的彈簧鎖。」韋佛解釋道：「爲什麼惹你這般驚異?這樣一來，就可以保證絕對隱密，法蘭西先生對這點再重視不過。」

「所以如果沒有鑰匙，在外面就沒法打開門，對不對?」艾勒里問，「而且也沒法調門栓，讓大門暫時不關上？」

「這扇門就是這副德性。」韋佛的臉上掠過一絲笑容：「我不明白這有什麼重要？」

「搞不好這就是關鍵之處呢。」艾勒里皺起眉，但他接著聳聳肩往四處打量。

他們站在一間狹小、沒有多少裝飾的會客室裡。天花板上很巧妙的裝著燈，地上則鋪著波斯地毯。對門靠牆放著一條長皮椅，夾在兩座高架煙灰缸之間。左邊則單擺了一張椅子，及一小排雜誌。除此之外，沒什麼其他的陳設。

在第四面牆上開了另一扇門，既比大門要小，又沒什麼氣派。「看起來不怎麼樣嘛，」艾勒里忍不住發表意見，「難道我們大富翁的品味、派頭不過如此？」

單獨和艾勒里在一起，韋佛似乎恢復了幾分他原有的輕快。他迅速的說：「別錯看了這老傢伙，其實他跟平常人沒什麼兩樣。他不是不知道好東西，不過這個房間主要是用來接待道德重整協會的那批人。但也少用。因爲在城裡，他還有另外一個大辦公室，道德重整協會的事務多半在那邊辦。不過我想他裝修這間會客室時，是打算用來招待一些協會裡的人。」

「最近可有這類人來看他？」艾勒里的手放在那扇內門上，一邊問道。

「噢，沒有，這幾個月都沒有。我猜老傢伙整天忙著要與惠特尼合併，所以沒時間搞協會的事。」

「好了，既然這裡沒什麼好看的，我們就繼續前進吧。」艾勒里道。

他們走進了下一個房間，門又在他們的身後關上，不過這扇門並沒有上鎖。「這是圖書室。」韋佛說。

「唔。」艾勒里靠著門，專注的打量這個房間。

但韋佛好像耐不住沈默，他舔舔嘴說：「這也是會議室，可供董事開會，兼作老人躲避閒人的靜休所在。看起來頂不錯吧？」

這個房間長寬至少有二十呎，雖然不很正式，但看起來仍舊像個辦公室。房間正中有一個相當長的桃花心木桌子。四面擺著沈重的紅色皮椅。這些椅子七零八落的散布著，可以想見今早會議忽然被打斷的情景。一堆堆的紙張文件亂糟糟的擺在桌面上。

「平常不是這樣子的。」韋佛注意到艾勒里不以爲然的表情，在旁補充道：「不過這是一個非常重要的會議，每個人都很激動，接著又傳來樓下發生意外的消息。沒有更亂已經很不錯了。」

「當然，當然。」

艾勒里對面的牆上掛著一幅嚴謹的油畫，畫中是一個線條深刻、下巴強而有力的男子，穿著卻很老式。艾勒里挑起眉作出一副詢問的表情。

「這是法蘭西先生的父親——公司創辦人。」韋佛說。

在那幅畫像之下，是一排排嵌在牆上的書櫃，一張大而舒適的椅子，一個設計新潮的矮几，上面掛著一幅版畫。

靠近走廊及他們所站之處的牆壁之前，都擺著優雅的家飾。在這兩面牆上，各有一扇相同裝潢的旋轉門，是上好的泛紅皮料製的，上面鑲滿了一個個銅釘。

房間臨第五大道的那一邊，放著一個龐大平滑的桌子，距離桌後的牆壁約有五呎左右。在光滑的桌面上，放著一個法式電話，一疊藍色的備忘錄。靠近桌子邊緣，面對室內的一角，有五本書夾在兩個瑪瑙製的華麗書擋之間。桌子後面的牆壁上，開著一個大窗，旁邊掛著沈重的紅色絲絨窗簾。就是這扇窗面對著第五大道。

艾勒里靜靜不動的檢視完畢，皺起眉頭，看著仍在他手上的鑰匙包。他忽然說：「衛斯禮，這一支是你自己的鑰匙嗎？你有沒有借給別人過？」

「不錯，這是我的。」韋佛漫不經心的回答：「你問這個做什麼？」

「我只是想到，如果有其他人用過這把鑰匙，那可能值得我們注意。」

「我想並沒有發生過這種情形。」韋佛道：「這把鑰匙一直在我身邊。事實上，就我所知，自從這棟公寓建好之後，五把鑰匙都一直在持有人身邊，並沒有其他人用過。」

「這很難說，」艾勒里沈聲說：「你別忘了法蘭西太太。」他看著那把鑰匙，想了一會之後說：「衛斯禮，麻煩你了，我可不可以借用這把鑰匙一段時間？我想我得開始收集這公寓的鑰匙。」

「請自便。」韋佛有聲無氣的回答。艾勒里把鑰匙從鑰匙包裡取出，收進口袋，然後把鑰匙包還給韋佛。同時問道：「這間圖書室同時也是你的辦公室嗎？」

「噢，不是。」韋佛說：「我的辦公室在五樓。我每天早上先去辦公室，然後才上來。」

艾勒里忽然動了一下說：「衛斯禮，現在我非得去檢查法蘭西先生的臥室不可了，請你帶路好嗎？」

韋佛往對面鑲著銅釘的門指了一指。他們沈默的走過厚軟的地毯，接著推門向內，進入一間寬大略顯正方形的房間，兩壁的窗子面對著第五大道以及39街。

從艾勒里少見多怪的眼中望去，這間臥室在裝飾及品味上，都驚人的摩登。兩張並排的床，裝在橢圓形極爲光滑的木架上，但床身極低，似乎要陷進地板，非常引人注目。從一個形狀奇特的男子衣櫃，以及另一個造型大膽的女子梳妝台看來，這個房間同時是給法蘭西太太及法蘭西先生使用的。而從牆上立體派的設計中，顯示出牆裡另有衣櫃。另外還有兩把形狀不規則的椅子，一個小床頭櫃，在床之間擺電話的桌子，幾塊顏色鮮明的地毯——對於少有機會親身領受歐洲風尙的艾勒里來說，法蘭西的臥房著實讓他大開眼界。

靠近走道的牆上另有一扇門，從半開的門縫，艾勒里可以看到一間有彩色瓷磚，設計與臥室同樣新穎的浴室。

「你在找什麼？有沒有你特別想找的東西？」韋佛問。

「唇膏應該在這兒……還有鑰匙。最好不要找到鑰匙。」艾勒里微微一笑，走到房間的中央。

他注意到床鋪得很整齊，所有的東西似乎都井井有條。他一眼看到了梳妝台，便緩緩走過去，好像害怕在那裡找到了什麼。韋佛好奇的跟在後面。

梳妝台上只有幾樣東西。一串珍珠放在一個小托盤上，一個粉盒，一把鏡子。在托盤上還有幾樣女子的物件——一把小剪刀，銼刀，粉撲等。沒有一樣像在最近被使用過。

艾勒里皺皺眉，他的頭轉來轉去，好像對這梳妝台很感興趣。

「眞奇怪，」他喃喃的說，「應該在這裡才是。根據邏輯，當然應該在這兒。」

他的手碰了碰托盤，托盤的邊緣略有弧度，托盤一動，下頭滾出一樣東西，骨碌碌滾下桌子掉在地板上。

艾勒里滿面升起勝利的笑容，撿起那件東西。不是別的，正是一支短小有金色花紋的唇膏。韋佛驚愕的走過來，看他發現了什麼。艾勒里指給他看，唇膏上印的字是W•M•F。

「老天，這是法蘭西太太的。」韋佛大叫道。

「親愛的法蘭西太太。」艾勒里吸口氣小聲說。他轉開唇膏，果然出現了一管粉紅色。

「沒錯，應該就是它。」他大聲說道。彷彿忽然想到了什麼，又從大衣口袋裡找出那管從死者皮包發現的銀色唇膏。

韋佛一看，欲言又止。艾勒里立刻注意到了。他微笑的問：「你認出這是誰的唇膏了？是不是？衛斯禮，我們是私下討論，說什麼都沒關係。這管印有C字的唇膏究竟是誰的？」

韋佛眨眨眼，正視艾勒里冷靜的眼睛緩緩說：「是貝奈思的。」

「貝奈思？貝奈思•卡默第？那個失蹤的女孩。」艾勒里慢慢的說，「法蘭西太太是她親生母親吧？」

「法蘭西太太是法蘭西先生的續弦，他與第一個太太生的女兒是瑪麗安，瑪麗安的媽媽過世有七年了。貝奈思是法蘭西太太與老人結婚時跟過來的。」

「而這是貝奈思的唇膏？」

「不錯，我一眼就認出來了。」

「當然，看你驚訝得那個樣子。」艾勒里笑道，「所以關於貝奈思失蹤這回事，你可知道些什麼？從瑪麗安的樣子看來，她一定曉得一些事……嗳，衛斯禮，別急成這樣，你知道我可不像你一樣，被愛情沖昏了頭。」

「噢，可是我知道瑪麗安絕對沒有隱瞞什麼。」韋佛大聲抗議：「剛才探長跟我一起去門口接她時，她告訴探長，貝奈思及法蘭西太太昨晚都沒有在家過夜……」

「眞的？」艾勒里好像眞的非常驚異的問：「到底怎麼回事？衛斯禮？小子，快說，到底怎麼回事？」

「今天一早，快要開會之前，」韋佛開始解釋：「老人要我打個電話回家，讓法蘭西太太曉得他已經安然從大克鎭回來了。電話是管家安德希小姐接的——安德希小姐不比一般管家，她跟著法蘭西先生已經數十年了。安德希小姐說，只有瑪麗安一個人起床。那時候剛過十一點。法蘭西先生跟瑪麗安說過話，不過沒說什麼。十一點四十五分時，安德希小姐打電話來，好像非常緊張的樣子，說她整個早上一直沒看到法蘭西太太及貝奈思，所以開始擔心起來，最後終於闖進她們的臥室，結果發現不但都是空的，而且床也沒人睡過。換句話說，她們一整夜都不在家……」

「法蘭西先生的反應呢？」

「他好像不太擔心，倒像給惹煩了。」韋佛說：「他似乎認爲她們大概是住在朋友家，沒什麼好擔心的。我們就繼續開會，直到那回事——你知道我指什麼，打斷了我們的會議。」

「這可怪了，作父親的居然不去追查女兒的下落……」艾勒里皺著臉喃喃的說。他隨即跳起來打電話去找維利巡佐，當維利巡佐接電話時，他說了一串，告訴維利巡佐這個新發現，並要他轉告老探長事不宜遲，立刻火速追查貝奈思的行蹤。隨後他又加了一句，希望老探長盡量設法把局長留在樓下，不要上來。維利巡佐表示完全了解之後，就掛了電話。

艾勒里接著向韋佛要了法蘭西家的電話號碼，立刻打了過去。

「喂，」從電話的那一頭傳來模糊的低語聲，「我是警方人員。是安德希小姐嗎？……你不要管我怎麼知道你的名字……貝奈思・卡默第小姐回來了嗎？哦，是這樣子的嗎？……請你趕快叫部計程車趕到法蘭西百貨公司來……等一下，貝奈思小姐有專用的女僕嗎？好，請她一起過來。是的，請到法蘭西先生六樓的私人公寓。你到達樓下時，找維利巡佐帶你上來。」

他掛了電話：「貝奈思還沒回家。」他輕描淡寫的說，「天曉得是爲什麼。」他看著手上的兩支唇膏，想了一會說：「法蘭西太太曾經是寡婦？」

「不是，她離過婚，前夫姓卡默第。」

「難道是古董商文森・卡默第？」艾勒里面不改色的問。

「沒錯，正是他，你認得嗎？」

「認得，但不熟。我去過他的店。」艾勒里鎖起眉繼續看著手上的唇膏，忽然眼睛一亮。

「唔，我在想……」他一邊說，一邊把那支金套的唇膏放在一邊。用手指轉動另一支銀套唇膏。他打開蓋子開始轉，一管深紅色的口紅逐漸上升，直到全管口紅完全轉了出來。他試著再轉轉看，出乎意外的，口紅居然連著金屬座子一起掉到他手中。

「這是什麼？」他非常訝異的問。一邊湊過去檢查座子裡面的部分。韋佛也湊近以便看個清楚。艾勒里把唇膏盒倒過來搖了一搖。

一個大約半吋圓、一吋長，很小的膠囊掉在他的手上，裡面裝滿了白色結晶的粉粒。

艾勒里搖一搖，對著光仔細看了一下，他牽動嘴角，慢慢的說：「不是蓋的，這看起來準是海洛因。」

「海洛因？你說這是毒品？」韋佛興奮的問。

「正是。」艾勒里把那粒膠囊放回關緊，又將唇膏放回口袋：「上好的海洛因。說不定我看錯了，不過我想十之八九就是了，總部有人可以立刻幫我檢查。衛斯禮，」他轉過去：「請你一定要告訴我，就你所知，法蘭西家有沒有人吸毒？」

韋佛出乎他意料的很快回答：「你既然找到了海洛因，那就不足爲奇了。難怪我最近一直覺得，貝奈思好像有什麼地方不對勁。這是她的唇膏，是不是？艾勒里？如果貝奈思有毒癮，我一點兒也不意外。她的情緒極不穩定，神經緊張，形容憔悴——一會兒好像天要塌了下來，一會兒又歡天喜地，興奮得不得了。

「你說的是上了毒癮的症狀沒錯。」艾勒里說，「貝奈思？這位女士越來越令人好奇了。法蘭西太太呢？還有法蘭西先生自己？瑪麗安？」

「不，瑪麗安絕沒有。」韋佛幾近放聲大叫，之後他很不好意思的笑一笑，「很抱歉，艾勒里。你忘了，老人是道德重整協會的會長——啊，糟了。」

「這情況看來的確不妙。嗯？」艾勒里微笑的說：「你看法蘭西太太有沒有問題？」

「噢，絕對沒問題。」

「除你之外，法蘭西家有沒有其他人懷疑貝奈思吸毒？」

「我不這麼認爲，不，我想沒人懷疑她。至少老人絕沒有起疑。瑪麗安有時會提到貝奈思奇怪的行爲，但我確定她沒有往這方面去猜。至於法蘭西太太——這就很難說了。一碰到她的寶貝女兒，你就很難知道她到底在想什麼。就算她懷疑到這一點，她也沒有採取任何行動。我傾向於相信，她壓根就沒有發現。」

「但是——」艾勒里眼光流動，「這實在說不過去。衛斯禮，證據明明在法蘭西太太的手提包裡……是不是？」

韋佛不知如何是好的聳聳肩：「你問我？我問誰？我的頭已經完全搞昏了。」

「衛斯禮，小子，」艾勒里轉動眼鏡，仍舊追問下去：「你說，如果法蘭西先生知道他家裡出了吸毒犯，他會怎麼樣？」

衛斯禮作出一副發抖的模樣：「你不知道老人生氣的時候，脾氣有多大。而這件事，一定會惹得他氣得不得了——」他突然停住，滿腹疑心的瞪著艾勒里，艾勒里只在那裡微笑。

「時間過得好快，」他似乎很愉快的說，但從他的眼睛裡卻看得出來，他被不知道什麼事困擾著：「我們該去浴室看看了。」

14 公寓：浴室

「我實在不知道在這裡能找到什麼？」艾勒里猶豫的說。他們站在光潔的浴室裡四處張望。「事實上，浴室是最不重要的地方了，衛斯禮，是不是一切都沒有問題？有沒有什麼看起來不對勁的地方？」

韋佛很快的回答：「嗯，沒問題。」但是他的聲音聽起來卻不很確定。艾勒里銳利的看了他一眼，之後環顧全室。

這間浴室長而窄。有一個陷進去的浴缸。洗手台同樣的狹窄，造型十分新奇。左面掛著一個掩飾巧妙的櫃子。艾勒里打開暗門，裡面有三層玻璃架，放著一般家庭藥品、髮油、牙膏、刮鬍膏、以及一把放在木盒裡的刮鬍刀，兩把梳子，及一些雜物。

艾勒里有點厭煩似的砰一聲關上了門：「走吧。衛斯禮，這裡沒什麼可看的。」雖然這麼說，他仍然打開了旁邊另一扇門。裡面放著一疊疊毛巾。他伸手到一個籃子裡，撥了撥裡面的髒毛巾，漫不經心的看了一眼又丟了回去。轉頭來看韋佛……

「嘿，你要悶到什麼時候？小子。」他還是保持了點禮貌：「你到底在想什麼？到底哪裡不對勁？」

「實在很怪。」韋佛扭著嘴皮沈思著說：「我原來就覺得不大對勁，現在發生了這些事，我越想就越覺得奇怪……艾勒里，這裡有東西不見了。」

「不見了？」艾勒里伸手緊抓住韋佛的手臂：「天曉得，你怎麼不早說呢？是什麼東西不見了？」

「你一定覺得我像個白癡……」韋佛仍在猶豫。

「衛斯禮！」

「對不起。」韋佛清清喉嚨：「嗯，如果你眞想知道，告訴你，只是一片刀片不見了。」

他的眼光掠過艾勒里，看他的朋友是否覺得太可笑。

但艾勒里一絲笑容也沒有：「是刮鬍刀片？到底怎麼回事？」他靠著放毛巾的櫃子門緊接著問。同時仔細打量著洗手台上的櫃子。

「我今天早上比平常要早到一點，」韋佛帶點擔心的表情開始說：「我得在老人還沒來之前把東西準備好。還要整理一些開會要用的文件。平時老人總要到十點鐘才來，只有在特別的情況，例如今天的會議，他才會早到……所以當我離開家的時候，太匆忙了一點，我打算來這裡之後再刮鬍子。平時我也常在這兒刮鬍子——所以我留了刀片在這裡……我今早到達時——那時差不多是八點半——急著要找刮鬍刀，卻找不到任何一片刀片。」

「這好像並不怎麼奇怪嘛。」艾勒里微笑的說：「因爲你沒放刀片在櫃子裡。」

「我有。」韋佛反駁道：「昨晚我離開這裡時，也刮了鬍子，之後我把刀片留在刮鬍刀裡，所以我覺得奇怪。」

「難道你沒有其他的刀片？」

「沒有，已經用完了。我原本打算再帶些來。但今早忘了帶，所以我才想用舊的來刮，但刀片硬是不見了。好像很可笑，是不是？昨天我特別把刀片留在刮鬍刀裡，就是因爲以前我也忘記過要帶刀片，所以我知道舊的刀片勉強也可以再用一次。」

「你的意思是，那片刀片就這樣不翼而飛？你確定你把它留在刮鬍刀裡沒錯？」

「絕對沒錯，我把它擦乾淨，再裝了回去。」

「你沒把它弄斷了，或諸如此類的？」

「沒有，我告訴你，沒有。艾勒里，」韋佛耐心的說：「那片刀片絕對在刮鬍刀裡。」

艾勒里努努嘴，做了個鬼臉：「這麼說，是很奇怪。」他說：「就是因爲這樣，所以你的臉毛渣渣的？」

「可不是。而且到現在都還沒有機會出去刮鬍子。」

「是很怪。」艾勒里沈思的說：「我的意思是，櫃子裡怎麼只有一片刀片。法蘭西先生的刀片呢？」

「他不自己刮鬍子。」韋佛有點僵硬的回答：「他從來不自己刮。每天早上他都去同一家理髮廳。」

艾勒里不再說什麼。他打開櫃子門，拿出那個木製的刮鬍刀盒子，仔細的檢查放在裡面的銀刮鬍刀，但看不出個苗頭來。

「今天早上你動過這把刮鬍刀嗎？」

「你這是什麼意思？」

「我的意思是，你把它拿出來過嗎？」

「沒有，我根本沒拿出來。我一發現刀片不見了，就沒去動它。」

「那確實是很有意思。」艾勒里舉起刮鬍刀柄，只拎著頂端，湊到眼前，很小心的不去碰到其他表面。他在上面吹了一口氣，金屬面上立刻浮起一層白霧。

「嗯，一點指紋也沒有。」他說，「想來一定有人擦掉了。」他忽然微微一笑：「我們開始可以感覺到凶犯的存在。像個幽靈似的，昨晚在這兒行走。小子，得小心點了，是他？是她？還是他們？」

韋佛大笑了起來：「所以你覺得我丟掉的刀片，跟這案子有關囉？」

艾勒里一本正經的說：「要深入了解，就得好好思考。衛斯禮，別忘了這一點。我記得在樓下時，你說昨晚你是快七點時離開的。所以，那把刀片是在昨晚七點到今早八點半之間被取走的。」

「了不起！」韋佛嘲諷的說：「所以如果有人想當偵探，非得先學你這套奇門法術。」

「你去笑好了。」艾勒里仍舊異常嚴肅的說。他站在那裡陷入沈思。「我想我們應該去查查其他房間。」他語氣一轉說：「我好像開始看出點什麼來，不多，但是有點意思，走吧。」

15 公寓：打牌間

艾勒里舉步向前，從浴室經過臥室，再次來到圖書室。衛斯禮・韋佛跟在後面。一轉眼之間，他似乎完全改變了，不像剛開始那樣神經緊張。現在他對周遭忽然產生了觀察的興趣，好像把原來的煩惱也給忘了。

「那扇門通到哪裡去？」艾勒里突然指著對面另一扇紅皮有銅釘的門說。

「那是打牌間。」韋佛興致勃勃的問：「要不要過去看看？艾勒里，我也被你搞得亂興奮的。」說完他稍微平靜了一點，站在那裡打量他的朋友。

「打牌間？」艾勒里眼睛一亮：「衛斯禮，你是今天最早到這間公寓的人，你一定知道得最清楚，有沒有任何來過這間圖書室的人，曾經去過別的房間？」

韋佛想了一想：「除了老人剛到之後，曾經去過臥室，把他的大衣及帽子放在那裡之外，沒有任何人離開過圖書室。」

「法蘭西先生有沒有用過浴室呢？」

「沒有。他一來就忙得不得了。他要處理一些公司的公事，又要準備開會事宜。」

「他去臥室時，你在他旁邊嗎？」

「不錯。」

「而且你確定其餘的人——佐恩、崔斯克、馬奇班及葛雷，整個早上沒有一個人離開過這個房間？」他在房間裡轉來轉去：「還有，你每一分鐘都在這裡，是不是？」

韋佛忍不住微笑：「今天下午好像不論你問什麼，我的回答都是『是的』。是的，沒人離開過這裡。是的，包括我在內。」

艾勒里摩拳擦掌，頗爲愉快的說：「這樣說來，除了圖書室之外，從你今早八點半到了之後，這間公寓的其他房間一直保持原狀，太好，太好了。衛斯禮，你眞是幫了大忙。」

他異常抖擻的走向打牌間，開門而入，韋佛緊跟在後。突然間，韋佛在艾勒里身後發出一聲驚呼。

打牌間比圖書室及臥室都要來得小。四壁是胡桃木做的。只有一個大窗對著第五大道，上面垂著明麗的窗簾，下面則是軟厚的地毯。

艾勒里跟著韋佛的視線看過去。他的朋友戰慄的望著房間中央鋪著粗呢的六邊形牌桌。在牌桌上，有一個小的銅煙灰缸，及一些呈現奇怪組合的撲克牌。兩把沈重的摺椅彷彿被人從桌邊推開。

「出了什麼事？衛斯禮？」艾勒里著急的問。

「怎麼回事？昨天晚上，這桌子不在那兒呀。」韋佛結結巴巴的說：「我要走之前，曾經來過這裡找煙斗，而且我確定……」

「眞的嗎？」艾勒里喃喃的說：「你的意思是，這張桌子是摺起來放在一邊，而不是放在這裡？」

「是啊，昨天早上有人來淸理過房間。而且，你看煙灰缸裡的香煙……艾勒里，我昨晚離開之後，一定有人來過這裡。」

「這是不消說了。而且也有人去過浴室，別忘了那把失踪的刀片。問題是，爲什麼有人會來這裡?等一下。」他迅速的走到牌桌邊，好奇的瞪著放在上面的撲克牌。

牌桌的兩端各有一小疊撲克牌——一邊牌面向上，另一面則向下。牌桌中央則有兩排，每一排四疊向上，按照大小整齊列好。在這兩排之間，另有三小疊牌。

艾勒里仔細的觀察過後，他低聲說：「這是在玩班克，怪得很。」他看著韋佛：「你知道怎麼玩吧？」

「不，我不知道。」韋佛說：「從這些牌排列的方法，我可以認出來，這是玩班克沒錯，因爲我在法蘭西家看過。但是我搞不淸楚怎麼玩的。我一碰到牌就頭痛，一向打不好。」

「哈，這我可記得。」艾勒里笑著說：「特別是那晚在布家，我得接替你把輸掉的好幾百塊錢贏回來……你說你在法蘭西家看過——這很有意思。據我所知，知道怎麼玩俄式班克的人並不多。」

韋佛很奇怪的看了艾勒里一眼，又轉過去看煙灰缸裡留下的四截煙蒂，再轉回來，很不自然的說：「在法蘭西家，只有兩個人會玩班克。」

「而他們是？」艾勒里冷靜的問。

「法蘭西太太——以及貝奈思。」

艾勒里輕輕的吹聲口哨：「那個神秘的貝奈思……沒有其他人玩嗎？」

「老人討厭任何形式的賭博。」韋佛豎起一隻手指放在唇上：「說什麼也不玩牌，什麼也認不出來。瑪麗安玩橋牌，但只是爲了社交需要，她本人一點也不感興趣。在我還沒來給法蘭西先生做事之前，我從來沒聽過班克……不過法蘭西太太及貝奈思都對玩班克著迷極了。只要有機會她們就坐下來玩。別人可不懂。我猜，有人覺得作賭徒透著一股特別的魅力吧。」

「法蘭西家其他的朋友玩不玩呢？」

韋佛緩緩的說：「老人倒也沒有限制其他人在家玩牌。這也是爲什麼在這公寓裡有個打牌間。這主要是爲董事所設計的——有時候在開會休息的時間，他們會玩牌。而在法蘭西家，我有很多機會觀察他們的訪客及朋友，但除了法蘭西太太及貝奈思之外，我從來沒看過其他人玩班克。」

「妙極了妙極了。」艾勒里說：「一切天衣無縫，我就喜歡這樣……」但是他的眉頭緊皺，好像在想什麼：「再加上這香煙。小子，你爲什麼一直避免看煙灰缸裡的煙呢？」

韋佛滿面通紅：「噢，」他沈默了一下，「我實在不想說，艾勒里，這實在太尷尬了。」

「這香煙，不消說，是貝奈思用的牌子……你就直說吧。」艾勒里道。

「你怎麼曉得的？」韋佛大叫道：「但是，我猜，對像你這樣仔細的人，大概再清楚不過了。不錯，這是貝奈思的牌子，是她專用的，她特別訂做的。」

艾勒里拿起一截煙蒂，頭上有一圈銀邊，下面印著牌子的名字——女爵牌。艾勒里伸出手指撥了撥其餘的煙頭，當他注意到所有的香煙，都抽到同樣的長度——離尾端大約有半吋左右時——他的臉色爲之一變。

「每一支差不多都抽到底了。」艾勒里看了看之後說。他聞了聞在他手指之間的香煙，帶著詢問的眼光看了韋佛一眼。

「是，是有特殊的香味。我想是紫羅蘭吧。」韋佛立刻說：「這家廠商根據顧客的要求，提供不同的香味。我記得不久之前，我湊巧在法蘭西家聽到貝奈思打電話訂煙。」

「這女爵牌非常罕見，一定會引起注意……可不是妙極了。」他不像在對他的朋友說話，倒像在自言自語。

「你這是什麼意思？」

「沒什麼……而且，當然，法蘭西太太是不抽煙的？」

「你怎麼知道？」韋佛驚異的追問。

「嗯，所有的事都配合在一塊。」艾勒里喃喃的說：「連得太好太好了。而瑪麗安吸不吸煙呢？」

「謝天謝地，不，她從不抽。」

艾勒里滑稽的看了他一眼：「好吧。」他很快的說，「我們去看看這門後有什麼？」

他穿過房間，到窗子正對的那面牆邊，一扇小門通到一間簡單的小臥室，再過去另有一間極小的浴室。

韋佛在旁解釋：「原來計畫給僕人住的。但就我所知，從來沒有使用過。老人在這方面不喜歡麻煩人。而且他寧可在第五大道的家裡僱人。」

艾勒里迅速的檢查了一下這兩個房間，立刻就出來了，聳聳肩說：「這裡沒有什麼可看的，而且也不會有什麼……」他停了一下，在空中揮舞著眼鏡：「衛斯禮，你看，現在的情況可說是非比尋常。我們手上有三條線索，昨天晚上，貝奈思•卡默第小姐曾出現在這座公寓裡。有兩條線索直接指向她，有一個卻只能靠推論，那就是在法蘭西太太皮包裡，印有C字的唇膏。當然，也可能是法蘭西太太帶到這裡來的，所以不能證明貝奈思的確在這裡。但是我們不能不記得這一點。第二點是擺出來的班克。我想，很多人會像你一樣出來提出有力的證辭，指出除了法蘭西太太及貝奈思之外，沒有別的家人及朋友玩班克。你一定注意到了吧，從擺出來的牌看起來，這牌正玩到緊張的時候，不知什麼緣故卻停止了……第三點，也是最重要的一點——女爵牌香煙，很明顯是貝奈思的。法庭一定會接受爲證據。特別是當其他推演出來的結論也跟這點符合的話。」

「但是?我不明白——」韋佛忍不住大喊道。

「還有一個極度可疑的事實是——貝奈思•卡默第小姐完全消失了。」艾勒里嚴肅的接下去：「你想，她會不會是逃走了？」他衝著韋佛問道。

「不，我不信。」韋佛軟弱的說，但他的聲音聽起來彷佛莫名的鬆了一口氣。

「殺死親生母親雖然大逆不道，」艾勒里沈思的說，「但不是從來沒有發生過……這是可能的——」他的思路忽然被一陣急促的敲門聲所打斷。這打門聲經過會客室、圖書室，到了打牌間，聽來異常的大聲。

韋佛彷佛嚇了一大跳，艾勒里也一躍而起，迅速的向周遭再打量了一眼，然後指指韋佛，要他走在前面，之後輕輕的關上了門。

「這一定是管家安德希小姐，以及貝奈思的女僕了。」艾勒里似乎很愉快說：「不知道她們會不會帶來更多對貝奈思不利的證據。」

16 公寓：重回臥室

衛斯禮‧韋佛打開門，讓那兩個婦人進來。湯瑪斯‧維利巡佐一本正經的站在她們後面：「昆恩先生，是你找她們來的嗎？」維利巡佐擋在門口問道：「她們在樓下想搭電梯，被把守的人逮住——她們說是你要她們上來的，是這樣子的嗎？」

他沒有表情的眼睛一面開始審視著這間公寓，從他站的位置盡量看個夠，艾勒里忍不住微微一笑。

「沒關係，維利，」他說，「她們跟我在一起不會出問題的……局長跟探長他們進行得怎麼樣了？」

「局長正在那裡追究那條圍巾。」維利巡佐悶哼一聲，同時銳利的看了一眼韋佛突然握緊的拳頭。

「你有沒有照我在電話裡交代的話去查？」艾勒里平靜的問。

「是的。她的確失蹤了。我已經派兩個人去追查。」維利巡佐一本正經的臉上忽然綻開一絲笑容，「昆恩先生，你還需要探長在樓下擋多久？」

「到時候我會通知你的。維利，快走吧，好小子。」維利巡佐咧嘴一笑。但當他往電梯走去時，他重又面無表情，肅然的下了樓。

艾勒里轉向那兩個婦人。她們正緊緊的靠在一起，擔心的看著他。其中一個身材較高，年齡較長，年約五十，身材平板僵硬，頭髮灰白，但有一對嚴厲的藍色眼睛。艾勒里對著她說：「你是安德希女士嗎？」他的臉色同樣的嚴肅。

「不錯，我就是。我是法蘭西先生的管家。」她聲如其人，扁而尖，像鋼絲似的。

「而這位是貝奈思・卡默第小姐的女僕？」

另一個矮小的婦人，棕色的頭髮微微泛白，下面是張平淡的臉，膽怯的站在一邊。當她聽到有人直接跟她說話時，彷彿受了不小的震動，抖抖顫顫的越發往安德希小姐那邊靠了過去。

「是的。」那管家代她回答：「這是基頓小姐，貝奈思的女僕。」

「好極了。」艾勒里輕輕的點頭微笑：「請兩位跟我來——」他帶著她們經過紅皮門，進入主臥室，韋佛也跟在後面。

艾勒里指著兩張椅子，請她們坐下。基頓小姐一面目不轉睛的望著艾勒里，一面悄悄的把她的椅子往管家的方向拉了過去。

「安德希小姐，」艾勒里拿著眼鏡開始發問：「你曾來過這個房間嗎？」

「是，我來過。」那管家似乎決定要跟艾勒里比眼力，她冷冷的眼睛不動聲色的瞪著他。

「噢，是嗎？」艾勒里有禮的暫停了一下，但並沒有轉移他的目光：「請問是在什麼時間？以及什麼場合？」

那管家並不爲艾勒里冷峻的態度所動：「不少次了。不過除非法蘭西太太要我來，不然我不會來的。我每次來，都是爲了衣服。」

「爲了衣服？」艾勒里似乎不解的問。

她木然的點點頭：「當然，雖然這並不常發生。但每次法蘭西太太要在這裡過夜，她就會要我把第二天要穿的衣服送來。所以這是我——」

「等一下，安德希小姐：」艾勒里似乎想到什麼，一道光芒閃過他眼睛：「這是她的習慣囉？」

「就我所知，沒錯，這是她的習慣。」

「那麼——」艾勒里湊近了點：「法蘭西太太最後一次要你拿衣服來是什麼時候？」

那管家並沒有立刻回答，「我想是在兩個月以前吧。」她終於說。

「這麼久？」

「我已經說了，是在兩個月之前。」

艾勒里歎了一口氣，站直了說：「這裡頭一定有一個櫃子是法蘭西太太的囉？」他指著鑲在牆裡的兩扇櫃子門問道。

「是的，就是那個。」她很快的指著靠近浴室，那扇被隱藏起來的門說：「但不只是有法蘭西太太的衣服，那兩個女孩子有時候也把東西放在這裡。」

艾勒里立刻豎起眉毛：「眞的嗎？安德希小姐。」他脫口問道，一隻手輕輕的摸著下巴：「你的意思是，瑪麗安小姐和貝奈思小姐有時也留在法蘭西先生的公寓裡？」

那管家不動聲色的看著他：「偶爾，很少。只有當法蘭西太太不用時，她們才會帶個女性朋友在這裡過夜。我想，主要是爲了好玩。」

「嗯，她們最近曾經──照你所說的──帶了朋友在這裡過夜嗎？」

「這我就不知道了，至少有五、六個月都沒有吧。」

「好極了。」艾勒里有力的在空中揮舞著眼鏡：「安德希小姐，現在我希望你告訴我，你最後一次看到卡默第小姐是在什麼時候，什麼情況？」

兩個婦人似乎含著深意的對視了一眼，那女僕咬著唇，好像做錯了什麼似的調開了目光，但安德希小姐始終保持鎭靜：「我知道你在想什麼。」她平靜的說，「不論你是誰，如果你以爲她們跟這案子有什麼關聯，你可就大錯特錯了。她們絕沒有做什麼不對的事。我可以跟你保證，我不知道貝奈思在哪裡，但我知道一定是有人陷害她。」

「安德希小姐，」艾勒里溫和的說，「我很想知道到底發生了什麼事，但我們的時間有限，所以可不可以請你先回答我的問題。」

「好吧，如果你一定要知道。」她閉緊嘴，兩手合在膝上，不經意的看了韋佛一眼。然後開始說：「那是昨天──我最好從她們起床開始說起，這樣淸楚一點──昨天早上法蘭西太太及貝奈思大約在十點左右起身，由專人分別在她們的房間裡，幫她們梳好頭、妝扮好之後，下來吃了點東西。瑪麗安已經用過午餐了，是我服侍她們吃東西的……」

「對不起，安德希小姐，」艾勒里插嘴道：「你有沒有聽到她們用餐時說了些什麼？」

「我從來不管別人的閒事。」那管家冷峻的回答，「我只能說，她們在講一件貝奈思新做的衣服，法蘭西太太好像有點心不在焉，袖子都浸到咖啡裡去了。可憐，不過她一向都有點怪怪的。說不定她早有預感，覺得大難就要臨頭，你知道我的意思？願上帝祝福她……吃完之後，她們留在音樂室，談天啦什麼的，直到兩點鐘。我可不曉得她們在說些什麼，但看起來她們想單獨在一起，不希望別人去打擾。總之，當她們走出來時，我聽到法蘭西太太要貝奈思上樓去換衣服——她們要到公園去。貝奈思上樓之後，法蘭西太太要我叫司機把車開出來。可是大約五分鐘之後，我看到貝奈思走下來，她已經完全換好外出服了。她在我耳邊悄悄的交代我，要我告訴她母親，她不想去公園了。她要出去買東西。說完之後她就一路跑出去了。」

艾勒里似乎非常重視安德希小姐的一席話。他接著問：「安德希小姐，請你再說淸楚一點，你覺得卡默第小姐一整天的心情怎麼樣？」

「糟透了。」那管家回答：「但貝奈思一向是個敏感、容易激動的女孩。昨天她好像比平常還要來得緊張。現在想來，她昨天出門的時候，看起來是有點不對勁。她的臉色蒼白，慌慌張張的……」

韋佛猛然動了一下，艾勒里丟個眼色，要他耐著點。又再示意那管家，要她繼續說下去。

「不久之後，法蘭西太太換好衣服，下樓來準備出門。她問貝奈思去哪裡了？我就告訴她，貝奈思怎麼跑了出去，以及貝奈思要我傳的話。那時候，我幾乎以為她就要昏了過去——可憐的東西——她臉上一點血色也沒有，好像生病似的完全換了個人。不過接著她就恢復了鎮靜，她說，安德希小姐，告訴司機把車開回去，她也不打算出門了。說完之後，她就上樓去。噢，先生，這是我最後一次看到貝奈思。說起來，也差不多可以算是最後一次看到法蘭西太太。因為可憐的她一整天都待在房裡，只下來跟瑪麗安吃晚飯。吃完又回房了。她好像比平常更擔心貝奈思，有兩回都像要去打電話，但不知為什麼又改變了主意。反正，差不多在十一點一刻，她穿了大衣，戴了帽子下樓來——先生，我知道你會問我，她戴的是棕色的無邊女帽，穿了件鑲狐皮的布大衣——她說她要出去。然後就出去了。這是我最後一次看到法蘭西太太。」

「她沒有叫車送她？」

「沒有。」

艾勒里在房間裡轉了一圈：「那瑪麗安小姐一整天在做什麼？」他忽然問道。韋佛非常驚訝的看著他。

「噢，瑪麗安小姐一早就起來了。她一向都早起，最乖巧不過。吃完午飯，她就離開了。說她約好了要跟朋友去買東西。我想她下午也去了卡內基廳聽音樂，因為前一天她給我看她的票，好像要去聽一個外國音樂家彈鋼琴。那孩子就是喜歡音樂。她一直到五點半才回家。她和法蘭西太太一塊吃的晚飯。她好像很奇怪貝奈思不在家。吃完後，她換好衣服又出門去了。」

「瑪麗安小姐什麼時候回家的呢？」

「這我就不淸楚了，等我把家裡其他工人打發走之後，我自己也就上床睡覺。那時是十一點半吧。我沒看到任何人回來，是法蘭西太太要我不必等門的。」

「唔，這治家實在算不得嚴謹。」艾勒里低哼道：「安德希小姐，請你告訴我，卡默第小姐出門時穿了什麼衣服——我想那時候大概是兩點半吧？」

安德希小姐不安的在椅子上轉來轉去，另一個女僕仍然呆呆的，膽怯的看著艾勒里。

「差不多兩點半。」那管家接著說：「貝奈思穿著——讓我想一想——她戴著藍色氈帽，裝飾鮮豔，穿著灰色薄紗洋裝，外面罩著灰色皮邊大衣，一雙有寶石扣子的黑皮鞋。這是不是你想要知道的？」

「正是。」艾勒里一臉微笑的說。他抓著韋佛走到一邊：「你知道我爲什麼要請教這兩位女士嗎？」他壓低聲音問道。

韋佛搖搖頭：「我只知道你想查貝奈思……噢，艾勒里，你是不是在找其他貝奈思在這裡出現的證據？」他焦急的問道。

艾勒里煩惱的點點頭：「從表面看來，是有幾件事都指出貝奈思曾經來過這間公寓……但我的感覺是，一定有很多線索在這裡，只是我沒辦法看出來。那管家，還有女僕——貝奈思的女僕——」他突然停住，搖搖頭，彷彿對自己亂七八糟的想法不耐煩。他轉向在旁等待的婦人：「基頓小姐。」那女僕嚇得跳起來，一臉的驚恐。「別怕，基頓小姐，」艾勒里溫和的說：「我不會咬你的，昨天下吃過午飯後，是你幫貝奈思小姐換的衣服嗎？」

基頓小姐低聲回道：「是的，先生。」

「如果看到她的衣服，你能認得出來嗎？」

「我想大概可以吧。」

艾勒里走到最接近浴室的衣櫃，一拉，完全打開——裡面現出一架子各色各類的服飾。一個絲質的鞋袋掛在櫃門後面，還有幾個帽盒放在最上層的衣架上，艾勒里退後了幾步說：

「基頓小姐，這是你的地盤了。看你能找到些什麼？」他站在她身後，眼睛跟著她移動。他這樣專注的看著她的一舉一動，好像根本忘了韋佛的存在。而那管家，像一塊扁石，坐在椅子上，靜靜觀察他們。

那女僕顫抖的手指一件件翻過衣架上數不清的衣裙。她檢查完整架的衣服之後，膽怯的轉向艾勒里搖搖頭，他示意她再繼續看下去。

她踮起脚尖拿了架上的三個帽盒，打開蓋子，很快的看了一下。前面兩個盒子裡，裝的是法蘭西太太的帽子，她遲疑的報告，安德希小姐也僵硬的點頭表示同意。

女僕打開了第三個盒子，突然像哽住似的低聲呼喊，向後倒了過去。裡面的東西，好像要跳出來趕過去燒她。她一跳跳開，抖抖索索的找手帕。

「怎麼回事？」艾勒里輕聲問道。

「那是，那是貝奈思小姐的帽子。」她小聲的說，一邊緊張的咬著手帕，「這是，這是她昨天下午離家時戴的。」

艾勒里仔細瞧著那頂帽子。帽緣向下的擺在盒子裡。從他站的地方，可以看到一個發亮的別針，別在向下翻的帽緣上。艾勒里請那女僕把帽子從盒子裡取出來交給他。他用手指把帽子轉過來，再沈默的交還給那婦人，她也沈默的收下來，將手伸進帽頂，但把帽頂放在下面，帽緣在上，然後熟練的把帽子就像這個樣子收回盒子裡。艾勒里原來打算走開的，但一看到帽子新擺的樣子，立刻動也不動，但並沒有說什麼，看著那女僕把三個盒子仍舊放回原處。

「請你看看鞋子。」他說。

那女僕很聽話的彎過身去，檢視在門內側的鞋盒。當她正打算拿起一雙女鞋時，艾勒里拍拍她的肩膀打斷了她，之後轉向安德希小姐。

「安德希小姐，請你檢查一下，這到底是不是卡默第小姐的帽子？」

他舉起手，把有藍帽子的盒子拿下來，拿出帽子交給那管家。

她看了一下，不明所以。艾勒里從衣櫃旁走開，站在浴室的門邊。「這是她的沒錯。」

那管家不客氣的說：「但我看不出來，這有什麼緊要的。」

「嗯，你倒是挺直率的。」艾勒里微笑著說：「可不可以請你幫我放回去？」他一邊說，一邊緩緩的往前走近。

那個婦人鼻子裡哼著氣。拿過帽子往內翻，然後放進帽盒。她小心的把帽盒放回架上，又小心翼翼的重新歸座。韋佛不勝驚異的發現，艾勒里的臉上突然綻開一絲笑容。

之後艾勒里做了件驚人的事——其餘三個人簡直不能相信他們的眼睛。他又伸出手去，從架上取下了同樣的那個帽盒。

他打開帽盒，有腔沒調的吹了一口氣，又把那頂被傳來傳去的帽子拿出來。這次他交給韋佛，要他看一看。

「嘿，衛斯禮，請來點男士的意見。」他好像很愉快的說，「這可是貝奈思・卡默第的帽子？」

韋佛大惑不解的看著他的朋友，像機器人似的接過那頂帽子。他聳聳肩，看了那帽子一眼：「看起來是頂眼熟的，不過我不能確認，我對女人的衣服一向不了解。」

「嗯。」艾勒里笑著說：「那你就把它放回去吧。」韋佛歎了一口氣。輕輕抓住帽頂，向下擲去。這回帽緣向下，丟進了盒子。他笨拙的拿起盒蓋，關好後再放回去——在五分鐘之內，這是第三次了。

艾勒里霍然向那女僕：「卡默第小姐平時好不好伺候？」他摸索出他的眼鏡問道。

「我，我不懂你的意思，先生。」

「她常常差遣你做事嗎？通常是她自己整理東西嗎？你的職責有哪些？」

「噢。」女僕的眼睛先望向管家，像是希望能夠得到一點指示，接著垂下來看著地毯：「先生，貝奈思小姐對她的衣服及東西一向很小心。當她出門回來之後，通常是她自己把衣帽放回去。我做的事主要是像幫她做頭髮，把她要穿的衣服拿出來之類的。」

「一個非常非常小心的女孩。」那管家冷冷的加了一句，「罕見的小心，我總是這麼說，瑪麗安也是這樣的。」

「哦，很高興聽你這麼說。」艾勒里一本正經的說，「說高興也不足以形容……嘿，基頓小姐，那鞋子。」

「啊？」那女僕似乎又嚇了一大跳。

「鞋子，請你看看鞋子。」

在衣櫃裡至少有一打以上各色各類的鞋子，整整齊齊插在鞋袋裡，每一雙鞋都是鞋尖在內，鞋跟在外，掛在鞋袋上。

女僕開始檢查那些鞋子。她拿出幾雙來仔細的看。忽然她抓起一雙黑皮有沈重寶石扣子的鞋子，舉高到艾勒里的眼前。

「這雙，就是這雙鞋子。」她大喊道：「昨天貝奈思小姐出門時，就是穿著這雙鞋子。」

艾勒里從她顫抖的手中接過那雙鞋子，看了一會兒交給韋佛。

「上面有泥。」他俐落的說：「這邊還有一塊是溼的。看樣子就是這雙。」他重新交給那女僕。她抖抖顫顫的把鞋子放了回去……艾勒里忽然瞇起眼睛，她把鞋跟，而不是鞋尖先放了進去。而其餘的鞋卻都正好相反，全是鞋跟露了出來。

「安德希小姐。」艾勒里過去把那雙黑鞋抽了出來。安德希小姐老不情願的站起來。

「是卡默第小姐的嗎？」艾勒里把鞋子交給她問道。

她看了一眼說：「是的。」

「所以你們的看法是相同的囉？」艾勒里微笑著說，「請你幫我放回鞋袋去好嗎？」

她沒說一句話，只是照他的話做了。她跟那女僕一樣，先把鞋跟放進鞋袋裡，鞋尖及扣子都露了出來。在旁仔細觀察的艾勒里又笑了一笑。

「衛斯禮，」他緊接著說。韋佛委頓的走了過來。他剛才站在窗邊心事重重的往下望著第五大道……當該他來把鞋子放回去時，他抓起鞋跟，先把鞋尖塞了進去。

「你爲什麼這樣做？」艾勒里問他。旁邊兩個婦人心想一定是遇上了瘋子。不知如何是好的離衣櫃遠了一點。

「做什麼？」韋佛不解的問。

艾勒里笑：「別緊張，哈姆雷特……爲什麼你擺鞋子的時候，把鞋跟掛在鞋袋上？」

韋佛瞪著他：「爲什麼？其餘的鞋都是這樣的啊。」他摸不著頭腦的說：「我爲什麼要倒過來擺呢？」

「哈。」艾勒里道：「有道理……安德希小姐，那你擺鞋子時，爲什麼把鞋尖露出來？其餘的鞋不都是鞋跟在外嗎？」

「任何人都該知道，」那管家兇巴巴的說：「這雙鞋有這麼大的扣子，如果像韋佛先生那樣，先把鞋尖放進去，那扣子就會夾在鞋袋裡。」

「了不起。」艾勒里喃喃的說：「而其餘的鞋並沒有扣子……」他從管家的眼裡看出來，他說對了。

他沈默的在臥室裡走來走去，其他的人則在站在衣櫃前靜待。他緊緊的抿著嘴陷入沈思，忽然轉向安德希小姐。

「安德希小姐，我希望你非常仔細的再看一看這個衣櫃，找找看有沒有應該在這裡，卻不在這裡的東西……」他向後退了一步揮揮手說。

她立刻開始動手檢查，很有效率的從衣裙、帽盒到鞋盒一樣樣看過。其他的人則無聲的注視著她。

她忽然停住，不太確定的再看了看鞋袋，又看看放帽子的架子，然後轉向艾勒里。

「我不敢肯定，」她小心的說。她冰冷的眼睛迎向艾勒里：「但在我看來，法蘭西太太的東西倒都在這裡，但有兩樣貝奈思的東西卻不見了。」

「真的？」艾勒里抽口氣。但他不像真的驚訝：「是一頂帽子及一雙鞋，是不是？」

她飛快的看了他一眼：「你怎麼知道的？不錯，這正是我想到的。我記得幾個月前，有次我要拿一些法蘭西太太的東西來這裡時，貝奈思要我把她的灰色帽子也一起帶來，還有一雙灰色的低跟鞋——是兩種不同的灰色配在一塊的——我記得很清楚，我的確把那灰鞋帶來了……」

她猛然轉向基頓：「這兩樣東西在貝奈思家裡的衣櫃中嗎？」

那女僕拚命的搖頭：「不，不，安德希小姐，我很久沒看到了。」

「那就是了，灰色的帽子，不寬，沒有花邊，另外還有一雙灰色的便鞋，這兩樣東西都不見了。」

「這，」艾勒里對著她們低頭鞠個躬，管家驚愕的瞪起眼，「正是我想要知道的……謝謝，謝謝……衛斯禮，請你送送這兩位女士出門。告訴外面站崗的帶她們去維利巡佐那裡。在其他人還沒上來之前，暫時避開局長一會兒……安德希小姐，我相信瑪麗安小姐一定會很高興的，」他又對那管家一鞠躬：「她有你對她像媽媽一樣的關心及照顧。再見。」

一等韋佛及那兩個婦人離去，艾勒里立刻從圖書室飛奔到打牌間門口。他敏捷的走進去站在牌桌邊，審視著擺得整整齊齊的撲克牌，以及堆滿煙蒂的煙灰缸。他小心的坐在一張椅子上，檢查擺出來的牌。他先拿起擺在他面前，牌面向下的一疊牌，把它們鋪開，但並不改變它們的順序。他皺著眉看了一會，又跟在桌子中央其他的十一疊牌比較……最後他站起來，一籌莫展，他把所有的牌仍舊照原來的樣子擺好。

正當他一臉煩惱的瞪著那些煙蒂的時候，大門聲響，韋佛又回到了圖書室。艾勒里立刻起來離開了打牌間，那扇紅皮門輕輕的在他身後關上。

「女士們都安頓好了吧？」他漫不經心的問，韋佛愁容滿面的點點頭。艾勒里挺挺肩膀，眼裡含著笑意：「我知道你在擔心瑪麗安，」他說，「但別擔心，衛斯禮，別這麼婆婆媽媽的。」他緩緩的環顧圖書室，看了一會後，眼神落在窗前的桌子上：「我想，」他走向桌邊，很權威似的說道：「我們應該休息一下，看看我們可以想出些什麼。坐下來吧，衛斯禮。」

17 公寓：圖書室

他們坐了下來。艾勒里坐在書桌後面一張舒服的轉椅上，衛斯禮・韋佛則坐在會議桌邊的一張皮椅上。

艾勒里似乎放鬆了不少。他的眼神在圖書室裏溜來溜去，一會兒停在桌子上，掠過堆在一塊的公文，一會兒轉到牆上的畫及面前的玻璃桌面……最後他的眼睛在電話旁邊藍色的備忘錄上停住。他不經意的隨手就拿起來唸。

這是一張辦公室的備忘錄。上面由打字機整整齊齊的打好。艾勒里急急忙忙的再唸了一遍，抬頭向韋佛望去，後者還是一副愁眉苦臉、不能自抑的模樣。

「是不是有這個可能？」他開始說，但又突然停住，「衛斯禮，告訴我，這張備忘錄是你打的嗎？」

「嗯？什麼？」韋佛聽到他的聲音回應道：「噢，你說那個，那是我傳給董事看的備忘錄，昨天下午打的。那時候老人已經去了大克鎮。」

「一共有幾份呢？」

公司內部備忘錄

致：法蘭西先生
葛雷先生
馬奇班先生
崔斯克先生
佐恩先生
韋佛先生

19××年5月23日（週一）

董事會特別會議將於五月二十四日（週二）上午十一點，於會議室召開，請勿缺席。會中將討論惠特尼－法蘭西公司合併案細節，期望屆時能達成正式的最後決議。請務必參加。

韋佛先生與法蘭西先生將於早上九點整於會議室會面，準備最終討論的書面要點。

（簽　名）塞路斯・法蘭西
（經手人）秘書：衛斯禮・韋佛

「一共有七份。我也有一份，另外一份存檔。你手中這份是老人的。」

艾勒里急速的問：「爲什麼會放在桌上？」

韋佛似乎對他的問題丈二金剛摸不著頭腦：「噢，這又怎麼樣了？」他抗議道，「是我放在這裏的，這樣當老人今天早上一到，就知道我已經辦好了這件事。」

「所以當你昨天晚上離開公寓時，這張備忘錄就擺在桌上囉？」

「當然。」韋佛說：「不然它該在哪兒？不只如此，我今早到的時候，它也是擺在這裏。」他沒好氣的笑一笑。

但艾勒里可不覺得有什麼好笑。他的眼睛發亮：「你確定是這樣子的嗎？」他好像興奮莫名的從他的轉椅上半站了起來，又再坐回去：「這就對了，這可跟其他的線索湊在一起了。」他喃喃的說：「原來的一個疑點現在可以解釋明白了。」

他從衣袋裏抽出一個大皮夾，然後小心翼翼的把那張藍紙平放了進去：「你不會和別人提起吧……」他緩緩的說。韋佛點點頭，又重新去想他的心事。

艾勒里傾身向前，手肘撐在玻璃桌面上，頭放在兩手之間，直瞪前方，好像有什麼事正在困擾他。他的眼睛一無表情，專注的看著他眼前桌子上面瑪瑙書擋之間的那一排書。

過了好一會，彷彿要滿足越來越強烈的好奇心，他挺起胸，全神貫注的審視每一本書的書名，最後伸出手來，拿下一本來就近觀察。

「天曉得。」他終於抬起頭，對著韋佛低聲呼道：「他看的書可眞怪。難道你的老闆常常研究古生物學大綱？或者這是你的大學教科書？我可不記得你對科學特別感到興趣。而且這本是約翰・莫瑞森寫的。」

「你說那個啊。」韋佛一時很不好意思的說：「不，這不是我的。我想這是老人的吧。這全是他的書。說起來，我不記得我曾看過這本書。你剛才說什麼——古生物學？嗯，我不知道他會對這個感興趣。」

艾勒里深深的看了他一眼，然後把書放回去：「不只這本——你知道，」他輕聲說：「簡直是不可思議。」

「什麼？」韋佛緊張的問。

「嗯，你聽聽這些書名，史坦尼・衛德斯基的《十四世紀貿易史》，不是說一個百貨公司的大亨不可能對這感興趣，不過絕非尋常。而這本是雷門・費勃克寫給兒童的《兒童音樂入門》這本呢？雨果・沙里伯雷的《集郵新發展》，對集郵著迷？怪得很，怪得很。而這本——什麼玩意？《插科打諢大全》，是那個白癡朔克模登寫的。」艾勒里抬起眼睛，接住韋佛困擾的眼神。他接下去說：「我了解有些書籍收藏家可能會收集這麼一批古怪的書放在桌上。但我簡直不能想像塞路斯・法蘭西會是這樣的人。他這麼個道德重整協會頭目，又是商界大佬，你的老闆看起來絕對不像能做什麼古生物學研究，再兼集郵迷，還對中古貿易有興趣，可偏對音樂這樣無知，還得看給兒童的音樂入門。不只這樣，同時又迷上了街坊的三流笑話……啊，衛斯禮，太過分了，我不能相信我的眼睛。」

「嗯，我也搞不明白。」韋佛很困惑似的在椅子上轉來轉去。

「這也難怪你搞不明白。」艾勒里道。一面站起來，走到他左邊牆上的書架旁。他嘴裏輕哼著一支進行曲，一面檢查書架上一排排的書名。檢查了好一會之後，他回到桌邊坐下，再度搬弄桌面上的那些書。韋佛很不安的一直盯著他。

「從書架上的書看來，」艾勒里繼續說，「倒跟我原來的猜測差不多。都是些社會福利啦，一般性文學著作之類的，跟你老闆的興趣滿符合。但在桌上的這些書……」他沈思了一會，「而且不像眞的有人看過。」他像在替那些書打抱不平似的抱怨道：「有兩本書，你看，連書頁都沒裁開呢。衛斯禮，老實說，法蘭西眞對這些類型的書感興趣嗎？」他指著面前的書問。

（譯註：西方書籍出版時，有些僅將書背裝訂，內頁的紙張由讀者在閱讀時自己裁開，稱之爲「毛本」除故示珍貴外，亦爲防止有人只看不買的手段之一。）

韋佛立刻回答：「不，至少我從來沒發現。」

「瑪麗安呢？貝奈思？法蘭西太太？還有那些董事？」

「我敢說法蘭西家沒有一個人會想看這些書的。」韋佛從椅子上跳起來，在室內踱步：「至於那些董事。他們是怎樣的人，你也已經見過了。」

「約翰・葛雷說不定會對那些粗俗的笑話感興趣。」艾勒里想了一下說：「他像是那種人，但音樂入門呢？……嗯。」

他振作了點，從他的口袋裏拿出一本小冊子，仔細的把作者及書名一一記錄下來。之後他歎了一口氣，把鉛筆丟回衣袋，又再呆呆的瞪著那些書出神，他的手一面無聊的擺弄著兩邊的書擋。

「記得要問法蘭西這些書。」他喃喃自語。韋佛還在房間裏焦慮的亂轉。「坐下來吧，衛斯禮，你吵得我不能集中思考……」韋佛聳聳肩坐了下來。「這玩意看起來滿不錯的。」艾勒里指著書擋隨意的說：「這瑪瑙上的雕刻倒是不常見。」

「一定花了約翰‧葛雷不少鈔票。」韋佛低聲道。

「噢，這是給法蘭西先生的禮物？」

「這是他上次生日時——在三月——葛雷送給他的生日禮物。進口的。我知道，我記得保羅‧賴夫瑞幾個禮拜前，還對它們的稀有及精美稱讚了半天。」

「你剛才說——三月？」艾勒里突然問道。他把一個黑得發亮的書擋放到面前：「那不過才兩個月前，而這個——」他把另一個書擋也一併放在手上，再把它們並排擱在桌上。他異常小心的把它們安置好，然後問韋佛：

「你發現這兩個書擋有什麼不同嗎？」他一臉的興奮。

韋佛湊了過去，伸出手想把一個書擋拎起來。

「別碰。」艾勒里尖聲阻止，「怎麼樣？」

韋佛站直了：「你叫什麼？艾勒里。」他很不高興的說：「要我看起來，有一個下面襯的絨布似乎有點褪色。」「請別見怪。小子。」艾勒里道：「所以這不是我在胡思亂想。兩個顏色是有深淺差別。」

「我想不通這絨底爲什麼會出現兩種不同的綠色？」韋佛不解的說，一邊重新落座。「這兩個書擋幾乎還是全新的。老人收到時一定沒有問題——如果它們早就顏色不一樣，我一定會注意到的。」

艾勒里並沒有立刻回答。他專注的再一次審視那兩個瑪瑙書擋。兩件都呈圓柱形，雕刻都在外層。書擋下面接觸桌面的部分，是兩片綠色的細絨布，在強烈的下午陽光照射之下，兩片非常清楚的顯現出不同深淺的綠色。

「嗯，這就讓人不明白了。」艾勒里喃喃道：「如果這裏面暗藏玄機，那到底是什麼呢？我這會兒倒是想不出來。」他眼光一閃望著韋佛：「葛雷送給老人之後，這兩個書擋曾經離開過這個房間嗎？」

「沒有，」韋佛回答：「從來沒有過。我每天都在這裏，如果它們被移走了，我應該會發現的。」

「它們有沒有在這裏打破過？或修理過？」

「當然沒有。」韋佛困惑的說：「你問得好沒道理，艾勒里。」

「但可很重要。」艾勒里坐下來，開始舞動他的夾鼻眼鏡。他的眼睛仍盯著那兩個書擋：「我想葛雷是法蘭西的好朋友吧？」他突然問道。

「最要好的朋友。他們的交情至少有三十年了。有時候他們之間，會因爲老人把白奴、娼妓之類的問題看得過爲嚴重，而爭論一番，但他們一直異常的接近。」

「我猜也該如此。」艾勒里說完，再度陷入深思，不過他的眼睛一直沒有從那個書擋上移開：「我在想……」他的手伸入大衣口袋，掏出一個放大鏡。韋佛先是驚愕萬分，接著大笑起來。

「艾勒里，你看你，活像個福爾摩斯。」他的笑聲中透出一派天眞，讓人沒法生氣，就像他的人一樣。

艾勒里不好意思的笑一笑：「是有點戲劇化。」他承認，「不過我發現，有時候這麼個小東西還眞管用。」他彎下腰，拿起放大鏡先檢查顏色較深的那片綠色。

「你在找指紋嗎？」韋佛笑著說。

「這可難說。你永遠不知道會發現什麼。」艾勒里簡潔的回答：「不過放大鏡也會出錯，必須用顯指紋的藥粉，才能確定……」他放下手上的那一片，拿起另一片，當他在檢查這一片較淺的綠色絨布時，他的手不自禁的顫抖起來。不顧韋佛在旁大叫，問他出了什麼事，艾勒里把他所有的注意力，全放在與瑪瑙相接的那一小塊絨布上。絨布上有一條細紋，由肉眼來看，不過一根頭髮粗細，在放大鏡下也只寬了一點。這條細紋沿著絨布四邊，不是別的，是膠水的痕跡——是把絨布黏在瑪瑙上的膠水。另外一個書擋也有這樣一道膠水的痕跡。

「韋佛，拿好放大鏡，你看絨布與瑪瑙交接的地方，仔細看好了……」艾勒里帶點命令的語氣說：「告訴我，你看到了什麼？小心不要碰到瑪瑙的表面。」

韋佛湊過來，急切的往放大鏡望去：「嗯，在膠水上好像有點灰塵？這應該是灰塵吧？是不是？」

「但不是平常的灰塵。」艾勒里嚴肅的說，又拿了放大鏡過來，再度檢查那一道膠水。之後又檢查了書擋的其他表面，兩個都一一檢查過了。

韋佛忽然叫道：「我說，這跟你在貝奈思唇膏裏發現的粉末，是不是一樣的？海洛因，我記得你說是海洛因。」

「猜得好，衛斯禮。」艾勒里稱讚他的朋友。他的眼睛卻仍盯著鏡片：「不過我想很可能是別的……得經過分析之後才能知道，而且越快做越好。我有種第六感，好像有什麼地方很不對勁。」

他把放大鏡丟在桌上，再一次仔細的端詳那兩個書擋，接著拿起電話聽筒。

「請找維利巡佐說話，請快一點。」他一邊把耳朵湊近聽筒等待，一邊跟韋佛說了一串話：「如果這粉末正如我所猜測，那這個案子可是一層又一層，不知藏了多少玄機。我們就等著瞧。衛斯禮，請你到浴室去找一些棉花來，……嗨，是維利嗎？」韋佛聽命而去，艾勒里嘴湊著聽筒道：「我是艾勒里，我還在樓上公寓……派一個你最好的手下上來……誰……好，皮格跟賀斯？沒問題，要他們立刻來。在局長面前不必提……你說你沒辦法——嘿，別開玩笑了，加把勁。」他笑了起來，把電話掛下。

韋佛拿著一個裝滿棉花的大盒子回來，艾勒里一手接過去。

「你看我，衛斯禮，」他笑著宣布：「好好看清楚，不久的將來，你說不定得出庭作證，一步步精確的描述我現在做的事。準備好了嗎？」

「完全準備好了，」韋佛咧開了嘴。

「啊哈。」好像變魔術似的，艾勒里從大衣口袋裏抽出一個奇怪的金屬小包。他一按鈕，打開蓋子，裏面是薄而堅硬的黑色皮墊，上面鈎著線圈，每一個線圈上掛著一個很小的、發亮的工具。

「這是，」艾勒里一露白牙：「我最寶貝的東西之一。去年我幫了柏林的布格一點小忙，幫他抓到一個美國的寶石大盜。所以他特別送我這套東西……巧妙得很，是不是？」

韋佛無力的往後靠：「天曉得這是什麼玩意兒？」

「這在辦案時可有用得很，從來沒有人發明過比這套更巧妙的設計了。」艾勒里回答，一面忙著撥弄那些皮墊。「爲了感謝我，柏林市長以及德國的中央偵查局根據我的指示——我知道我想要什麼——而特別打造的……你看在這麼小的一個鋁盒子裏，裝了這麼多工具——噢，爲什麼要用鋁呢？爲的是輕便。在作一個極科學、極精密的檢驗時，每一樣東西都可能被一個一流偵探用得著——是很迷你，不過很堅固，空間利用經濟，而且異常實用。」

「哼，如果我猜得到，那眞見鬼了。」韋佛大聲說：「我從來沒想到，你會對這種事這麼的認眞。」

「你不信，那你來看看我的工具箱。」艾勒里笑道：「這是我放在口袋裏那把放大鏡的另兩片鏡片。你看，比平常的更清楚。這是一把可以自動轉回的小鋼尺，九十六吋長，一邊是公分。紅藍黑三色蠟筆，小圓規，特製的鉛筆，兩包一黑一白的指紋藥粉，駝毛刷子及印台，玻璃質的封套，小彎角規，還要更小一點的鑷子，可以摺起來的探測針。你可以調節它到不同的長度。各種鋼針，試紙，兩個極小的試管。有兩種不同刀刃的刀，開瓶器，螺絲釘，錐子，銼刀，砂紙，特製的羅盤——別笑，不是所有的調查都在紐約的市中心進行……而且我還沒有說完呢，紅、白、綠麻線，雖然細，但可結實得很。蠟油，小打火機——這也是專門爲我做的。剪刀，馬錶，這馬錶是由全世界最好的製錶專家之一所製造——他是一個替德國政府做事的瑞士人……你覺得我這個小工作包怎麼樣？衛斯禮？」

韋佛一臉不可置信的表情：「你的意思是，這麼多東西全都在這麼小的一個鋁盒子裏？」

「正是，這整盒東西不過四吋寬，六吋長，全部重量不超過兩磅，跟一本書差不多厚。啊，我還忘了告訴你，在鋁盒的一面，鑲了一面水晶鏡子……好了，我最好開始動手，你可要看個清楚。」

從一片皮墊上，艾勒里拿下一把鑷子，換上一片度數更強，看得更清楚的放大鏡。他很小心的把書擋固定在桌面上，左手拿著放大鏡對準他的眼睛，右手極爲小心的操縱鑷子伸進有那些有可疑粉末的膠痕裏。他示意韋佛拿好一個透明封套，然後夾起那些幾乎看不到的粉末，小心翼翼的放進封套。

他放下放大鏡及鑷子，立刻把封套密封起來。

「我想我把它們全裝進去了。」他好像很滿意的說：「如果有沒被我夾到的，吉米也一定會把它們找出來……進來。」

這是警探皮格，他關上大門，走入圖書室，一臉掩不住的好奇。

「維利巡佐說你找我，昆恩先生。」但他的眼睛卻放在韋佛身上。

「正是，等一下，皮格，我會告訴你要做什麼。」艾勒里在封套背後墨水淋漓的寫著：

吉米：請分析套子裏的粉末。如果在註明A的書擋膠印上發現其他的粉末，也請一併分析。另外，檢查在註明B的書擋上有沒有相似的粉末。在分析這些粉末之後，再檢查兩個書擋上，有沒有除我之外的其他指紋。我也可以自己做，不過如果你找到任何指紋，在實驗室裏做好，立刻攝影下來。請你親自打電話告訴我結果。我在法蘭西百貨公司樓上，法蘭西家的公寓裏，皮格會告訴你詳情。

艾勒里・昆恩

他用紅蠟筆在書擋上標好AB，先用棉花包紮，再用韋佛幫他在桌子裏找來的紙包好，一切就緒，他把包裹及封套一起交給了那警探。

「皮格，請你盡速把它們交給總部實驗室的吉米。」他強調道：「別給任何事耽擱住了。如果維利巡佐或是我父親攔你下來，就說是我要你去的。千萬別讓局長知道你帶了這包東西走。現在，快去吧。」

皮格一言不發拿了就走。他太熟悉昆恩父子是怎麼樣辦事了，所以問也不問，聽命而去。當他一出門，從毛玻璃牆上，他一眼瞥到電梯升上來的陰影。他轉身往樓梯奔了下去。正在此時，電梯門開，史考特・華勒斯局長、昆恩探長，及一小群警探、警察走了出來。

18 迷團

五分鐘之內，法蘭西六樓公寓的走道上擠滿了人。兩個警察在門口站崗；另一個則背對電梯站著，眼睛盯住旁邊的樓梯；在會客室裏則有幾個警探坐在那裏吸煙。

艾勒里微笑的坐在圖書室的辦公桌後面。華勒斯局長氣喘吁吁的在房裏踱步，一會兒指揮衆人把各扇門全給打開，一會兒像個貓頭鷹似的，撲到各種他看來奇怪的東西上。而老探長跟維利巡佐及保全隊長威廉・科朗索則站在窗前談話。衛斯禮・韋佛愁眉苦臉，默默站在一個角落，他的眼睛常常落在會客室的門上，他知道瑪麗安就在外面……

「你說，昆恩先生，」華勒斯局長一口氣透不過來：「這個煙蒂以及——什麼玩意——班克牌，是唯一顯示那個姓卡默第的女孩子曾在這裏的證據？」

「不只如此，局長，」艾勒里嚴肅的說：「別忘了在衣櫃裏的鞋子及帽子。我相信我報告過，他們的管家認出了這些東西。」

「當然，當然。」華勒斯悶哼了一聲，仍舊皺著眉：「嘿，那個採指紋的，你查過打牌間旁邊的小房間嗎？」不等那人回答，他又對幾個正忙著拍攝班克牌及煙蒂的攝影師，口齒不清的發布了一番命令。最後，他摸著眉毛，趾高氣昂的對老探長說：

「你覺得怎麼樣？昆恩，」他問道：「看起來可是個簡單的案子。」

老探長斜眼看了他兒子一眼，隱隱一笑：「這可難說，局長，你知道，我們得先找到那個女孩子……事實上，我們還沒眞正著手調查，比如說，我們還沒有時間去查任何一個不在場的證人。再說，雖然這些線索都指向貝奈思，但在還沒有找到更爲明確的證據之前，實在不能令人滿意……」他搖搖頭，「總而言之，局長，我們該做的事還有很多。你還想問什麼問題嗎？他們都在外面走道等著。」

局長看來一臉怒容：「沒有。現在沒什麼好問的……」他清清喉嚨：「你下一步要做什麼？我得到市政廳去跟市長開個會。這個案子是很重要，不過我現在不能在這裏主持了，你還有什麼話要說？」

「我想再把幾個疑點弄清楚。」昆恩探長道：「好幾個人都在外面等著回答問題。第一個就是法蘭西先生。」

「法蘭西先生，是的是的，太不幸了，實在遺憾，對他一定是個大打擊。」局長緊張的向四面張望：「昆恩，這不是要你不盡忠職守，你明白我的意思？但讓法蘭西回家，接受他私人醫生的照顧，可能比較好一點……至於他的繼女，我希望，」他很不自在的停頓了一下：「我的感覺是，這女孩可能早就遠走高飛，不過當然，你要全力追緝……太不幸了。我——我現在一定得走了。」他輕率的一轉身，彷彿鬆了一口氣，往門口走去，一排警探緊跟在後。當他進入會客室時，反身大叫：「我希望你能快點破案，昆恩，這個月沒了結的謀殺案實在太多了。」他肥胖的身軀終於搖搖擺擺的消失。

會客室的門關上之後，室內有幾秒鐘的沈寂。老探長輕輕的聳聳肩，走到艾勒里的身旁。艾勒里拉過一把椅子，讓他坐下。他們悄悄的說了好大一陣子，「刮鬍刀片」、「書擋」、「書」、「貝奈思」這些字眼不斷的出現。艾勒里一面說，老人的臉越拉越長，最後他煩惱的搖搖頭，站了起來。

此時會客室外一陣喧嘩，引起圖書室所有人的注意。一個女子激動的聲音，以及一個男子粗魯的聲音相繼傳來。韋佛的鼻翼歙動。他衝向門去，砰一聲打開了門。

瑪麗安正奮力的想推開一個站在門口身材粗壯的警探：「我一定得去見探長。」她叫道：「我父親——請不要碰我。」

韋佛一把抓住那警探的手臂，拚命想把他推走。

「放開她，」他吼道，「你要我教訓你該怎樣對待女士嗎？」

如果不是瑪麗安抱住他，他大概就要跟那警探幹上了。就在此時，老探長、艾勒里都急急的趕了過來。「瑞特，站到一邊去。」老探長說，「有什麼問題嗎？法蘭西小姐？」他溫和的問。

「我，我父親，」她透不過氣來：「這是多麼殘酷、不人道，難道你看不出來他在生病，神智不清嗎？看在老天的分上，讓我們帶他回家。他剛才昏了過去。」

他們一起擠進走道，一群人都彎腰在塞路斯・法蘭西的身邊圍觀。法蘭西先生臉色蒼白的靜躺在大理石地上，那個駐店醫生正焦慮的檢查著。

「昏過去了？」老探長關切的問。

醫生點點頭：「他現在應該上床休息，這一昏倒滿危險的。」

艾勒里悄悄的跟他父親說了幾句，老探長擔心的搖搖頭：「最好不要冒險，艾勒里，他眞的病了。」他指示兩個警探把法蘭西先生抬進公寓，放在一張床上，過了一會兒，法蘭西先生重新恢復知覺悶哼起來。

約翰・葛雷七折八拐的越過一個警察，憤憤的走進臥室。「不管你是不是探長，你別以爲你就可以幹這種好事。」他尖聲大叫：「我要讓法蘭西先生立刻回家休養。」

「不要這樣生氣，葛雷先生，」老探長溫和的勸道：「他立刻就可以走了。」

「我跟他一塊走。」葛雷仍舊尖刺的說：「他需要我在旁邊。我會跟市長說，我會——」

「閉嘴。」昆恩探長一聲大吼，他滿面通紅的對瑞特警探說：「去叫部計程車。」

「法蘭西小姐，」瑪麗安驚愕的抬起頭。老探長煩躁的吸口鼻煙：「你可以跟你父親及葛雷先生一起離開。但今天下午我們沒有跟你聯絡之前，請你留在家裏，不要出去。我們想在房子及四周查一查，如果法蘭西先生可以見我們的話，說不定也會問法蘭西先生一些問題——我很抱歉，法蘭西小姐。」

瑪麗安的睫毛仍然溼潤，但她聽後微微一笑。韋佛偷偷走到她旁邊，把她稍微拉開。「瑪麗安，親愛的——眞抱歉，我沒替你把那粗人打走，他沒有傷到你吧？」

瑪麗安睜大眼睛，柔和的看著他：「別傻了，寶貝。」她低語道：「別去跟那些警察計較。我會幫葛雷先生帶父親回家，留在家裏等探長下一步的指示……你不會有任何問題吧？親愛的。」

「誰？我？」韋佛笑道：「你可愛的小腦袋別替我擔心了——關於公司的事，我會一一留心的，等你父親神智淸醒之後，請你告訴他一聲……你愛我嗎？」

這時沒人注意他們，他彎下腰去吻她，在她發亮的眼睛裏，他看到了她的回答。

五分鐘之後，法蘭西、瑪麗安及葛雷在一個警察的陪伴之下，坐車離去。

維利巡佐過來報告：「我派了兩個人去追查卡默第小姐，局長在的時候，我看你忙，所以沒跟你說。」

昆恩探長先皺起眉，接著笑道：「哈，看來我的手下都在跟市政府作對。」他說，「湯瑪斯，我要你派人去查法蘭西太太昨夜的行蹤。她大概在昨天晚上十一點十五分鐘離開家，很可能叫了部計程車。因爲她到這裏時是十一點四十五分。那個時段戲院正好散場，車子擠一點，所以差不多要半小時，你明白了嗎？」維利巡佐點點頭離去。艾勒里又坐在桌邊，自顧自輕聲吹著口哨，好像陷入沈思。

老探長把麥肯齊經理叫進了圖書室：「你查過所有的員工了嗎？麥肯齊先生。」

「不久之前，我的助手給了我一份報告，」艾勒里立刻豎耳傾聽：「就我們目前所能知道的結果，」他一面參考手上的文件，一面繼續說：「所有在昨天及今天簽到的員工，全在他們的工作崗位上。今天一切看起來也都很正常，當然有人沒來上班，我這兒也有一張單子。如果你想追查這些人的話，可以參考這張名單。」

「我們會看的。」老探長說，從麥肯齊那裏取過名單，交給一個警探前去進行。

「現在，麥肯齊先生，你可以開始準備照常營業，一切照舊運作，但小心不要公開這件事。第五大道上的那個櫥窗仍舊關閉，找人去那裏看守，如果沒有進一步的指示，不要更動。好了，你可以走了。」

「老爸，如果你已經對那些還留在這裏的董事問完了話，我倒還有個問題想要請教他們。」麥肯齊離開之後，艾勒里說道。

「我完全把他們給忘光了——我想不出來還有什麼好問的。」昆恩探長回答：「賀斯，把他們帶過來，看我們可以問出些什麼來。」

那警探一下子把他們都帶了進來。他們一個個憔悴失神的模樣。胡柏•馬奇班用力嚼著一根雪茄，老探長向艾勒里揮揮手，退後了一步。

艾勒里站起來說道：「各位先生，我只問一個問題，然後探長就會放你們回去，忙你們自己的事。」

「早就該讓我們走了。」梅威爾•崔斯克咬著唇說。

「佐恩，」艾勒里假裝沒聽到崔斯克的抱怨：「各位董事是定期開會嗎？」

柯納斯・佐恩神經緊張的扯弄著他沈重的金錶鍊條：「是，是，當然。」

「很抱歉，再問一句，通常在什麼時候開會？」

「隔週的禮拜五下午。」

「所以這是慣例，每次都一定在這個時候開會嗎？」

「是，是的。」

「那爲什麼這次在早上開會，而且是在禮拜二？」

「這是一個特別會議。法蘭西先生視需要臨時召開的。」

「但半月會議還是照常舉行，是不是？」

「不錯。」

「這麼說來，上禮拜五開過會囉？」

「是的。」

艾勒里轉向另外兩人：「先生們，佐恩說得沒錯吧？」

兩人都鬱鬱的點點頭。艾勒里微笑的謝過他們，坐了下來。老探長也微笑謝過他們，客氣的請他們可以離開了。他陪著他們走到門口，對站在門口的警察低聲作了一番指示。佐恩、馬奇班及崔斯克立刻坐了電梯走了。

「外頭有個傢伙等著，艾勒里，」老探長說道，「是法蘭西太太的第一任丈夫文森・卡默第。我想下個就該問他了——賀斯，兩分鐘之後把卡默第先生帶進來。」

「你在樓下時，有沒有查過39街上的夜間進貨口？」艾勒里問道。

「當然，」老探長沈思的吸了口煙：「那個地方有問題。當守衛跟卡車司機全在那個小房間裏時，有人想從那裏摸進來眞是再容易不過，在晚上更不用說了。我在那裏前後仔細檢查過，看起來很像就是兇手昨天晚上進來的地方。」

「這很可以解釋兇手是怎麼進來的。」艾勒里懶洋洋的說：「但不能解釋他是怎麼出去的。十一點三十分之後，那個進出口就關閉起來。如果他從那個進出口離開，那麼他得在十一點三十分鐘之前就走，是不是？」

「但法蘭西太太直到十一點四十五分才到這裏，艾勒里。」老探長反駁道：「而且根據鮑迪醫生的說法，她是在午夜被謀殺的，所以兇手怎麼可能在十一點三十分鐘之前，就從那個進出口離開？」

「理由很簡單，」艾勒里道，「他不可能在那個時候離開，所以他不是在那個時候走的。從運貨間有沒有其他的門通入這棟大樓？所以他可以偷偷的從哪個門進入？」

「容易之至，」老探長低吼：「在運貨間的最後面就有這麼一扇門，而且從不上鎖——因爲那些白癡以爲只要最外面的門上鎖，裏面的門就大可不必了。無論如何，那扇門通向一個走道，正與夜間守衛辦公室前的走道平行，但是更深入這棟大樓。在一片漆黑之中，摸進那扇門，偷偷的經過那個走道，轉個彎，走三十呎左右，就到了電梯及樓梯所在的地方。說起來簡直容易得可笑。我想這很可以解釋兇手是怎麼進入這棟大樓來的。」

「樓下辦公室的那把主鑰匙怎麼樣？」艾勒里問：「值班的守衛有沒有發現什麼不對勁的地方？」

「什麼也沒有。」老探長很失望似的回答：「他叫老申，他發誓在他值班的時候，那把鑰匙絕對沒有離開過那個上鎖的抽屜。」

此時門被打開，一個極高、有一雙洞察世情的眼睛及一把零亂灰鬍子的男人走了進來。這個男子體面、引人注目，他的衣著隨便，但都是上好的質料。他僵硬的跟探長微微一點頭，然後站在旁邊等待，一面一個個的觀察室內其他人。

「剛才在樓下，我沒有機會跟你好好的談談，卡默第先生。」老探長客氣的說：「有幾件事，我要請教一下。請坐請坐。」

卡默第坐了下來。當他看到韋佛注視著他的時候，他略略點點頭，但沒說什麼。

「卡默第先生。」老探長在桌前走來走去：「這裏有幾個問題，不是很重要，但我還是得問一下。海斯壯，你準備好了沒有？」他抬眼望那警探，海斯壯拿著筆記本點點頭。老探長又開始踱步。卡默第的眼神彷彿穿過空氣直射了過來。

「卡默第先生，」老探長突然開口：「據我所知，你是荷貝坊唯一的老闆，專門作古董生意，是不是？」

「完全正確。」卡默第說，他的聲音驚人的低沈有力，吐字異常謹慎。

「你曾經與法蘭西太太結婚，但在大約七年前離婚。」

「這也是正確的。」在他聲調裏有種斬釘截鐵、不留餘地的味道，好像他可以完全控制自己，讓聽的人隱隱感到很不舒服。

「離婚之後，你還見過法蘭西太太嗎？」

「是的，很多次。」

「是在社交場合？你們之間沒有什麼不愉快吧？」

「從來沒有。不錯，我是在社交場合碰到法蘭西太太。」

老探長覺得很有點棘手，這個人的回答如此簡單扼要，一個字也不多說。

「有多頻繁呢？卡默第先生。」

「社交場合多的時候，常常一個禮拜兩次。」

「你上次看到她——」

「是在上星期一晚上。有位平斯太太在家裏請吃晚飯，我們都去了。」

「你跟她說過話嗎？」

「不錯，」卡默第移動了一下：「法蘭西太太對古董很感興趣，大概是在我們結婚時培養的興趣吧。」這個人好像是鋼鐵打成的，沒有顯現出任何一點情緒：「我們談了一陣子，她很想買一張齊本德爾式的椅子。」

「還談了些什麼？卡默第先生。」

「也談我們的女兒。」

「啊，」老探長抿抿嘴，拉了一下他的翳鬚：「你們離婚之後，是由法蘭西太太當貝奈思•卡默第小姐的監護人？是不是？」

「是的。」

「你每隔一段時間跟你女兒見面嗎？」

「是的，雖然法蘭西太太是她的監護人，但我們離婚時曾私下約定，我在任何時候都可以見我們的女兒。」他的聲音不再像剛才那麼冷漠，引得老探長看了他一眼，又注視別處，再開始其他問題。

「卡默第先生。你可以提供任何猜測，來解釋這樁凶殺案嗎？」

「不，我沒有。」卡默第再度轉爲冷硬。不知什麼緣故，他的視線移到艾勒里身上，半天才離開。

「據你所知，法蘭西太太有任何仇人嗎？」

「沒有，她沒有任何討人厭的脾氣，會招人對她產生敵意。」卡默第好像在討論一個陌生人，他的聲調、姿勢彷彿完全事不關己。

「甚至於包括你自己。卡默第先生？」

「甚至於包括我自己，探長。」卡默第仍舊用同樣冰冷的聲音回答：「如果你一定想知道，我可以告訴你，我們結婚之後，我對我太太的感情逐漸冷淡，當我對她不再有感情時，是我提出離婚的要求。以前我對她就沒有任何敵意，現在自然也沒有。當然，」他的表情一點也沒改變的加了一句：「信不信由你。」

「你前幾次看到法蘭西太太時，她看起來是不是神經緊張？像不像有什麼煩心事？她有沒有跟你提起，她在暗自擔心什麼？」

「探長，我們並沒有作這樣的深談。我也沒有發現她有什麼異常之處。法蘭西太太很散漫，我可以跟你保證，她不作興在那兒窮緊張。」

老探長停了下來。卡默第先安靜的坐在那裏，忽然他冷不防的開口。突兀得令老探長忍不住大吃一驚，猛然抓起一撮鼻煙，來掩飾自己的失態。

「探長，很顯然的，你問我這些問題，是暗暗希望我可能與這個案子有關，或可能提供什麼重要的線索。不過你在這裏只是白白浪費時間。」卡默第傾身向前，眼睛奇異的閃著光：「你最好相信我，我對法蘭西太太，不論她是死是活，一點兒興趣也沒有。不只是她，我對整個法蘭西家族全不感興趣。我唯一關心的是我的女兒，據我所知，她失蹤了，沒有人找得到她，這裏面一定有問題，很可能有人在陷害她。如果你居然以爲我的女兒會弑母，你一定昏了頭：：如果你沒有立刻追查貝奈思的下落，以及她爲什麼失蹤的原因，那你就犯了大錯，白白冤枉一個無辜的女孩子。我會另外找私家偵探去找她。好，我的話說完了。」

文森•卡默第霍然站起，一動也不動的在旁等待老探長的答覆。

老探長很不自在的動了一下：「卡默第先生，言重了，犯不著說這種話。好吧，你可以走了。」

這個古董商一言不發，隨即轉身離去。

「嗯，你覺得這個卡默第先生怎麼樣？」昆恩探長不解的問。

「我所認得的古董商，一個個都是怪人。」艾勒里笑道：「不過，他是很難搞，爸爸，我希望能再跟那位賴夫瑞先生談談。」

當那個法國設計家被引進圖書室時，他的面色蒼白，緊張兮兮，似乎非常疲倦，一進來就一屁股坐下，伸長腿歎了一口氣。

「你應該在外面走廊擺幾把椅子的。」他語氣裏帶點責備意味的對老探長說：「是不是我走運，所以最後才輪到我？」他接著幽默的聳聳肩：「探長，我可以吸煙嗎？」但他不等回答就逕自點起一根煙。

艾勒里站起來，伸拳舒腿，活動筋骨。他們彼此對望了一眼，不約而同的微微一笑。

「賴夫瑞先生，我要開門見山，請教你一個問題。」艾勒里道，「你是見過世面的，看多了，想來不會避重就輕，大驚小怪……賴夫瑞先生，你跟法蘭西家的人在一起時，有沒有懷疑過貝奈思在吸毒？」

保羅・賴夫瑞愣了一下，警覺的看著艾勒里：「噢，你已經發現了？可是你根本沒見過那個女孩子，昆恩先生，我得恭喜你。關於你剛才的問題，不錯，我相信她一定在吸毒。」

「噢，我說，」韋佛忽然從角落裏不以爲然的說：「你怎麼會知道？賴夫瑞先生，你跟他們又不熟。」

「我知道吸毒的症狀，韋佛先生，」賴夫瑞溫和的說：「她的臉色蒼黃，眼珠突出，一口壞牙，神經衰弱，異常興奮。經常鬼鬼祟祟的，忽然歇斯底里起來，忽然又好了。形容憔悴，弱不禁風。她的症狀一天比一天嚴重——不，要看出她的毛病來，一點兒也不困難。」他轉向艾勒里，一面伸手打個手勢：「不過我得說清楚，這只是我的看法。我並沒有任何眞憑實據，但是現在我們既然沒有其他的醫學佐證，我雖是個門外漢，但我可以發誓，這個女孩子不但吸毒，而且毒癮已經很深。」

韋佛呻吟了一聲：「可憐的老人——」

「當然，我們都覺得遺憾之至。」老探長很快的接口，「賴夫瑞先生，你立刻就發現她在吸毒嗎？」

「我第一眼看到她，就知道不對勁。」那個法國設計家強調的說：「我一直覺得非常奇怪，爲什麼其他人沒有發現這麼明顯的事實。」

「說不定有人看出來——說不定已經有人發現了。」艾勒里喃喃道。他眉毛緊鎖，好像不願意再去想這件事。他再度轉向賴夫瑞。

「你來過這個房間嗎？賴夫瑞先生。」他似乎很隨意的問。

「你說法蘭西先生的公寓？」賴夫瑞叫道：「當然，我每天都來。法蘭西先生客氣極了，自我到紐約之後，我幾乎沒有一天不來的。」

「我沒別的問題了。」艾勒里微微一笑：「如果現在還不太晚，你可以去演講了，繼續向美國大衆介紹歐陸風格。先生，午安。」

賴夫瑞一鞠躬，露出一口白牙，然後大踏步離去。

艾勒里坐了下來，匆匆在他破爛的小筆記本上，密密麻麻的寫了下去。

19 意見與報告

老探長像拿破崙似的站在圖書室中央，滿肚子火瞪著會客室的門喃喃自語，頭搖得像個搏浪鼓。他背後是百貨公司保全隊長威廉•科朗索，正站在打牌間的門口，幫著攝影師照相。

「科朗索，我想你應該知道這是怎麼一回事。」老探長深深吸了口鼻煙：「我看到這扇門時，忽然想到，天曉得法蘭西爲什麼要在走廊大門上，裝這麼個特製的彈簧鎖？要我看來，這間公寓不過偶爾使用，防備未免太周密了。」

科朗索不表贊同的咧咧嘴：「探長，別爲這個煩心，這老傢伙不過對隱私特別重視。他最恨別人打擾，如此而已。」

「可是這棟大樓已經有防盜設備，還要再加上這麼一道防盜鎖！」

「嗯，」科朗索道：「你頂好隨他，不然要給他惹得發瘋。老實說，探長，」他壓低了聲音：「在某些方面，他一向有點怪怪的。我記得兩年前，當他們重新裝修這間公寓時，老闆給我一個簽了名的書面命令，要求裝個特製的鎖。我就找了個製鎖專家，特別在大門上訂造了這麼個東西，老闆可滿意極了。」

「那爲什麼要派人站在門口呢？」老探長追問：「既然有了這把鎖，自然閒人免進了。」

「唔，」科朗索遲疑的說：「老闆對自己的隱私實在是保護到家，他連敲門聲都不想聽。我想這就是爲什麼每隔一陣子，他就要我派人站在這裏。不過派來的人只能站在走道上，所以他們可怨了，沒人喜歡上來的。他們一來，就得一直站著，連到會客室去歇脚也不成。」

老探長面色陰沈的瞪著他自己的警靴，過了一會兒，他曲起手指指著韋佛。

「過來，小子。」韋佛一步步拖了過去。老探長道：「法蘭西對隱私這麼瘋狂到底是爲什麼？根據科朗索剛才告訴我的，這個地方像是銅牆鐵壁似的，除了他的家人之外，還有什麼人可以來這兒？」

「這不過是老人的怪脾氣，探長。」韋佛說：「別對這個太認眞。他是一個怪人沒錯。是沒什麼人來過這間公寓，除了我、他的家人、董事，另外這個月多了賴夫瑞先生之外，公司其他的員工都沒來過。不對，麥肯齊經理有時會被老人叫來，直接接受指示。事實上，他上個禮拜就曾來過。不過除了麥肯齊先生，對於其他的員工，這個地方就像在雲霧之中。」

「而且，一向都是如此，探長，」韋佛繼續：「就連科朗索，這幾年也都沒來。」

「除了今天早上，我上次來時候，」科朗索加了一句，「還是兩年前他們重新裝修時。」

他好像觸到什麼隱藏的怨意，滿面脹紅：「你看，他是怎麼對待自己公司的保全隊長的。」

「你應該留在警界做事的，科朗索，」老探長冷冷的說：「既然選了這種輕鬆的差事，最好閉起嘴來少廢話。」

「如果以前我沒有提起過，我現在應該說清楚一點。」韋佛道：「這種對隱私的顧慮，多少只針對這裏的員工。有很多外人來過這裏，不過他們都跟老人事先約好，而且都是道德重整協會裏的人。很多是教士，也有幾個是搞政治的，但並不多。」

「他說的沒錯。」科朗索在旁加了一句。

「嗯，」老探長對面前的兩人銳利的各看一眼：「看情形，這好像對那姓卡默第的女孩子頂不利的，你們說怎麼樣？」

韋佛臉上浮起一種非常不舒服的表情，他的頭轉向一邊。

「這我就不敢說了。探長，」科朗索好像很了不起的說，「我個人的想法是——」

「噢，你個人的想法？」老探長很驚訝的說。他勉強按下一絲笑容：「你個人的想法是什麼？搞不好還有點用呢？誰知道。」

坐在桌子邊彷彿神遊天外的艾勒里聽到他們的談話後，把小冊子塞回衣袋，站起來踱到他們旁邊。

「你們在談些什麼？」他笑著追問：「科朗索，剛才聽你說，你有你個人的意見？」

科朗索好像有點不好意思的換個姿勢。但之後他挺起胸來開始說話，對引起這樣的注意十分滿意。

「我覺得。」他開始說。

「啊哈。」老探長鼻子哼出一口氣。

「我覺得，」科朗索不為所動，又說了一遍，「卡默第小姐是被害者，一定是有人故意陷害她的。」

「眞的嗎？」艾勒里喃喃道。

「再說下去。」老探長好奇的說。

「這就像鼻子長在——探長，抱歉，我們老粗——你臉上一樣淸楚。誰聽說過有女兒幹掉自己母親的？這是違反倫常哪。」

「但你怎麼解釋擺出來的牌？科朗索，還有鞋子、帽子。」老探長溫和的說。

「探長，這叫作故布疑陣，」科朗索很有信心的說：「活見鬼，要故意擺雙鞋子、一頂帽子什麼的還不容易。不，先生，誰說是卡默第小姐幹的，我都不信。現在我不信，將來我也不信。我信的是常識啊……女兒會殺她媽？不對，不可能。先生。」

「哼，是有點道理。」老探長生硬的說：「那你怎麼解釋瑪麗安小姐的圍巾呢？你看她像個嫌犯嗎？」

「誰？那個小女孩？」科朗索益發說得起勁：「這要不是有人故意放的，就是她不小心留在哪裏。我看比較像有人故意幹的，這是我的想法。」

「如果你是福爾摩斯，」艾勒里揷口說，「你說這個案子到底是怎麼回事？」

「我抓不準，」科朗索斷然道：「不過，這看起來是謀殺加綁架，我想沒有別的解釋。」

「謀殺加綁架？」艾勒里微笑道：「不錯不錯，科朗索，說得好。」

科朗索滿面發光。在旁一直避免發表意見的韋佛，在敲門聲打斷裏面的談話之後，顯出一絲放鬆的神情。

門外站崗的警察開了門，一個形容枯槁，頭都禿光了的矮小男子，挾了一個滿滿的公事包走了進來。

「午安，吉米。」老探長很愉快的問好：「你的袋子裏可有我們用得著的東西？」

「當然有，探長。」那個矮小的老人尖聲道，「我盡快趕了過來——嗨，昆恩先生。」

「看到你眞是太好了，吉米。」艾勒里臉上充滿了期望。這時候，攝影師及採指紋的都湧進了圖書室，他們已經穿好衣帽，收好工具，一塊跟吉米打了個招呼。

「探長，這裏已經做完了。」其中一個攝影師說：「還有什麼事嗎？」

「現在一時沒事了。」老探長轉向採指紋的：「有沒有找到什麼？」

「是找到不少。」有一個報告道：「不過幾乎所有的指紋都是在這間房間找到的。打牌間及臥室一個也沒發現。就是有，也是艾勒里先生的。」

「那麼在這間房裏找到的指紋怎麼樣？」

「很難說，如果整個早上董事都在這裏，原該就有這些指紋。我們得找到這些人，拿到他們的指紋再說。」

「好，就這麼辦。但可得客客氣氣的。」他把他們揮向門口。「再見，科朗索。」

「好極了。」科朗索愉快的說，跟在那群人的後面離去。

人都走光了，只有老探長、韋佛、艾勒里及吉米留在圖書室的中央。一些老探長手下的親信警探坐在會客室裏低聲說話。老人謹慎的關起門，再急急趕回，摩拳擦掌的開始。他先說：

「韋佛先生，請你迴避一下。」

「沒關係的，爸爸。」艾勒里溫和的說：「讓衛斯禮知道沒關係的。吉米，如果你有什麼報告，請你快說、明說，但最重要的是快說。說吧，吉米。」

「好吧，」吉米搔著他的禿頭說：「你想要知道什麼？」他的手伸進他帶來的袋子裏，拿出個用細紙仔細包紮的東西。他小心的把它打開，出現了一個瑪瑙書擋，另一個書擋也是同樣的包裝。他把兩個並排放在法蘭西的玻璃桌上。

「這就是那書擋？」老探長喃喃道。他彎腰好奇的檢查那道在絨布與瑪瑙交接處的膠水痕跡。

「先說瑪瑙的部分。」艾勒里首先發問，「吉米，我交給你透明封套裏的那些白粉是什麼？」

「就是一般顯指紋的藥粉。」吉米迅速的回答：「白色的那一種。至於爲什麼會有這些藥粉在上面？說不定你知道，但我可無法回答。」

「現在我也還不知道。」艾勒里微笑的說：「顯指紋的藥粉？在膠痕裏還有沒有呢？」

「你把大部分的藥粉都刮下來了。」那個矮小禿頂的男人說，「不過還是找到一點。當然還找到一些別的——主要是灰塵。但那些白粉就如我剛才所報告的。而在這兩個書擋上，除了你的指紋之外，找不到別的指紋，昆恩先生。」

老探長往其他人的臉上一一看過去。忽然他露出一種奇異的表情，緊張的摸索出鼻煙盒。

「顯指紋的藥粉！」他用一種受了極大驚嚇的聲音說：「難道是警察？」

「我已經查過你正在懷疑的事。爸爸。」艾勒里鄭重的說，「在我找到膠水裏面的粉末之前，沒有任何警察來過。我早就猜到可能是顯指紋的藥粉，不過我當然得確定一下……不，如果你以爲是你的手下在這兩個書擋上撒的粉，你可以放心，絕無可能。」

「那你一定了解這可能的含意囉？」老探長的聲音越來越激動。他在地毯上繞了一圈：「根據我過去多年的經驗，」他說，「很多歹徒都用手套，這成了犯罪這一行的慣例——大概他們都看了報紙、小說，給了他們不少靈感。不只是手套，還有帆布啦，棉布啦，絨布啦——都可以用來避免留下指紋，或是擦掉可能留下來的指紋。但這是——這是什麼樣的人幹的？」

「超級罪犯？」韋佛怯怯的建議。

「正是，一個超級罪犯。」老人回答：「聽起來好像是小說人物似的，是不是?艾勒里，不過我不是沒有遇見過。很多警察覺得這很無稽，但我知道是有這種人，有這種稀有動物……」他挑戰似的看著他兒子：「艾勒里，這個人，不論是男是女——絕不是尋常的歹徒——他作案如此小心，因此除了可能已經戴了手套，他還不滿意，他把這個房間撒了警察的法寶，撒了顯指紋的藥粉，所以可以把他自己的指紋找出來，然後全擦個一乾二淨。現在我一點也不懷疑，我們是碰上了一個超級罪犯，一個慣犯。一般普通愚蠢的罪犯完全沒得比。」

「超級罪犯……」艾勒里想了一下，輕輕聳聳肩：「看起來是有點像。先在這個房間殺了人，然後做個不得了的大掃除。他眞會留下指紋嗎？說不定，說不定他做的事精細到沒辦法戴著手套做——這點不是全無可能。唔，你看呢？爸爸。」

「你說的不太合理，」昆恩探長沈吟的說：「我看不出來有什麼事，是他不能戴著手套做的？」

「我倒是可以猜到幾分，」艾勒里道：「不過先別管這一點，我們來假設，當他在做一件很小但是很重要的事情時，他並沒有戴手套，不但如此，而且他確定自己一定在書擋上留下了一些指紋，他是不是只把瑪瑙表面擦個乾淨就算了呢？不，他不信他能把所有的指紋都擦掉，所以他使出了顯指紋的藥粉，輕輕的撒在瑪瑙全部表面上，一看到任何痕跡，就立刻予以消除。用這個方法，他可以保證沒有留下任何指紋，這個人聰明吧？當然，這樣做很麻煩，但性命攸關，他可絕不冒險。不，」艾勒里緩緩的說，「他絕不冒險。」

室內陷入靜默，只有吉米抓頭皮的聲音。

「至少，」老探長終於開口，「我們不需要再多花力氣去找指紋。這個罪犯想得這般周密，花了這麼多的精神，他一定已經確定沒有指紋留下來，我們就暫時放下，先來想想跟這個案子有關的人。吉米，把這兩個書擋包好帶回總部，最好找個人陪你一起回去，我們也別冒險，把這兩個東西弄丟了可不是好玩的。」

「好的，探長。」吉米熟練的重新用細紙包好書擋，放進袋子裏，道了再見就消失了。

「韋佛先生，」老探長試著在椅子裏坐舒服一點：「請坐下來，我們想多了解在偵訊時所碰到的這些人。你也坐下，艾勒里，你站著讓我緊張。」

艾勒里微笑著在桌子後面坐了下來。那個位子似乎最得他的喜好。韋佛也聽話的在一張皮椅子上坐下。

「探長，你想要知道什麼？」他望向艾勒里，但艾勒里只管瞪著書桌上的書。

「嗯，我們先來個簡介吧。」老探長爽利的說：「先從你的老闆說起，這人怪得很，是不是那些道德重整活動把他搞昏了？」

「我想你對老人的判斷不大正確。」韋佛疲倦的說：「他其實是一個心地極好、極寬容慷慨的人。如果你試著想像，把非常純眞的天性，配上十分拘謹狹隘的外表，那你差不多可以了解他。他不是一個閱歷很多、對人事避免成見的人。但正因爲他自有原則，不然也不會出來帶領重整道德。他天性厭惡惡行惡習，他家裏也從未傳出任何醜聞或罪行，所以這件事對他的打擊會這樣的嚴重。他可能立刻想到報紙不會放過這樣聳動的新聞——道德重整協會會長的太太被神秘謀殺，以及諸如此類的。除了這點之外，我覺得他很愛他太太，雖然他太太不見得很愛他——」他的話突然打住，但重新一鼓作氣說了出來：「不過她一直對他很好，只是她是個冷漠、自我中心的人。當然，她比他年輕不少。」

老探長輕咳了一聲。艾勒里愁眉苦臉的看著他，但其實說不定在想很遙遠的事，像是那些書——他的手正有一搭沒一搭的撥弄著書的封皮。

「韋佛先生，」老探長道：「你有沒有發現最近法蘭西先生有什麼異常的地方？或據你的了解，在最近幾個月，可有什麼事讓他暗中憂慮？」

韋佛沈默了許久。「探長，」他終於開口，坦白的看著昆恩探長：「事實上，我知道很多法蘭西先生、以及他的家人、朋友的事情，但我不是一個搬弄是非的人，你必須了解，我現在的處境非常尷尬，我並不希望失去他們對我的信任。」

老探長似乎很高興聽到這一席話：「韋佛先生，你是條漢子。艾勒里，你跟你的朋友說說看。」艾勒里充滿感情的看著韋佛：「噢，衛斯禮，你知道一個活生生的人被殘酷的謀殺了，我們的責任，就是要去懲罰元凶——我知道這對你很難——像你這樣耿直的人，一定不願意談論別人家的私事——不過，如果我是你，我會說出來。因爲，衛斯禮，」他停了一下：「你不是在跟警方談，我們是你的朋友。」

「好吧，我說。」韋佛無可奈何的說：「你剛才問我，老人最近有沒有什麼異常，探長？你問對了。法蘭西先生最近是在暗中憂煩。因爲——」

「因爲？」

「因爲，」韋佛極不情願的說：「在幾個月之前，法蘭西太太跟柯納斯•佐恩開始一種特別的友誼。」

「佐恩？嗯，婚外情？」老探長用要他放鬆的口氣問道。

「恐怕就是這麼一回事。」韋佛很不自在的回答：「雖然搞不清楚她到底看上他哪一點？

——我怕我在說閒話了——他們兩個見面太頻繁了，就連最不善猜疑的法蘭西先生也開始發現不對勁。」

「但他們的關係還沒到非常認眞的地步吧？」

「似乎還不至於。探長，當然，法蘭西先生從沒有跟他太太談起過。他作夢也不會想去觸傷他太太的感覺。但是我知道這件事對他的影響很大，因爲有一次，就當著我的面，他忍不住把內心的想法流露了出來。我相信他極度希望，他跟他太太的關係還是能夠逐漸好轉。」

「怪不得在櫥窗裏時，我覺得佐恩好像在迴避法蘭西先生似的。」老探長沈吟的說。

「不消說，佐恩並不掩飾他對法蘭西太太的情感。她並不是一個沒有吸引力的女子。探長，而佐恩也不是什麼君子。他跟法蘭西太太這麼一來，把他跟老人畢生的友誼完全置之不顧，我想這也是讓老人這樣難過的原因之一。」

「佐恩先生有沒有結婚妮？」艾勒里突然發言。

「噢，當然，」韋佛面對他的朋友：「佐恩太太也是個很奇怪的女人。我認爲她恨法蘭西太太。在她的個性裏，沒有一點點女性特有的溫情。那個女人實在惹人討厭。」

「她愛不愛她丈夫呢？」

「這很難說，她的占有慾超乎尋常，非常善妒，而且只要有機會，她一定表現出來，有時候讓我們所有人都覺得很難堪。」

「我猜，」老探長面帶冷笑的挿進來：「所有人都知道了，這種事向來是紙包不住火。」

「太常見了，」韋佛憤憤的說，「這樁事完全變成了鬧劇。老天，有時候，我想到法蘭西太太把法蘭西先生搞到這個地步，我自己都忍不住想掐死她。」

「嘿，局長在的時候，你可別說這種話喲。」老探長半開玩笑的說，「那老人對他家裏人的感情怎麼樣呢？」

「他當然很愛法蘭西太太。在這種年紀，像他這樣在細微處都這麼周到的，並不常見。」韋佛說：「至於對瑪麗安呢？」他的眼睛一亮：「她一直最得他的寵愛。他們父女之間的感情非常深厚……只是這對我來說，有點不利。」他低聲加了一句。

「怪不得你們兩個小孩見面時，裝出那麼一副冷冰冰的模樣。」老探長平鋪直敘的說。但韋佛像個小男孩似的登時脹紅了臉。

「貝奈思怎麼樣呢？」

「貝奈思和法蘭西先生？」韋佛歎了口氣：「在他們這種情形下，你又能期望什麼？不過，法蘭西先生是個力求公平的人，幾乎到了過分的地步。當然，貝奈思不是他的親生女兒，他不可能像愛瑪麗安一樣的愛她，但他對待她們完全一致。她們都得到他同樣多的注意力，同樣多的零用錢，同樣多的置裝費。就他看起來，她們兩個人的地位沒有一點不同。不過，當然，有一個是他的女兒，另一個是他的繼女。」

「好說，好說，」艾勒里咧開嘴笑道：「好了，韋佛，現在說說看，法蘭西太太與文森•卡默第之間怎麼樣？你聽到他說的話了——你看呢？」

「他說的是實話。」韋佛立刻回答：「他這個人像謎一樣，讓人很難了解。除了對貝奈思之外，他簡直是個冷血動物。我想，他願意為貝奈思做任何事，不過，他是把碰見法蘭西太太視作不可避免的社交需要。」

「他們為什麼會離婚的？」老探長問。

「卡默第在外面亂搞。」韋佛道：「天曉得，我這不成了三姑六婆長舌婦了。好吧，是這樣子的。卡默第這個人太隨便了，搞到跟一個歌舞女郎在旅館房間裏被捉個正著。雖然這件事沒有張揚開來，但最後還是搞得人盡皆知。法蘭西太太那時候活像個貞節烈女，立刻要求離婚。結果婚離成了，而且得到貝奈思的監護權。」

「說什麼貞節烈女？衛斯禮。」艾勒里批評道：「就看她跟佐恩搞的那一手吧。不如這麼說，她知道怎麼算計。與其跟一個不忠實的丈夫在一起，不如另外釣條大魚，而大海裏的大魚多得是。」

「嗯，我知道你的意思。」韋佛微笑著表示同意。

「我開始對法蘭西太太這個人比較了解了。」艾勒里喃喃道：「那胡柏・馬奇班這個人怎麼樣？他是她的兄弟，是不是？」

「不錯。」韋佛道：「但他們兩人彼此憎惡，談不上什麼感情。我覺得馬奇班握有她的把柄，不過他自己也不是什麼純潔的小花。總之，他們兩人不對頭，搞得老人也頗為難。馬奇班在公司的董事會裏有很多年了。」

「很顯然的，這人還是個酒鬼。」老探長道：「馬奇班跟老人處得來嗎？」

「他們很少在一塊交際。」韋佛答：「不過，在公務上，他們好像合作得還不錯，但這主要是因爲老人在這方面再講理不過。」

「現在跟這個案子有關的人裏，就只有一個人，我還有一點好奇。」老探長說：「就是那個姓崔斯克的董事。這個人好一副風流時髦、花花大少的模樣。他跟法蘭西家的人有公事以外的往來嗎？」

「公事還在其次，」韋佛答道：「我索性全說出來吧。等我把這些髒水全吐出來後，可得去好好漱個口——梅威爾・崔斯克先生之所以成爲董事，全靠有個好爸爸。他的父親是元老董事，臨終時希望他的兒子能繼承他，經過好一番痲煩，他們終於完成他的遺願，把崔斯克搞進來作董事，從此他就像擺飾似的坐在那裏，一點腦子也不用。不過你要說他這個人不會算計？那可不見得。這位公子追求貝奈思已經不只一年了。事實上，從他一當上董事，就開始展開攻勢。」

「有意思，」艾勒里低哼一聲：「所以他的目的，是錢？」

「你說中了，他父親在股票市場虧了很多錢。到他手裏之後，情形越來越差，據說他已經瀕臨破產邊緣。所以我猜他覺得最好的辦法是，找個有錢的小姐結婚，而這是他找上貝奈思的原因。他一直熱烈的追求她，帶她出去，討好她的母親，一步一步終於贏得貝奈思的歡心——這可憐的女孩子，又沒有多少其他的追求者，他們要好的程度就跟訂了婚差不多。雖然還沒正式訂婚，但大家心照不宣。」

「有沒有人出來反對？」老探長追問。

「多的是。」韋佛拉長了臉：「第一個反對的就是老人。他覺得有責任保護他的繼女不落在像崔斯克這種人的手中。崔斯克是卑劣小人，如果那個可憐的女孩跟著他，她的生活會連狗也不如。」

「衛斯禮，他怎麼知道她一定會有錢呢？」艾勒里突然發問。

「唔，」韋佛遲疑了一下：「別的不說，法蘭西太太自己就很有錢。而且誰都知道，如果法蘭西太太死了——」

「她的錢就會留給貝奈思。」老探長接口道。

「嗯，有趣。」艾勒里疲倦的伸展四肢：「不知道爲什麼，我忽然想起來，從今天早上到現在，我還沒吃過東西。我們出去吃個飯，喝個咖啡怎麼樣？爸爸，還有什麼其他事情嗎？」

「想不出來了。」老人陰鬱的回答：「我們收拾好走吧。海斯壯、賀斯，把那些煙蒂及牌放在我的皮包裏——還有那雙鞋和帽子。」

艾勒里把桌上那五本書拿起來交給海斯壯：「你把這書也收起來吧。」他對他父親說：「你要把它們都帶回總部？」

「當然，你是什麼意思？」

「那麼，海斯壯，我想我還是自己留著那些書。」海斯壯從他的裝備裏拿出一張牛皮紙，小心把書包好交給艾勒里。韋佛從臥室的一個衣櫃中，拿出他的大衣及帽子，所有的人便走出了公寓。

艾勒里是最後一個離開的人。他站在走廊上，一手握著大門的門把，他的視線緩緩的從公寓轉到手中的牛皮紙包。

「第一場閉幕。」他輕輕的說，一面關上了門。

兩分鐘之後，只有一個警察還留在走廊，他不知從哪兒弄來了一張椅子，就坐在那兒讀一份花邊小報。

第三部

緝兇歸案可說是全世界最爲刺激的行業，其刺激的程度與擒兇者的個性完全成正比。當偵查的人對罪案本身觀察入微，檢理無誤，然後運用上天賦與的想像力，發展一套包括全部細節的理論時，他達到了完全的滿足……透視力、耐性以及鍥而不捨的熱情——這幾樣極少同時存在的品質，一旦互相配合，偵查工作即進入另一境界，這在其他的行業亦屬如此。

—— 引自傑姆·瑞狄斯著《地下社會》

20 香煙

塞路斯•法蘭西的家在河濱大道上，面對著赫德遜河。法蘭西家的房子古老陰沈，座落在離馬路很遠的地方，前面圍著一排整齊的灌木，最外面則環繞著矮鐵欄杆。

老探長、艾勒里及韋佛一邁進客廳，就發現湯瑪斯•維利巡佐已經到了。他正和另一個警探熱烈的交談。那個警探看到他們，隨即離去。維利巡佐就轉過身來向他們報告。

「探長，我們挖到了寶，」他雖然這麼說，聲音卻很平靜，「我們立刻追到了昨天晚上送法蘭西太太的計程司機。他常在這一帶做生意。我們找到了他，他什麼都記得。」

「我猜——」老探長陰沈的開口。

維利巡佐聳聳肩：「沒什麼了不得的。他在昨晚十一點二十分左右，就在這棟房子前接走了她。她要他沿著第五大道開，到了三十九街就靠邊停，之後她下車給錢，他就開走了。他倒是看到她過街走向百貨公司。就這麼些。」

「是沒什麼，」艾勒里喃喃的說：「我們來確定一下，他有沒有停下來過？法蘭西太太有沒有跟任何人接觸過？」

「我問過他，但沒什麼。昆恩先生，沒到三十九街前，她根本沒開口。他倒是提起那時滿擠的，所以他得停個好幾次。我問他，是不是可能有人在車停的時候跳進來，但那司機說沒有，他說他沒有發現任何不對勁。」

「只要他很清醒，如果有什麼不對，想來他應該會發現的。」老探長歎口氣說。一個女僕接下他們的衣帽，不久之後，瑪麗安出現了。她揑揑韋佛的手，對昆恩父子軟弱的微微一笑，當下表示願意盡量協助他們。

「不，法蘭西小姐，現在不必麻煩你。」老探長說：「法蘭西先生怎麼樣？」

「他好多了。」她試著表示歉意：「在公寓的時候，是我失態了。探長，我知道你會原諒我的——看到父親昏倒，把我嚇糊塗了。」

「沒什麼好原諒的，瑪麗安，」韋佛低哼一聲：「如果我能替探長說句話，我想當時探長沒有發現你父親病得很重。」

「嘿，韋佛先生，」老探長有點拿他沒辦法似的住了口：「法蘭西小姐，你覺得法蘭西先生可以見客嗎？我們要打擾大概半小時左右。」

「嗯，那要看醫生怎麼說了。啊，眞不好意思，請坐，請坐。發生這麼些事，弄得我昏了頭。」她的臉上掠過一道陰影。男士們隨即落座。

「探長，」瑪麗安繼續說：「有個護士陪著父親，醫生也還在這兒，他是老朋友了，還有葛雷先生，我去告訴他們一聲。」

「好，謝謝你，另外麻煩你請安德希小姐下來一下好嗎？」

瑪麗安離去時，韋佛立刻站起來跟在她後面，不一刻在後面傳來瑪麗安輕呼韋佛名字的聲音。突然一切安靜下來，只有一種十分可疑的輕聲，最後一陣急促的腳步聲。

「我想，」艾勒里一本正經的說：「剛才的聲音是對維納斯女神的禮敬……我不知道法蘭西老頭爲什麼對衛斯禮這麼瞧不上眼，我想他希望他的女婿頂好有錢又有勢。」

「是嗎？」老探長問道。

「我想是的。」

「嗯，那就不好辦了。」老探長吸口煙說：「湯瑪斯，貝奈思的搜尋工作進行得怎樣了？有任何線索嗎？」

維利巡佐的臉拉得更長了：「只有一個，但沒有多大用處。昨天下午一個守衛看到卡默第小姐離開這棟房子——這個守衛是附近人家聯合僱來巡邏的——他認得那個女孩子。他看她很快的沿著大道走向七十二街，只有她一個人，匆匆忙忙，走得快極了，看起來不像在散步，而是要去什麼地方。當時他自然沒想到要特別注意她，所以沒注意她到底沿著大道走了多遠，或是有沒有轉到別的街上去。」

「這可慘了。」老探長滿腹心事的說：「這個女孩子非常重要，湯瑪斯。」他歎了一口氣。如果你覺得有必要，再多派幾個人去追查她的行蹤，我們非得找到她不可。你有所有關於她的長相及衣服等的描述了吧？」

維利巡佐點點頭：「不錯，我已經派了四個人去找她。如果有什麼事發生的話，探長，我們一定會查出來的。」

這時管家安德希小姐走了進來。

艾勒里跳起來，替他們介紹，之後他對安德希小姐說：「探長有幾個問題想問你。」

「我就是要來回答問題的。」

「唔，」老探長仔細的端詳她：「我兒子告訴過我，貝奈思・卡默第小姐不顧她母親的反對，昨天下午逕行離家，也可以說是偷偷溜走了，是不是？」

「是的。」那管家簡短的回答，一邊兇巴巴的瞪了艾勒里一眼，「不過這跟這案子會有什麼關係？我可非常懷疑。」

「看樣子，」昆恩探長說：「卡默第小姐常常背著她母親溜走，是不是？」

「探長，我不知道你這話是什麼意思，」那管家冷冰冰的說：「不過如果你想把那個女孩當作嫌疑犯……好吧，不錯，她每個月總要溜走好幾次。每次都消失差不多三個鐘頭，每次她回來，法蘭西太太總要跟她大吵一架。」

「我想你不會知道，」艾勒里一個字一個字的問：「她在那時候是去了什麼地方吧？或當她回來後，法蘭西太太對她說了些什麼？」

安德希小姐咬著牙不悅的說：「我怎麼會知道，她母親也不知道。這就是爲什麼她們會吵架。但貝奈思從來不肯說。她只是靜靜坐在那裏，讓她媽媽發脾氣……只除了，啊，上個禮拜……之後她們大吵了一架。」

「噢，上禮拜發生了什麼不尋常的事？」艾勒里問，「我猜法蘭西太太發現了貝奈思的去處。」

那管家凍結的臉上微微露出一絲驚異的神色：「是的，我相信她發現了。」她比以前更爲平靜的說，同時她有點好奇的瞧了艾勒里一眼，像是在猜測艾勒里的想法。「但是我不知道到底是什麼事。我想她發現貝奈思去的地方，而這是她們吵架的原因。」

「你是指哪一天？安德希小姐。」

「上星期一。」

艾勒里輕輕吹聲口哨，他和老探長彼此互看一眼。

老探長傾身向前：「安德希小姐，你可記得卡默第小姐溜走的時候，都是在星期一呢？還是在不同的日子？」

安德希小姐對昆恩父子來回看了一眼，想了想，抬頭說道：「並不全是星期一，我記得有次是星期二，星期三，然後是星期四……我相信她每週去的日子，都比上一週要順延一天，啊，這是什麼道理？」

「安德希小姐，」艾勒里皺著眉說：「這恐怕不是你所能想像的——就連我……法蘭西太太及貝奈思小姐的房間從今早開始，是不是還保持原狀？」

「是的，我一聽到凶訊，就把那兩間臥房都鎖了起來。我不確定，不過——」

「不過這說不定很重要，是不是？」艾勒里接口道：「安德希小姐，你眞聰明。現在可不可以請你領路，帶我們去樓上？」

那管家一言不發的站起來，走出最外面的會客室，進入大廳，然後走上中央寬廣的樓梯，男士們都跟隨在後。她在二樓停下，從她黑絲圍裙的口袋裏，掏出一串鑰匙，拿出一支開門。

「這是貝奈思的房間。」她對他們宣布，然後站在一旁。

他們走進一間綠色配象牙色的寬大房間，裏面的陳設古典富麗，一張巨大附有篷帳的床占據了醒目的地位。雖然這間房間充滿了鏡子，顏色繽紛，到處是富有異國風味的擺設，但是整個感覺異常頹喪，似乎有股說不出來的寒氣逼人。透過三面大窗照進來的陽光，非但不能帶來一點暖意，反而奇怪的讓人更感到一股陰鬱。

艾勒里一踏進這個房間，這樣陰鬱的氣氛一點也沒有引起他的注意，倒是在床邊桌上，一只滿是煙蒂的煙灰缸立刻吸引了他的眼神。他急速的走了過去，拿起煙灰缸，隨即放下，但他的眼睛裏掩不住一抹好奇的光芒。

「安德希小姐，你今天早上鎖門的時候，這些煙蒂是不是就在煙灰缸裏？」

「是，我並沒有碰任何東西。」

「所以從星期天到現在，這個房間還沒清理過？」

管家的臉紅了起來：「星期一早上，貝奈思醒來之後，是有人來清理過，」她不悅的說：「我不能接受別人對我治家作不當的批評，昆恩先生，我——」

「但星期一下午為什麼沒人來整理?」艾勒里微笑的插嘴道。

「那是因為床一鋪好，貝奈思就把女僕趕出了房間，沒有別的，就是這個緣故。」管家仍舊不悅的回道：「所以那女僕還來不及把煙灰缸清掉，我希望你感到滿意了。」

「嗯，是，是，」艾勒里喃喃的說，「爸爸，維利巡佐，請過來一下。」

艾勒里一言不發的指著煙灰缸裏的煙蒂，少說也有三十支在裏面，全是一種土耳其煙。每一支煙都只抽了四分之一左右，就被捻熄在煙灰缸裏了。老探長拿起一支，瞧了一下上面印的字。

「這有什麼好看的?」他問道，「這跟在公寓牌桌上找到的是同一個牌子，不過，看這煙頭，這女孩子一定在為什麼事擔心得不得了。」

「但是你看那長度，爸爸，那長度，」艾勒里輕聲說，「好吧，不管怎麼樣……安德希小姐，卡默第小姐向來是抽女爵牌的煙嗎?」

「是的。」管家很不高興的說，「還抽這麼多，對她身體一點好處也沒有。她從一個怪名怪姓的希臘人——我想是叫任索斯——那兒訂的煙。他專門給有錢小姐製煙，還加了特別的香味。」

「貝奈思有長期訂單在他那兒吧?」

「你說對了，當貝奈思抽完一批煙，她就重複再訂一批，通常是一箱，裏面有五百支。不是我要說貝奈思的不是，而且很多別的女孩子都有這個習慣，但她實在抽得太多了。既不恰當，又損健康。她母親就從不抽煙，瑪麗安及法蘭西先生也從來不抽。」

「是的，是的，我們知道這點了。謝謝你。」艾勒里從他隨身攜帶的工具小包裏，抽出一個透明封袋，把煙灰缸裏的灰倒進去，然後交給維利巡佐。

「請你把這包東西，跟其他與這個案子有關的物件，一起在總部歸檔。」他俐落的說，「我相信在案子作總結時會用得著……安德希小姐，可不可以再占用點你寶貴的時間？」

21 再追查鑰匙

艾勒里很快的向四處打量了一下，然後走向旁邊的一扇門，他打開門，發出一聲滿意的輕嘪，這是他要找的衣櫥，裏面滿滿塞著女子的禮服、大衣、以及鞋帽。

他轉過身去看安德希管家，她也正一臉煩惱的望著他。當她看到艾勒里的手好像很草率的摸索著架上掛的衣服，她的嘴扁了下來。一臉不以爲然的表情。

「安德希小姐，我記得你說過，卡默第小姐幾個月前曾去過公寓，但之後一直沒有再去。是不是？」

她僵硬的點點頭。

「你記得她上次去那裏時，穿的是什麼衣服嗎？」

「昆恩先生，」她冷冰冰的說：「我可沒有這麼好的記憶力，我怎麼可能記得這種事？」

艾勒里微微一笑：「好吧，那卡默第小姐的公寓鑰匙在哪裏？」

「噢，」那管家彷彿眞的吃了一驚：「這可眞怪，我的意思是，你會問我這個問題。因爲就在昨天早上，貝奈思告訴我，她覺得她把鑰匙弄丟了，要我找把其他的公寓鑰匙，複製一把給她。」

「丟了？」艾勒里似乎有點失望：「你確定是這樣子的嗎？安德希小姐。」

「我剛才才告訴你的。」

「但再找找看總沒錯。」艾勒里好脾氣的說。「維利巡佐，來幫個忙，沒關係吧？爸爸？」說完他們兩個開始全力動手，老探長在旁咧著嘴看，而安德希小姐則惱怒的看著他們把衣櫥攪個天翻地覆。

「你知道……」艾勒里一面迅速的在那些大衣及長禮服間搜索，一面咬著牙說：「一般人並不這麼容易掉東西，只是他們以爲那東西掉了。卡默第小姐大概找過幾個地方就放棄了，其實她可能只是沒有找對地方……啊，維利，太好了。」

維利巡佐舉起一件很厚的皮大衣，在他的左手裏，正是那把有金片的鑰匙。

「在裏層的口袋裏，昆恩先生。卡默第小姐上次用這把鑰匙的時候還是冬天，所以她一定會穿厚大衣。」

「想得周到。」艾勒里接過鑰匙，他從口袋裏掏出韋佛給他的鑰匙，兩相比較，兩把一模一樣，只是新找出的這一把，在金片上刻的是B・C。

「爲什麼你想要找齊所有的鑰匙，艾勒里？」老探長問：「我看不出來有什麼用處。」

「啊，你想到了。」艾勒里讚道：「你怎麼知道我想要所有的鑰匙？不過你說對了——我是想要所有的鑰匙，而且不久之後，我應該就可以收集到。理由再簡單不過……我不希望在這段時間裏，有任何人再去那間公寓。」

他把兩把鑰匙都放進口袋後，轉向仍舊一臉怒容的管家。

「你有沒有聽從貝奈思・卡默第(Bernice Carmody)小姐的話，去複製這把鑰匙呢？」他不客氣的問。

安德希小姐哼了一聲：「沒有。」她說：「我現在想起來了，貝奈思說她丟了鑰匙時，我不知道她是不是開玩笑。而且昨天下午發生的事，讓我無法決定該怎麼辦，所以我想等見了貝奈思之後再說。」

「發生了什麼事？安德希小姐。」老探長溫和的說。

「老實說，這事情很奇怪，」她像在回想什麼，很愼重的回答。她的眼睛發光，臉上的表情也不再那樣僵硬：「我眞的想要盡力幫忙的。」她輕聲的說，「現在我越來越覺得所發生的事將會……」

「安德希小姐，你要把我們急死了，」艾勒里喃喃的說，但他的臉色並沒有改變：「請快說下去吧。」

「昨天下午，大概四點鐘左右，不，我想比較接近三點半，我接到貝奈思打來的電話，這是在她神秘兮兮的離家之後，你記得吧？」

其他人全都聚精會神，一動不動的聽著。維利巡佐在嘴裏含糊的咒罵了一聲，但給老探長橫了一眼，立刻住了嘴，艾勒里則傾身向前靜待著。

「然後呢？安德希小姐。」他追問道。

「我實在不明白，」安德希小姐繼續下去：「午餐之前，貝奈思才跟我提起她把鑰匙弄丟了，但她下午打電話來時，卻指明要那把公寓鑰匙，說她會找人回家來取。」

老探長結結巴巴的說：「說不定她以為你已經幫她複製好了鑰匙。」

「不，探長，」那管家一口否定：「聽起來她好像完全沒有想到。事實上，她好像完全忘記丟了鑰匙這回事。所以我就提醒她，她早上說鑰匙丟了，要我去複製一把，她聽了好像很煩惱的說：『啊呀，安德希小姐，我怎麼完全給忘了！』然後她又說了幾句，最後她忽然停下來。說：『不要麻煩了，安德希小姐，沒什麼關係，我原來想今晚說不定會去公寓那兒。』我又提醒她，如果她這麼想去，可以上守衛那兒去拿主鑰匙。但她好像沒什麼興趣，接著就掛了電話。」

眾人沈默了一會，艾勒里抬起頭，他的眼睛興奮的發亮。

「安德希小姐，你記不記得，」他問：「卡默第小姐在談話中間，在改變主意不再要鑰匙之前，還說了些什麼？」

「我記不清楚了，」安德希小姐回答：「不過好像是這樣子的，貝奈思要我再找另外一把開公寓的鑰匙給她，但我不能確定，說不定是我記錯了。」

「也許你記錯了。」艾勒里半開玩笑的說：「不過我絕不會跟別人打賭，賭你記錯了。」

「你知道，」安德希小姐想了一下：「我另外有個印象是，當她開始說這些話，中間一度停止那時候，有——」

「有個人在旁邊跟她說話？安德希小姐？」艾勒里問。

「你說對了，昆恩先生。」

老探長不勝驚愕的轉過去看他的兒子，維利巡佐沈重的身軀微微向前移動，附在老探長的耳邊說了幾句，老探長咧嘴笑了一下。

「不錯，不錯，湯瑪斯，」他笑道，「我也是這麼想。」

艾勒里豎起手指，好像在警告他們，要他們閉嘴。

「安德希小姐，恐怕我不能期望你有這樣的神通，」他用一種讚揚的音調說，「不過我還是想要問你，你能確定，昨天跟你通電話的人，絕對是卡默第小姐嗎？」

「啊哈，關鍵原來在這兒。」老探長叫道，維利巡佐在旁暗笑。

那管家的眼睛異常清明的注視著他們，整個房間忽然像通了電。

「我不——相——信——。」她輕聲的說。

過了一會兒，他們離開那個失蹤女孩的房間，進入旁邊另一個房間。這個房間非常整齊，裝飾的風格嚴謹了很多。

「這是法蘭西太太的房間。」安德希小姐低聲說。她似乎忽然領悟到這樁悲劇的複雜性，而這絲領悟讓本性尖峻的她柔和了下來。她的視線中充滿了敬意的跟著艾勒里移動。

「安德希小姐，是不是所有的東西都保持原狀？」老探長問。

「是的。」

艾勒里走到一個衣櫃旁，沈思的看著裏面一架架收得好好的衣服。

「安德希小姐，請你過來檢查一下，看看有沒有瑪麗安小姐的衣服在這裏？」

就在衆人環視之下，安德希小姐一件件看了過去，她很小心的檢查完畢，然後毫不遲疑的搖搖頭。

「所以法蘭西太太並沒有穿法蘭西小姐衣服的習慣？」

「噢，不，沒有，先生。」

艾勒里滿意的笑笑，然後在他的小記事本上，潦草的記上了一行。

22 再追查書

他們三人不安的站在塞路斯•法蘭西的臥室，一個護士慌慌張張的在門外廳堂裏忙來忙去。瑪麗安和韋佛已經被遣到樓下的小客廳去了。法蘭西先生的醫生史都華大夫站在他的床邊，充滿職業性權威的瞪視著昆恩父子。

「五分鐘——不能再多了。」醫生不客氣的說：「法蘭西先生現在不適合費神費力說什麼話。」

老探長匆匆應著表示同意，一邊瞧著床上的病人。法蘭西垮在寬大的床上，緊張的眼睛在幾個訪客身上跳來跳去，一隻虛腫的白手擱在絲被上頭，一頭灰髮散亂的覆在他滿是皺紋的前額。他的臉上沒有一絲血色，就像一團粉糊，眞是難看極了。

老探長向床邊走近一點，他彎腰低聲道：「我是昆恩探長，法蘭西先生，你能聽到我講話嗎？現在你可以回答幾個關於法蘭西太太的問題嗎？」

那雙不斷轉動的眼睛停了下來，固定在老探長溫和的臉上，忽然眨了一眨，似乎恢復了點神智。

「是，是的……」法蘭西輕聲回道，伸出舌頭舔舔乾燥的薄唇：「任何……可以幫忙解決這可怕的事。」

「謝謝你，法蘭西先生。」老探長湊得更近一點：「你可否想出任何可能的理由，有助於解釋爲什麼法蘭西太太會被謀殺？」

那對流動的眼睛眨了一眨，閉了起來。當它們又打開時，裏面似乎充滿了驚惶不解。

「不，沒有，」法蘭西痛苦的抽著氣：「沒有，沒有任何理由……她，她有這麼多的朋友，但沒有一個敵人，這——我完全不能想像——爲什麼有人要謀殺她。」

「嗯，」老探長靈巧的把弄著鬍鬚：「所以你不知道任何人有殺她的動機，是不是？法蘭西先生。」

「不……」那粗啞的聲音突然加強：「這樣的羞辱，這樣的醜聞……我完了，我花了這麼大的力氣打擊不道德……而現在，就在我身上發生這樣的事……完了，完了。」他的聲音越變越激烈。老探長向史都華打個手勢，醫生立刻過來替老人量脈搏，一邊非常溫和的勸慰他的病人。老人終於停止，不再口齒不清的叫罵，他放在被子上的手也放鬆了下來。

「你還有很多問題嗎？」那醫生粗聲問：「探長，你最好快一點。」

「法蘭西先生，」老探長靜靜的說：「你開公寓的鑰匙一直在你身邊嗎？」

老人的眼睛滿是睡意：「啊，鑰匙？是，一直在我身邊。」

「昨天也在你的身邊？」

「是，當然。」

「現在在哪裏？法蘭西先生，」老探長輕聲追問：「你不會在意交給我們幾天吧？當然這是爲了辦案的緣故……那裏？噢，是，史都華大夫，法蘭西先生請你在他的褲子口袋裏，找出他的鑰匙圈，那把鑰匙在上面。褲子在衣櫥裏。……大夫，衣櫥。」

那個肥胖的醫生二話不說，走到衣櫥邊，一眼瞧到了條褲子，一陣摸索，找出一個皮製的鑰匙包。老探長取下那把有金片，上面刻著「C．F」的鑰匙，把鑰匙包交還給醫生，那醫生立刻放回到褲子口袋。而塞路斯．法蘭西（Cyrus French）一直安靜的躺在那裏，浮腫的眼皮掛在眼睛上。

老探長把鑰匙交給艾勒里。艾勒里收進口袋，跟其他的鑰匙放在一起，之後他走上前去，彎身對老人說：

「不要緊張，法蘭西先生，」他帶著撫慰的語調輕輕的說：「我們只有最後兩三個問題，然後就不打擾你了……法蘭西先生，你記得在你公寓圖書室桌上，擺了些什麼書？」

老人張大眼睛，史大夫憤怒的在旁抱怨，抱怨這個問題完全莫名其妙，沒頭沒腦。但艾勒里不爲所動，他的頭靠近老人半開的嘴。

「書？」

「是的，法蘭西先生，在你公寓桌上的書，你記得那些書名嗎？」

「書？」老人噘起嘴，好像在拼命集中精神：「是，是，當然，我喜歡的書有傑克．倫敦的《大冒險》……福爾摩斯……理查・哈汀・戴維斯的《傭兵誌》……嗯，我認得戴維斯，很怪，不過人其實不錯。」

艾勒里與老探長互看了一眼，老探長的臉因爲壓抑不住的情緒而脹得通紅。他結結巴巴的說：「眞是活見鬼。」

「你確定嗎？法蘭西先生。」艾勒里又問了一次，一面再靠近床頭。

「是的，當然，我知道我有哪些書。」老人有點著惱的回答。

「當然，我們只是想確定一下……法蘭西先生，你對古生物學啦、中古貿易啦、集郵啦、以及笑話、音樂入門啦等等感不感興趣？」

老人驚異的張大疲倦的眼睛，他緩緩的搖了幾次頭。

「我實在不能說我……我在非小說方面，最多只看看社會學……我所作的道德重整工作……你是知道的吧？」

「你確定在你的公寓桌上，擺的就是你剛才提的那幾本書嗎？法蘭西先生。」艾勒里又問了一次。

「我想是吧。」老人喃喃的說，「放在那裏好多年了……應該還在那裏……我從來沒發現有什麼不對。」

「很好，好極了，謝謝你。」艾勒里迅速看了史都華大夫一眼，他正滿臉不耐煩瞪著他們，「最後一個問題，法蘭西先生，我們就不再打擾你了。賴夫瑞先生最近常去你的公寓嗎？」

「賴夫瑞先生，是的，當然，他每天都在，他是我的客人。」

「我們問完了。」艾勒里退後一步，在他已經塗滿的小記事本上，又匆匆的記了幾行。老人閉起眼睛，稍微移動了一下身體，在極度疲倦之後，鬆懈了下來。

「請安靜的走吧。」史都華大夫低哼道，「法蘭西先生已經被你們折騰夠了。」他憤憤的轉身，不再理他們。

他們靜悄悄的離開了房間。

但在下樓時，老探長立刻開口：「天曉得那些書在什麼時候放進去的？」

「你問我？」艾勒里一臉愁容，「我可問誰？」他們再度陷入沈默，靜靜的下了樓。

23 求證

瑪麗安和韋佛滿臉憂慮的坐在小客廳裏，握緊了手，但很奇怪的，兩人都沒有說話。老探長輕咳了一聲，艾勒里擦他的眼鏡，而維利巡佐則假裝在看牆上雷諾瓦的畫。

那對小情人跳了起來。

「爸爸怎麼樣了？」瑪麗安急急的問，一隻纖細的手放在泛紅的臉上。

「他現在正在靜靜休息。法蘭西小姐。」老探長有點不好意思的回答：「啊，我們有幾個問題要問，然後我們就走了。艾勒里。」

艾勒里立刻引入正題。

「法蘭西小姐，你到你父親公寓的鑰匙一直放在身邊嗎？」

「當然，昆恩先生，你不會以爲——」

「法蘭西小姐，我們對每一個持有鑰匙的人，都問同樣的問題。」艾勒里面無表情的說，「在過去四個禮拜之內，你的鑰匙一直在你那裏嗎？」

「當然，這是我的鑰匙，而其他會去公寓的人，都有他們自己的鑰匙。」

「說的是，我可以借用你的鑰匙一段時間嗎？」

瑪麗安遲疑的把臉半轉過去看著韋佛，他打氣似的碰碰她的手臂：「瑪麗安，就照艾勒里的話去做。」

瑪麗安不再說什麼，叫來一個女僕，不一會兒，她把鑰匙交給艾勒里。這把除了在金片上刻的是「M・F」之外，與艾勒里已經收在身上的其他鑰匙並無任何不同。艾勒里把它們全放在一塊，喃喃道謝，然後往後退。

但老探長很快的走向前去，對瑪麗安說：「法蘭西小姐，我得問你一個很尷尬的問題。」

「我——我們好像全得聽你的，探長。」那個女孩軟弱的微微一笑。

老探長摸著鬍子說：「說說看，你跟你繼母和貝奈思之間的關係怎麼樣？是友善？緊張？還是扯開了臉敵對？」

瑪麗安沒有立刻回答，韋佛坐立不安的別過頭去。最後那個女孩子抬起動人的眼睛，坦白的看著老探長：

「我想，說緊張是再恰當不過。」她的聲音清澈而甜蜜：「在我們之間，從來沒有多少感情。溫妮菲一向比較喜歡貝奈思，這也是再自然不過。而我和貝奈思從一開始就處不好。隨著時間，及種種事故，我們之間的鴻溝只有越來越大。」

「爲了些什麼事情？」老探長追問道。

瑪麗安咬著唇，臉孔開始泛紅：「唔，都是小事。」她好像有意迴避。之後她急急的接下去：「我們都盡力掩飾對對方的不滿——這都是為了爸爸的緣故，不過恐怕我們並不是次次都成功，爸爸其實是個很敏感的人。」

「嗯，是這樣子的啊。」老探長專注的彎身向前傾聽，至此突然一挺身：「法蘭西小姐，你有沒有什麼線索，可以幫助我們找到謀殺你繼母的兇手？」

韋佛倒吸一口氣，正準備提出抗議，但給艾勒里伸手制止了。那個女孩子站在那裏一動也不動，可是也並不退縮，她的手放在前額上。

「我？不，我不知道。」她的聲音異常微弱。

老探長作了一個不表同意的手勢。

「噢，請不要再問關於她的事。」她忽然痛苦的叫道：「我受不了了。我無法在這裏談論她，試著說眞話，因為……」她稍微安靜了一點：「因為說死者的壞話，是最不厚道了。」她發起抖來，韋佛大膽的抱住她的肩膀。她轉身投在他的懷抱裏。

「法蘭西小姐，」艾勒里非常溫和的說，「但你可以在別的地方幫我們忙……貝奈思抽的煙是什麼牌子？」

瑪麗安似乎對這個好像完全不相關的問題十分驚訝，她的頭立刻抬了起來。

「你為什麼要問？是女爵牌。」

「啊，她只抽女爵牌的煙嗎？」

「是的，至少從我認得她以來，她一向只抽這個牌子。」

「是嗎？」艾勒里似乎只是隨口問問：「她抽煙的方式，有什麼特別的地方？法蘭西小姐。有沒有什麼有點奇怪的習慣？」

瑪麗安美麗的眉毛結成一道線：「習慣？」她遲疑了一下：「我覺得應該可以用神經質來形容吧？」

「這話怎麼說呢？」

「昆恩先生，她常一根接一根不斷的抽，而且每根煙都只抽個五六口，好像她心裏煩躁得不得了。抽了幾口後，她就把剩下的那一長截煙，狠狠的捻掉。抽剩的煙沒有一支不是扭成一團，完全走樣。」

「謝謝你。」艾勒里滿意的微笑致謝。

「法蘭西小姐——」老探長接著上陣：「你昨天晚上在晚飯後離開家，一直到午夜才回來，在這之間的四個小時裏，請問你去了什麼地方？」

沈默。而在這凝重的沈默裏，充滿了複雜的情緒，使人好像可以感覺到它的存在。在這一刻，矮小的老探長，機警、冷靜，傾身向前等待著答覆。艾勒里全身僵硬的挺立一邊，而維利巡佐有力的軀體卻像忽然收縮了起來。韋佛的臉上則充滿了焦慮，最後是那女孩，她纖細的肢體似乎就要被痛苦所擊倒。

但只一刹那的工夫，瑪麗安歎了一口氣，其他四個男子不自覺的放鬆了下來。

「我……我在公園……散步。」她說。

「噢。」老探長對她微笑、鞠躬，摸平他的鬍子：「那我們的談話就到此爲止了。法蘭西小姐，午安。」

就只這麼一句話，老探長，艾勒里及維利巡佐一言不發的離開了這個房間，進入會客室，就此走出了法蘭西家。

但留下來的瑪麗安和韋佛卻釘在原地，不能動彈，兩人都避免去看對方，在難堪及憂慮之中，靜靜的聽著遠去的腳步聲。

24 昆恩解招

維利巡佐與昆恩父子在門口分手之後，天已經開始黑了。他自去調派人馬，加緊追查貝奈思。老探長和艾勒里站在河邊。老探長看看靜止的河，漸暗的夜空，又看看他的兒子；艾勒里則瞪著馬路，奮力的擦他的眼鏡。

老探長歎了一口氣：「吸點新鮮空氣對我們都有好處。」他疲倦的說，「我需要淸淸腦子。艾勒里，我們走路回家吧。」

艾勒里點點頭。他們並肩沿著大道直走到轉角處，轉個彎後慢慢行進，又走完了一條街，之後他們終於開始說話。

「這是我第一次有機會，」艾勒里開口道，一邊碰碰他父親的手臂：「好好的想一想這個案子的各種線索——重要的線索，故布的疑陣。千頭萬緒，搞得我頭痛。」

「眞的嗎？」老探長一聽，沮喪的說，他的肩膀立刻垂了下來。

艾勒里專注的看了他一眼，在老人的手臂上加了一把力：「別氣餒，老爸。我知道你覺得一團混亂。這是因爲最近很多其他的事讓你操心。不像我，我就沒有這些煩惱，所以才能夠抓到這個案子幾個驚人的基本事實，現在我一邊想，一邊說出來給你聽。」

「好，你說吧。」

「到目前爲止，有兩個最重要的線索。第一，屍體是在第五大道的櫥窗裏被發現的。」

老探長哼了一聲：「噢，這個。我還以爲你要告訴我，你知道兇手是誰了呢？」

「不錯，我是知道。」

老探長一聽，滿臉懷疑的停下來瞪著艾勒里，「艾勒里，你在開玩笑，你怎麼會知道？」他嚇得結結巴巴的說。

艾勒里謹愼的笑笑：「別誤會，雖然我說我知道兇手是誰，但我應該說明一下我的意思。很多線索都指向同一個人，但我還沒有任何證據，我也不能一一了解各種線索的意義。此外，我也完全不知道殺人的動機，或在這個案子後隱藏了什麼樣的故事。所以，我不能告訴你，我懷疑的人是誰。」

「你不肯說。」老探長低吼一聲，他們繼續往前走。

「爸爸，」艾勒里笑了一笑，一面抓緊他從法蘭西公寓圖書室拿出來的那幾本書。自從他們離開百貨公司，他就一直抱著那些書不放：「我有我的道理，第一，我所懷疑的事，可能只是巧合，所以如果我先提出疑凶，結果根本弄錯了人，這個笑話豈不鬧大了？但如果我有了證據——爸爸，我一定第一個告訴你……這個案子裏，有這麼多沒法解釋、莫名奇妙的事，比如說這些書吧，怎麼解釋呢？」

他們又繼續走了幾條街，艾勒里一直悶著頭沒有說話。

「我就從頭開始好了，」他終於說：「從法蘭西太太的屍體在櫥窗裏被發現，這麼一樁啓人疑竇的事說起。我們以前已經討論過，這件事之所以令人起疑，是因爲這幾個緣故——留在現場的血量不夠，法蘭西太太的鑰匙不見了，她的唇膏只搽了一半，現場一片漆黑，以及爲什麼櫥窗會被選上，這些事都令人十分不解。

「很顯然的，法蘭西太太並不是在那個櫥窗被謀殺，那麼凶案發生的地點到底在哪裏呢？看門的守衛說，法蘭西太太表示要上公寓去，而且在她坐電梯之前，歐法提還看到她拿著後來不見了的鑰匙。這些都指出，應該好好檢查公寓，這我立刻就去做了。」

「繼續說下去——你剛才說的，我都已經知道了。」老探長不耐的說。

「別急嘛。」艾勒里笑道，「在那間公寓裏，留下的痕跡處處可見。法蘭西太太曾經去過那裏，這點應無疑問。班克牌、書擋，以及它們所代表的意義……」

「我不懂你的意思，」老探長哼道：「你是指那些粉末嗎？」

「不是，我們暫時別提那兩個書擋，先說我在臥室床邊桌上找到的那管唇膏。那管唇膏的顏色，和法蘭西太太嘴上唇膏的顏色完全一樣，所以一定就是她的。其次，除非有不得了的事情發生，一般女人不會塗了一半口紅就不塗了，那是不是發生了謀殺？很可能，至少有事發生，而且就在發生謀殺之前……所以，根據這些理由，我的結論是，法蘭西太太是在公寓裏被殺死的。」

「我不跟你爭辯，你說的可能是事實，不過你現在提出的這幾個理由，實在不夠充分。繼續說——提出些比較具體的證據。」老探長道。

「你必須先接受我的假設。」艾勒里笑一笑：「我以後再來證明公寓是眞正的謀殺現場。別怕，現在先相信我的推論。」

「好吧，我就姑且信之。」

「好，如果公寓是謀殺現場，而不是櫥窗，那麼很顯然的，屍體一定是由公寓移到櫥窗牆上的床去。」

「你可以這麼說。」

「那麼，我自問，爲什麼？爲什麼要把屍體移到櫥窗？爲什麼不就留在公寓裏？」

「爲了不讓公寓被發現是謀殺的現場，但這也說不通，因爲——」

「不錯，因爲兇手並沒有掩藏其他法蘭西太太在公寓的痕跡。像是班克牌、唇膏等。不過唇膏可能是兇手一時粗心遺漏下來的。無論如何，由種種跡象看來，兇手不是不想讓人發現公寓是謀殺現場，而是爲了要延遲屍體被發現的時間。」

「我現在懂你的意思了。」老探長喃喃道。

「兇手一定考慮到時間因素。」艾勒里解釋，「兇手一定知道每天中午十二點，櫥窗會準時作展示，而更重要的是，在十二點之前，那個櫥窗是鎖上的，沒有人會用它。我在找爲什麼屍體非得移開的理由時，忽然靈機一動，我想到了，移動之後，不到十二點之前，屍體絕不會被發現。所以一定是因為兇手希望延遲這個案子被發現的時間。」

「但我不明白為什麼……」

「當然，現在我們還不知道，但為了作更進一步的分析，我們可以先往這個方向去設想。如果兇手費了這麼一番手脚，以免屍體在中午之前被發現，那麼就表示他早上一定有事要做，要是屍體被發現，他就做不成了。你想，有沒有道理？」

「嗯，是有這個可能。」老探長表示同意的說。

「好，那我們就繼續。」艾勒里道：「雖然要猜出兇手避免屍體一早被發現的原因很不容易。但我們手上已經有了幾項基本事實。比如說，不論兇手怎樣進入公司，他一定是在公司過夜，沒有出去。要混進公司而不被發現的可能辦法有兩種，但在凶案發生之後，他卻不可能有辦法偷偷出去。他可以先藏在百貨公司裏，等公司關門後，再偷偷溜到樓上的公寓；他也可以經由39街上的運貨口摸進來。但是他沒辦法離開。如果他是從員工進出口那兒出去，歐法提一晚都坐鎮在那裏，而且坐在一個一目了然的位置，任何人進出都看得一清二楚，但歐法提並沒有發現有人從那裏出去。其次，他也不可能從運貨口出去，因為那扇門在十一點半就鎖上了。而法蘭西太太直到十一點四十五分才到，所以如果他從運貨口出去，那他怎麼能去殺人？再說，法蘭西太太至少在門關了半小時之後才被殺死，所以很顯然的，他非得在公司過夜不可。

「換句話說，照這種情形，他非得等到第二天早上九點鐘百貨公司開門後，才有機會裝作普通顧客混出去。」

「那麼，他爲什麼要大費手脚把屍體拖到橱窗，以免在中午之前被發現呢？這樣做有什麼好處？」老探長追問道，「既然他在九點鐘就可以脫身，而且他有要事待辦，他去做就得了。何必在乎屍體在什麼時候被發現？一過了九點，他要做什麼都可以啊。」

「可不是，」艾勒里的聲音因興奮而尖銳了起來：「如果他在九點鐘的時候，不但可以自由的走了出去，而且可以一直待在外面，那麼他自然沒有理由延遲屍體被發現的時間。」

「但是，艾勒里，」老探長不表同意的說，「他的確延遲了屍體被發現的時間，除非——」他的臉上忽然出現了一種省悟的表情。

「你想到了吧？」艾勒里嚴肅的說，「如果兇手跟這百貨公司有關，那又另當別論了。在這個凶案被發現之後，如果他不在，很可能就會受到注意。但如果他把屍體搬到一個至少要到中午才會被發現的地方，他在早上就有機會偷偷溜走，去做他非得去做的事。

「當然，我們還有其他要考慮的因素，問題之一是，兇手是否事先就計畫好，在殺死法蘭西太太之後，要把屍體藏在橱窗裏？我的感覺是，這可能是臨時起意的結果。因爲平常公寓要到十點鐘才有人出入。衛斯禮有自己的辦公室，而法蘭西先生通常要到十點才來。所以兇手在公寓裏殺了法蘭西太太，原來想把屍體留在那裏，他仍有充分的時間在九點鐘離開，在十點鐘以前回來。只要屍體在他辦完了事之後，才被發現，他就不會有麻煩。

「但是等他進入公寓，或是在他已經殺人後，他才發現非得把屍體移到橱窗不可。」艾勒里停頓了一下，繼續說：「在桌上有一張藍色的辦公室備忘錄。整個星期一下午都在那兒，而且衛斯禮發誓，他在星期一離開時，把備忘錄放在桌上，而星期二早上，它還留在原來的位置。換句話說，兇手絕對有機會看到那張備忘錄。而上面寫著衛斯禮會在九點鐘到。這份備忘錄是董事開會通知，想來兇手因此而大亂陣脚。如果有人九點鐘到，他就不可能有機會去做他非得去做的事，所以他一定得把屍體移到櫥窗不可。你都聽明白了？」

「好像無懈可擊。」老探長嘲諷的說，但他的眼睛裏有一絲深深感到興趣的光芒。

「有一件事我們應該立刻去辦，」艾勒里接著說：「很顯然的，不論兇手是誰，他並沒有藏在公司等到半夜。我告訴你我的理由。根據那張出席表，所有進出的時間都有紀錄，而我們有興趣的人都在五點半或之前就離開了，只有衛斯禮及圖書部門的詹姆士·史賓格例外。但守衛親眼看到他們離開，所以他們自然沒有留下來。其他的人，像那些董事及保羅·賴夫瑞，雖然不需要簽退，但他們的名字和離開的時間還是有紀錄。既然所有的人都離開了，那麼兇手一定是用另一個途徑進來的——就是那個在39街上的運貨口。而且這對兇手來說，也是一個比較合乎邏輯的做法，這樣他就可以在晚上找一個證明他不在場的證人，同時仍有時間，在十一點及十一點半之間，從運貨口那裏混了進來。」

「我們必須把所有人昨晚的行蹤再查一遍。」老探長陰沈的說：「又多一樁事。」

「雖然不一定有多少用處，但我們還是應該去查，而且越快越好。」

「嗯，」艾勒里扭曲著嘴，作出一絲可憐兮兮的微笑：「這個案子有這麼多的枝節。」他彷彿在向誰道歉：「比如說——爲什麼法蘭西太太會到公司來？還有一個問題是，她告訴歐法提，她要去樓上的公寓，可是她有沒有說謊？既然歐法提看她上了電梯，我們可以假設她的確去了，特別是我們在公寓裏找到她曾經去過的證據。而且除此之外，她有什麼別的地方可去？那個櫥窗？太恐怖了吧？不會的，我們可以假設她直接去了公寓。」

「說不定瑪麗安的圍巾留在櫥窗裏，而不知什麼緣故，法蘭西太太想去那裏把它拿回來。」老探長微張著嘴在旁猜道。

「你不是認眞的吧？」艾勒里反駁道：「瑪麗安的圍巾為什麼會出現？理由一定很簡單，絕不會很複雜。這個女孩在其他方面說不定很神秘，但在這一點上我很確定。不過你是點到一個很重要的問題，法蘭西太太會不會跟某一個人在公司、或在公寓裏有約？不錯，這整個案子的確是撲朔迷離。在一個關了門、沒人的百貨公司裏偷偷的會面，這一切都詭秘得過分——但你大可以假設，這個死去的女人，是為了某一個特定的理由，去見某一個特定的人。在這種情形下，她知不知道跟她秘密約會的人，也就是後來謀殺她的兇手，是怎麼摸進公司的？還是她以為他像她一樣，從夜間進出口光明正大的走進來？顯然第二種猜測並不對，因為她完全沒有向歐法提說起還有其他的人會來。如果她沒有什麼好隱瞞的，她很可能就會提。但她一句也沒提。可見她的確有所隱瞞，她知道跟她約會的人是偷偷溜進來的。

「那個約她見面的人，會是貝奈思或瑪麗安嗎？如果只看表面，我們有理由相信是貝奈思。那副班克牌，貝奈思專用的香煙，她的鞋子和帽子，特別是最後兩項，非常重要。但從另一方面來說，讓我們來檢查一下其他有關貝奈思的部分。

「我們都同意，是殺法蘭西太太的兇手拿走了她的公寓鑰匙。最初這點可能立刻指向貝奈思，因爲我們知道，昨天下午她身上並沒有鑰匙——事實上她也不可能會有，因爲今天我們在法蘭西家的衣櫃裏找到她的鑰匙。如果貝奈思昨天晚上在公司的話，她可能會把她母親的鑰匙帶走，可是她眞的在公司裏嗎？

「我想現在時候到了，」艾勒里說：「我們應該把這點解決掉。依我的分析，貝奈思昨晚旣沒有去法蘭西百貨公司，更沒有殺死她的母親。因爲，第一點，雖然擺出來的牌像是在玩班克，而且很多人都知道她們母女特別熱衷此道，但那煙蒂卻顯示出這是故作的圈套。貝奈思有毒癮，她一根煙一向只吸四分之一。之後就把還剩很長的煙捻掉。但我們在公寓找到的煙一律小心的吸到底，這跟貝奈思的習慣不符合。所以我們可以就此做出結論，如果只有一兩支煙不對頭倒也罷了，整整一打？這是不可能的。爸爸。有人故意把這些東西擺出來，以便陷害那個失蹤的女孩子。第二點，安德希管家接到那個自稱是貝奈思的女人打來的電話，更是可疑極了。不，貝奈思並沒有傻到忘記她丟了鑰匙，而是另外有人爲了要拿到她的鑰匙，而不惜冒險打電話來試試看。」

「但你怎麼解釋那鞋子和帽子呢？」老探長突然抬起頭，不解的望著艾勒里，喃喃發問。

「嗯，」艾勒里嚴肅的說：「就像我剛才所說的，這兩樣東西非常重要，如果貝奈思是被陷害的，而我們在犯罪現場找到她當天穿的鞋帽——那表示她一定也遭了毒手，她自己就是被害者，爸爸。只是我不能確定她的死活，那必須由在這案子後面的隱情來決定。但無庸置疑的，貝奈思的失蹤跟她母親的凶死有密切的關係。只是爲什麼要殺死那女孩？說不定，爸爸，說不定如果她還活著，因爲她知道太多了，對兇手構成太大的威脅。」

「艾勒里，」老探長大叫道，他興奮得全身顫動：「法蘭西太太被謀殺——貝奈思被綁架，而且她有毒癮……」

「爸爸，我一點也不意外……」艾勒里愉快的說，「你一向想得很快，立刻就看出關聯來……不錯，我也是這麼想。你記得嗎？貝奈思不但是自動離開她繼父的房子，而且是迫不及待的溜走。如果我們假設她去購買將要用完的毒品，應該並不過分吧。

「如果是這樣子的話，那麼這個案子很可能因爲有毒販的介入，而更形複雜。我怕搞不好我們正是遇上了這樣棘手的情形。」

「天知道。」老探長大叫道：「艾勒里，這個案子越來越明朗了。現在毒品的銷售，越來越擴大，如果我們可以發現是哪一幫人在經營操縱，如果我們可以抓到那個毒犯頭目，艾勒里，這會是不得了的成就。啊，我眞想知道，當我告訴費洛黎的時候，他會有什麼反應。」

「唔，不要太過樂觀，爸爸，」艾勒里不以爲然的說：「事情可能沒有這麼簡單。無論如何，目前這只是我們的猜測，最好不要抱太多的希望。

「我們還可以從另一個角度，更精確的推測犯罪發生的地點。」

「你是指那兩個書擋？」老探長不太確定的問。

「當然，這點也是全憑推理，不過我可以打賭，最後一定會被證實的。這一連串的因素，彼此配合得天衣無縫，所得到的結論應該也不會離譜。

「根據衛斯禮所說的，約翰・葛雷把這對瑪瑙書擋送給法蘭西之後，這對書擋既沒修理過，也沒從圖書室被移走過。我們在檢查這對書擋時，發現黏在書擋下面的兩塊綠色絨布顏色深淺並不一致。衛斯禮覺得這有問題。爲什麼？因爲這是他第一次注意到兩塊布的顏色不一樣。他在這幾個月中，一直看到這兩個書擋，他確定當初全新的時候，絨布的顏色完全一致，所以它們沒有理由忽然變成不一樣。

「雖然我們不能確定，那塊顏色較淺的絨布是在什麼時候褪的色，但我們確知一件事。」艾勒里沈思的望著路面，「絨布顏色較淺的那個書擋，是最近才被重新黏過——這點我可以在庭上作證。雖然用的是強力膠，而且膠水已經相當凝固了，但還是有這麼一點黏黏的，所以啓人疑竇，露了破綻。加上還有那些粉末黏在膠水上——這點絕對可以拿來作爲證據。因此我們知道兇手昨晚在書擋上動過手腳。其實如果不是因爲這些顯指紋的藥粉，我們不能排除是法蘭西太太動過書擋的可能性。但有了這些藥粉，可見一定是你所謂的超級罪犯幹的。一個社交界的老太太，可不會曉得這麼一招。」他微笑了起來。

「我們可以把書擋跟這樁凶案的關係，聯接得更緊密一點。」他瞇著眼靜靜的望著前方，老探長則在旁注視著不斷變換的街景，「我們走進了犯罪現場，發現很多物件都不尋常，班克牌、唇膏、香煙、鞋子及帽子，還有這對書擋。除了書擋之外，每一樣物件都與凶案有關，所以爲什麼書擋會例外？我可以根據我們手上已知的事實，作一個極佳的假設。首先讓我們來看這些顯指紋的藥粉，不消說，是跟凶案直接相關，這些藥粉黏在一個新近貼上去的絨布上。當然，我們沒有理由懷疑這兩片絨布在全新的時候顏色就不一樣，因爲這對書擋不但十分獨特，而且價格昂貴，襯底的絨布絕對不可能馬馬虎虎、顏色不對稱的；其次，也沒有人發現這兩塊絨布的顏色不同……所以我們可以推斷，在昨天晚上，有人把一塊原來的絨布取下，換了新的，然後撒了顯指紋的藥粉，以便找出任何可能留下的指紋，再擦掉指紋，但是仍留下一些藥粉，黏在新塗上去的膠水上。」

「你的推斷聽起來很有道理，」老探長催道：「再說下去。」

「好，我檢查過了書擋，它們是用整塊瑪瑙做的，惟一改變的地方是，其中一個原有的絨布被換走了。我的結論是，由於這塊瑪瑙是實心的，中間並沒有洞，所以那個書擋並不是被修理過了，以便在裏面藏東西，或是有人從裏面取出東西來。如果有問題，一定是出在書擋的表面上。

「把這點放在心上後，我問我自己，爲什麼那塊絨布要被取走，換上一塊新的？理由是那塊絨布一定出了問題。如果不換走的話，就留下了凶案的痕跡。你記得對那兇手來說，最重要的事是要延遲屍體被發現的時間，以便在早上把他的要務辦完，而且他知道早上九點一到，就有人要來圖書室了，如果書擋看起來不對，凶案很可能一早就會被發現。」

「血，是血跡。」老探長大叫道。

「你說對了。」艾勒里回答：「除了血跡之外，沒有多少其他的可能性。這一定得是一看就引人疑心的痕跡，不然兇手也不會大費周章去掩飾。那些牌啦、唇膏及其他的東西，在屍體被發現之前，並不會指向有凶殺發生。但是血跡！有血跡就表示一定有暴力。

「所以我相信一定是血跡滲透了絨布，以致兇手覺得非得換塊新的不可。」他們在沈寂中走了一大段路。老探長陷入沈思，艾勒里再度開口。

「你看，」他說：「我在重新構築犯罪實況方面，已經有不少進展了吧？而當我對那塊被血跡滲透的絨布，作了結論之後，另一項事實立刻跳進了我的腦裏。你記得山繆．鮑迪醫生對屍體上只有這麼少的血量不是覺得很可疑嗎？所以當時我們立刻想到，凶案不是發生在櫥窗裏。我們現在可以把這幾件事連接起來了。」

「好極了，好極了，」老探長喃喃道，一面興奮的摸出他的鼻煙盒。

「那對書擋，」艾勒里很快的繼續說：「在還沒有被血滲透之前，原來與這樁凶案並沒有什麼關係，之後，當然，引發了一連串其他的行動——像換上新的絨布，處理了書擋，撒上藥粉等，以便徹底滅跡……

「而我的推論是，書擋被血滲到完全是個意外。它剛好放在玻璃桌面上，但血是如何滲到上面去的？這有兩種可能性。第一是書擋被用來做爲武器，這點可以排除，因爲法蘭西太太的傷口是槍傷，和書擋擊中可能造成的傷口並不一致，所以只剩下另一個可能，就是血不巧流在上面，這種情形是怎麼發生的呢？

「說起來很簡單。這書擋放在玻璃桌面上，書擋的底部會沾上血，只有一種可能，就是血流過桌面，從書擋底下經過，從那裏滲進了絨布。你看得出這點所代表的意義嗎？」

「法蘭西太太被殺死時，是站在桌子旁邊。」老人陰沈的接口道：「她的心臟下方先中彈，倒在椅子上，心臟上又中了一彈。在她還沒倒下之前，大量的血從她的第一個傷口湧出，之後當她趴在桌子上，從第二個傷口慢慢流出的血滲進了絨布。」

艾勒里微笑的說：「你描述得好極了。你記得鮑迪醫生說，像這樣的傷口應該會引起大量的流血，我想就會像這個樣子……現在我們可以更進一步重建犯罪發生時的實況。如果法蘭西太太是站在桌子後面被殺的，那麼兇手一定站在她對面，隔著桌子對她開槍。他們之間一定相隔有好幾呎，因爲在死者的衣服上沒有留下任何火藥的痕跡。我們說不定可以根據子彈進入死者的角度，來計算兇手的高度，不過這不太可靠，因爲我們不能確定子彈經過多長的距離，打進死者的身體。換句話說，我們不知道當兇手開槍時，他跟法蘭西太太之間的距離。我們只要想錯一點，計算出來的兇手高度就可能非常離譜。你可以找你的彈藥專家勞肯斯來檢查一下，但我想大概搞不出什麼苗頭。」

「我想也不會，」老探長歎了一口氣：「不過能這樣清楚的知道凶殺在哪裏發生的，讓我覺得好過一點。艾勒里，好一番細密的推論。我會立刻把勞肯斯找來檢查。還有什麼別的事情嗎？」

艾勒里沈默了好一會兒，他們轉進了西區87街的家。在巷子裏，兩人都加快了腳步。

「還有很多。爸爸，我還沒有機會想個清楚。」艾勒里漫不經心的說：「所有的線索都在那裏，所有的人都可以看到，只是需要慧眼找出其間的關係。你可能是唯一有本事了解其中錯縱複雜的人，至於其他人……嗯，而且連你也被別的煩心事搞昏了頭。」他對他父親笑了一笑，他們已經走到了門前的台階上。

「爸爸，」他一腳踏在最低一層：「有一件事，我完全不明白，」他拍拍夾在手臂下的小包：「就是我從法蘭西先生桌上找到的這五本書。要把它們跟這案子連在一起，好像有點莫名其妙。但是我有種很古怪的感覺。如果我們能找出它們的秘密，這些書一定可以用來解釋很多事。」

「你想得太多，腦子有點短路了。」老探長悶哼了一聲，一面吃力的爬上台階。

「無論如何，」艾勒里一面拿出鑰匙去開一扇有老式雕刻的大門，一面說：「今天晚上，我要全力研究這幾本書，看到底有些什麼名堂？」

第四部

東方的警探對於罪案的不在場證人，比他們西方的同行要來得不予重視……我們對於奸滑之徒揑造的本領知道得太清楚了……所以與其試著戳破巧妙編造的故事，我們寧可側重了解情緒及反應，這是因爲東西方有非常不同的心理傾向……衆所皆知，東方人比西方人對人要不信任多了，我們傾向於輕視表面，面對基本事實……當西方人在捉到歹徒之後，常不免大呼萬歲，歡欣鼓舞，我們的慶祝之法卻有不同，輕則割了罪犯的耳朶，重則斬首——但也永遠不忘指出這些刑罰本身令人髮指之處。（這可是微妙的日本式作風？）

—— 引自田中日英郎替英文版《千葉》所寫的序言

25 書癡艾勒里

昆恩家位於西區87街，夾在幾棟灰褐色的房子中間。昆恩父子會選擇住在這麼老舊的地方，正可以作爲兒子對父親有極大影響力的註脚。對於艾勒里來說，他喜歡收集老書，對古董的知識淵博，對於過去精雅事物的愛好，超過了對現代舒適的需求；而老探長則剛好相反，對這些灰撲撲的古物，他只有一肚子的厭煩。

你可以試著想像。他們住在這棟古老大廈的頂樓。大門的橡木因年代久遠而漸趨軟化——爲了方便，在門上勉強掛了昆恩的名牌。當你進門的時候，有吉普賽血統的朱南會前來替你開門。你一看到他，一陣混合著舊皮革的男性味道立刻襲了上來。

最外面有個會客室，牆上掛著巨幅的織錦畫。（是某個公爵爲了酬謝老探長而送的，至於老探長替他處理的那件事是什麼呢？則不足與外人道也。）這間會客室富麗的哥德式風格，再度反映了艾勒里的品味。如果是由著老探長，他早就把這些老式家具全送出去來個大拍賣。

然後是客廳及圖書室。隨處是書，滿滿的書。橡木天花板，巨大的壁爐，橡木壁爐架，旁邊放著鐵叉，壁爐上則擺著交叉的劍，老燈銅器，異常寬大的家具，椅子、矮几、脚凳、皮墊、煙灰架子——一看就是個光棍窩聚的所在。

旁邊是臥室，一個樸素而舒適的房間。這整個家都是由矮小而機靈的朱南一手料理。當艾勒里離家去上大學的時候，老探長收養了本是孤兒的朱南，以遣寂寞。現在朱南的生活圈子，就以他所敬愛的養父，及他們的家爲主。他不但各種雜務都管，而且也是老探長的心腹。

這一天是五月二十五號，法蘭西太太在法蘭西百貨公司被發現遭到毒手的第二天。一早九點鐘，朱南把早餐擺了出來，但艾勒里還沒有出現，老探長滿臉不悅的坐在他的老位子，瞧著朱南忙碌的手。

電話鈴響了，朱南一把接了電話，「昆恩老爹，是你的，檢察官打來的。」

老人蹣跚的走過去接電話。

「哈囉。亨利……有點進展……我覺得艾勒里好像摸出了點名堂。他是這樣告訴我的……什麼？要我看起來，這整個是個大謎團，搞不清楚首尾……噢，亨利，少亂恭維了，我是說眞的……現在的情形是這樣的……」

老探長一說就說了一大陣子，忽而沮喪，忽而興奮。而在電話另一頭的亨利•山普森則很小心的聆聽他的報告。

最後老探長說：「現在的情況，就到這裏爲止了。艾勒里昨天晚上半夜都沒睡覺，就在研究那些怪書。我想他一定看出些什麼來……當然，我會隨時告訴你最新的發展。說不定很快就要找你，亨利，艾勒里有時候會創造奇蹟，這是你知道的。雖然我不敢打賭——噢，少來了吧，你還是快回去辦事。」

他放下電話，就看見哈欠連天，一面在整理衣服的艾勒里施施然而來。

「哼，」老探長低吼了一聲，一屁股坐了下來：「小子，你什麼時候上床睡覺的？」

艾勒里整頓停當，找了把椅子坐下，一面偷偷戳了一下朱南的肋骨。

「別罵人了。」他拿起一片吐司：「你吃了早飯沒？還沒？在等沒起床的懶鬼？來杯咖啡吧。我們可以邊吃邊談。」

「到底是什麼時候？」老探長不爲所動，再問了一遍，一邊在餐桌旁坐下。

「這個時間嘛，」艾勒里滿嘴都是咖啡：「是半夜三點二十分。」

老人的眼神柔和了下來：「你不該這樣糟蹋自己的身體。」他喃喃的說，一面拿起了咖啡壺。

艾勒里一口喝盡了他的咖啡：「但我有事要做……早上有什麼新消息嗎？」

「是有不少，但沒什麼用處。」老探長說：「從七點鐘起，我就不斷在講電話。鮑迪醫生給了我一個初步的驗屍報告，跟昨天的差不多，唯一新提起的是，法蘭西太太沒有任何吸毒或被毒死的徵兆。這個女人絕對不是個吸毒犯。」

「嗯，這個消息倒也不是全無用處呀。」艾勒里微笑，「還有什麼別的消息？」

「勞肯斯，那個彈藥專家，說得不清不楚的沒什麼意思。他說他不能確定那顆子彈在什麼距離打進死者的身體。角度倒是很容易估計，但據他的推算，兇手的高度從五呎到六呎都有可能。這報告派不上什麼用場吧。」

「嗯，我們絕沒辦法靠這種證據去抓人，不過我也不怪他，這種情形是很難算準。那昨天在公司缺席的人怎麼樣？」

老探長哼了一聲：「派去的人昨天跟麥肯齊經理查對了一個晚上。我剛剛才跟麥肯齊通過話。每個人都在公司裏，沒有任何可疑之處。至於追尋貝奈思呢？可憐的湯瑪斯，派人忙了整個晚上，把附近都找遍了，可一點蹤影也沒有。我也跟尋人處聯絡上了，告訴他們這個案子跟販毒有關係，緝毒小組也出去查遍了，但是什麼消息也沒有，硬是沒個影子。」

「唔，就這麼消失了……」艾勒里皺起眉，又倒了杯咖啡：「我得承認，我眞有點擔心她。就像我昨天說的，根據種種跡象，她很可能已經被幹掉了。不然一定是被藏在什麼隱僻的地方。如果我是兇手的話，我就索性把她殺了……她活著的機會很小。維利一定得加緊追查。」

「你放心，」老探長陰沈的說：「如果她還活著，他一定會及時把她找到。如果她已經死了，維利巡佐也已經盡了力。」

電話鈴聲又響了起來，老探長接了電話。

「我是昆恩探長……」他的聲音忽然變得非常嚴肅：「早安。局長，你找我什麼事？是。我們一直有進展，已經找到不少線索，而且離我們發現死者還不到二十四小時……噢，法蘭西先生對這整件事不太高興，我們其實對他很客氣——別擔心，沒問題……是，我知道，我們在情形許可之下，一定盡量給他方便……不，局長，賴夫瑞先生的名譽絕對沒有問題。他是外國人，當然……你說什麼？……絕對不……瑪麗安•法蘭西小姐的圍巾在那裏有完全合理的解釋……你放心了？我也放心了……可不可以盡快結案？局長，沒問題，比你想得還快……是，我知道……謝謝你，我會隨時給你報告。」

「這個人，」老探長小心的掛了電話，怒容滿面的對著艾勒里恨恨說道：「莫名奇妙，腦子空空，滿肚子廢話，嘮里嘮叨，活像個老母雞。從沒見過這種人也能當上局長的。」

艾勒里大聲的笑了起來：「小心你的嘴邊都要冒泡了。每次聽你抱怨你們局長，我就想到一句名言──做事的人就得學挨罵。哈。」

「正好相反，剛才他可沒罵我。」老探長平靜了點：「他被法蘭西家的事嚇個半死。法蘭西先生搞道德重整那一套，居然有不少的影響力。史考特•華勒斯怕這個案子搞砸了。你有沒有聽到我在電話裏跟他說的那些話？有時候，我覺得一點尊嚴也沒有。」

艾勒里突然陷入沈思，他的眼睛停在旁邊桌上那五本從法蘭西家帶回來的書。他含糊的說了幾句安慰他父親的話，一邊站起來，走過去熱切的翻動那幾本書。老人瞇起了眼睛。

「說出來吧，」他說，「你從這幾本書裏面發現了什麼？」他滿腹疑心的從椅子裏一跳跳出來。

「不錯，我是有些發現。」艾勒里緩緩的說。他拿起那五本書，放到早餐桌上：「坐下來，爸爸，我忙了一個晚上到底不是白費的。」

他們都坐了下來。老探長的眼睛發出好奇的光芒。他隨手拿起一本書，漫無目的的翻來翻去，艾勒里在旁邊看著他。

「爸爸，」艾勒里說：「假設你拿了這五本書，把它們看過一遍，你唯一知道的事情是，有人會同時收集這五本書是件怪事。如果你想要找出理由，解釋它們爲什麼會被放在一起，你會怎麼做？」

他點了一支煙，靠在椅子上，瞪著天花板，沈思著抽煙。老探長抓起一本書就唸了起來。他看完一本又接一本，直到五本書都檢查完畢，他前額的皺紋好像更陷進去了一點。他狐疑的抬頭看艾勒里。

「天曉得我可以從這幾本書找出什麼了不得的地方。艾勒里，這幾本書完全沒有任何相同之處。」

艾勒里微微一笑，忽然傾身向前，他敲著書強調說：「這正是它們了不得的地方。」他說：「它們看起來的確沒有任何相似之處。事實上，除了很小的一點，它們確實是沒有任何相似之處。」

「我不明白你的意思。」老探長回道。

艾勒里起身走到臥室，不一會兒，他拿了一張長長的紙走回來，上面亂糟糟寫了一大排字母。

「這個，」他坐下來宣布：「就是我昨天晚上跟這五本書混戰的結果……昆恩老爹，聽好了。

「這五本書的書名及作者如下：雨果・沙里伯雷的《集郵新發展》，史坦尼・衛德斯基的《十四世紀貿易史》，雷門・費勃克的《兒童音樂入門》，約翰・莫瑞森的《古生物學大綱》，及朔克模登的《挿科打諢大全》。

「現在我們來分析這五本書。

「第一點，這些書名彼此之間沒有任何關係，所以我們可以斷定，這些書的內容跟我們的調查無關。

「其次我們發現，它們在其他小節之處也都不同。比如說，所有書皮都是不同的顏色。不錯，有兩本是藍色，但是是不同性質的藍。它們的大小也不一樣，有三本是特大號，但這三本的長寬完全不一樣。有一本是平價小書。最後一本則是普通大小。它們裝訂的方法也不同。三本是布皮的，但是是不同的布紋，一本是皮面精裝，另一本則是麻面。裏面用的紙也不一樣，紙的磅數更不相同。排版的方式——我是一個門外漢——但一看就知道每本都不一樣。每本書的頁數也不同，而且這些數字不像有任何意義……就連售價也不一樣，皮面精裝書要十元，有兩本是五元，第四本要三塊半，那本平價書則是一塊半。出版社也不同。出版日期、出過幾版，統統不一樣……」

「但是，艾勒里——這些多多少少是很明顯的……」老探長不耐煩的問：「到底這會導致你下什麼結論？」

「當我們作分析時，」艾勒里回道：「沒有任何小節應該被輕易放過，它們可能沒有任何意義，也可能是破案關鍵。無論如何，我剛才所提到的，是跟這五本書有關的具體事實。雖然我們不能因此而導出什麼結果，但至少我們確定這五本書的本身，在任何一個地方都不一樣。

「第三點，這是第一個讓人興奮的新發現，在封底裏頁的右上角——我再說一次——在封底裏頁的右上角——有個用鉛筆寫的日期。」

「日期？」老探長從桌上一把抓起一本書，翻到艾勒里說的地方。不錯，在右上角，有一個用鉛筆寫的極小的日期。他檢查了其他四本書，每本書上同樣的地方都有相似的、用鉛筆寫的日期。

「如果，」艾勒里平靜的說：「根據日期的先後排列，你會得到這樣的結果：四月十三日、四月二十一日、四月二十九日、五月七日、五月十六日。我查過日曆之後，發現這些日子分別在星期三、星期四、星期五、星期六、及星期一。」

「這個很有點意思，」老探長喃喃的說：「爲什麼沒有星期天？」

「你問得有道理，」艾勒里說：「前面四個日子，每個日子比前面順延一天，只是中間差了一個禮拜，只有星期天被略過。但這不像是記日子的人記錯了，也不是遺漏了一本書，因爲在前四個日子中間，都隔了八天，到了第五本書，只多一天變成九天，所以可能因爲星期天不是工作天的緣故，而被省略。至於是什麼樣的工作？我現在可不知道。但我們可以把省略星期天這點視爲正常，就跟一般習慣不在星期天做事一樣。」

「我了解你的意思。」老探長道。

「好，我們現在來講第四點，這點是眞正驚人的地方。爸爸，拿起那五本書，根據他們的日期，唸出書名來。」

老人遵命照辦，唸道：「《十四世紀貿易史》，作者是史坦尼・衛德斯基(Stani Wedjowski)。」

「等一下，」艾勒里插口道：「在書頁上寫的日期是哪一天？」

「四月十三號。」

「四月十三號是星期幾？」

「星期三(Wednesday)。」

艾勒里的臉發出得意的光芒：「啊哈！」他叫道：「你看出來了沒有？」

老探長有點惱怒的說：「我看得出來才見鬼了……第二本是《揷科打諢大全》，作者是朔克模登(Throckmorton)。」

「什麼日子？」

「四月二十一號，星期四。下一本是《兒童音樂入門》，作者是雷門・費勃克(Ramon Freyberg)——老天，艾勒里，日期是四月二十九，星期五(Friday)！」

「不錯，再繼續。」艾勒里讚許的說。

老探長也看出來了：「《集郵新發展》，作者雨果・沙里伯雷(Hugo Salisbury)——而這是五月七號，星期六(Saturday)。最後一本是《古生物學大綱》，作者是約翰・莫瑞森(

John Morrison)——當然應該是星期一（Menday)……艾勒里，這著實驚人，每一本書上的日期，都與作者姓名的前兩個字母相同。」

「這正是我昨天晚上研究了一個晚上的結果。」艾勒里微笑的說：「很妙吧？衛德斯基（We——）星期三(Wednesday)，朔克模登（Th——）星期四(Thursday)，費勃克（Fr——）星期五(Friday)，沙里伯雷（Sa——）星期六(Saturday)，莫瑞森（Mo——）星期一（Monday)。只有星期天被省略了，這會是巧合嗎？我可不這樣認為。」

「這裏面是大有問題。」老探長忽然咧咧嘴：「但我看不出來跟這椿謀殺案有什麼關係？說起來也眞怪，是一種密碼嗎？」

「你覺得跟謀殺無關？」艾勒里反駁道：「讓我來說我的第五點……我們現在有了五個日期：四月十三，四月二十一，四月二十九，五月七號，及五月十六。為了便於討論，可以假設有第六本書的存在。如果有第六本書存在，根據前五本書的日期，我們可以推測，這第六本書的日期，應該在五月十六號星期一的八天後，所以這一天會是——」

老探長跳了起來：「不得了，太驚人了，艾勒里，」他大叫道：「這天是星期二，五月二十四——這天是……」他的聲音忽然放低了下來，好像很失望似的：「不，這不是謀殺發生的那一天，這是謀殺發生的第二天。」

「嘿，爸爸，」艾勒里笑道：「不要為了這點小差別就洩了氣。就如你說的，這太不尋常了。如果有第六本書，它的日期會是五月二十四號。我們現在就假設是有這第六本書的存在—

——非有第六本書不可，這件事絕非偶然。而這第六本書讓我們首次把書及謀殺直接連接起來——爸爸，你有沒有想到，兇手不是在五月二十四號星期二早上有非去做不可的事嗎？」

老探長瞪著他：「你認爲這些書——」

「噢，我在考慮很多事，」艾勒里面帶憂色的說，一面伸展四肢：「但要我看來，我們不但有理由相信有第六本書的存在，而且——」

「這本書作者姓名的前兩個字母，一定是TU（星期二‧‧(Tuesday)）。」老探長很快的接口。

「你說對了。」艾勒里把這些書收攏起來，小心的放到一個大桌的抽屜裏。他回到早餐桌邊，端詳他父親灰髮中一點粉色禿掉的地方。

「我想了整個晚上，」他說，「我覺得有一個人可以告訴我一些寶貴的消息。爸爸，這些有密碼的書，背後一定另有隱情，而且跟這樁謀殺案直接相關，你要跟我打賭嗎？賭在外面吃一頓飯。」

「我可從不打賭。」老探長低吼了一聲：「至少不跟你賭。你倒說說看，是誰知道這麼寶貴的消息？」

「衛斯禮。」艾勒里回道：「不過他只知其一。我相信有些事他沒有告訴我，他也不知道這些事的重要性。可是對我們來說，可能就是關鍵所在。我相信就算他是故意不說，也是爲了瑪麗安的緣故。可憐的衛斯禮，以爲瑪麗安一定牽連在裏面，說不定他是對的——現在誰也不知道。無論怎麼說，在這個案子裏，我只信得過衛斯禮。他有時候是有點吞吞吐吐的，不過他是個誠實的人……我得跟他好好談一談，我們最好把他找來這裏，大家一起討論。」

他拿起電話，打到法蘭西百貨公司，老探長在旁等待。

「衛斯禮？我是艾勒里……你能叫部計程車來我這裏嗎？只要半個小時，而且這個很重要……是，什麼都別管了，快來吧。」

26 追尋貝奈思

老探長坐立不安的在房間裏走來走去。艾勒里梳洗完畢，在臥室裏靜聽他父親偶爾發出的喃喃咒罵，罵天罵地，罵惡棍，罵局長。而朱南，則像平常一樣默默的收拾好餐桌，退到廚房裏去了。

「噢，」老探長稍微平靜一點，對艾勒里說：「山繆・鮑迪醫生說，他跟勞肯斯都判定，當法蘭西太太中第二槍時，她是坐在椅子上，所以這跟你的推測吻合。」

「這還是有幫助，」艾勒里的鞋子好像跟他過不去，穿也穿不上：「在任何審判中，專家的證辭永遠有幫助，特別是像他們兩位。」

老探長又哼了一聲：「你又看過多少審判了？……不過我眞正擔心的是那把左輪槍。勞肯斯說，子彈是從點三八口徑的左輪射出來的。那種槍既便宜，又隨處都買得到。當然，如果勞肯斯手上有那把槍，那就沒問題。因爲從留下來的彈痕，可以確定到底是不是從那把槍射出來的，但天曉得我們要到哪裏去找槍？」

「你問我？」艾勒里說：「我怎麼會曉得？」

「如果我們找不到槍，我們就缺乏最重要的物證。它不在法蘭西家的百貨公司裏——他們上天下地全找遍了，所以兇手一定帶走了。那我們哪有機會拿得到？」

「唔，」艾勒里一面穿上一件家居上衣，一面說：「這可說不定，罪犯不是不會幹些愚蠢的事，這點你比我清楚。雖然我承認——」

這時門鈴急促的響起，艾勒里驚愕的說：「這會是誰？衛斯禮不會這麼快就到的。」

老探長和艾勒里一起走進了圖書室。朱南正把法蘭西百貨公司的保全隊長威廉•科朗索引了進來。科朗索滿臉通紅，好像興奮不能自抑，他立刻開口喳呼道：

「早安，各位，早安。」他很熱絡的說：「休息好準備幹活啦？探長，我這兒有個消息，你一定會感興趣的——準沒錯。」

「很高興見到你。」老探長敷衍的說。而艾勒里瞇起眼睛，像在等待科朗索的新聞，「坐，坐，告訴我們是怎麼一回事。」

「謝了，謝了，探長。」科朗索一屁股坐進老探長最常坐的椅子，大聲的歎道：「我自個兒也沒好生睡，」他當作開場白似的宣布，一面呵呵笑：「昨兒晚上我到處看啊，查啊。今兒一早從六點開始。我就沒停。」

「做好事，不求好報。」艾勒里喃喃的說。

「啊？」科朗索好像一頭霧水，但他接著滿臉笑容，從口袋裏抽出兩支油膩的雪茄：「你在說笑啦？昆恩先生，來根煙？探長。你呢？昆恩先生。我抽，你們不介意吧？」他點燃煙，隨手把熄滅的火柴扔進壁爐裏，朱南的臉上顯出一副不忍卒睹的表情——他還在那兒清理早餐的最後遺跡呢。一看到有人亂扔東西，立刻引起朱南的惱怒，他恨恨的從後面瞪了科朗索一眼，一步一拖的走回了廚房。

「好了，到底是什麼？」老探長追問道，他的聲音裏透出幾分不耐煩：「有話快說吧。」

「是的，是的，探長。」科朗索忽然神秘的壓低了聲音，向前靠近昆恩父子，拿著煙強調道：「你們猜我做了什麼？」

「我們怎麼會知道？」艾勒里感興趣的說。

「我在那兒追查貝奈思・卡默第。」科朗索粗聲粗氣，但極小聲的說。

「噢。」老探長一聽大爲失望，他不悅的看著科朗索：「你在說這個。我已經派了一批最好的人馬在找她，科朗索。」

「啊，」科朗索向後靠在椅背上，就手把煙灰抖在地毯上：「我倒也沒指望你一聽這話就鼓掌。但是，」他的聲音又鬼鬼的壓低了：「我敢打賭你的人沒有我手上的消息。」

「噢，你找到了什麼？是不是？」老探長迅速的問：「這才是新聞了。抱歉，剛才我太性急了……你到底發現了什麼？」

科朗索得意非凡的說：「我知道那女孩已經出城了。」

艾勒里似乎眞的非常訝異：「你居然查得到？」他轉身對他父親微笑道：「爸爸，維利要屈居下風了。」

老探長似乎既著惱又好奇：「我要被維利害死了。」他喃喃道：「你怎麼知道的，還有，那個女孩現在在哪裏？科朗索。」

「是這樣的，」科朗索很快的接口，他蹺起腿來一口一口抽煙，非常自得其樂：「我一直在那兒找——不是對你和你的手下缺乏敬意，探長——我想那女孩不是已經被幹掉了，就是給綁架了，我不知道是什麼，但一定是諸如此類的。我覺得雖然證據指向她，但不是她殺的……所以我就自作主張，昨晚到法蘭西家附近看看，看那女孩出門後會怎麼樣？我跟管家也談過，我猜她對我跟對你說了一樣的話，你沒介意吧，探長？總之我也找到了那裏特別僱的警衛，他說那女孩從大道往72街。我呢，也就跟著她的路線走，結果給我追到了不少地方。我找到了一個路過的計程車司機，他說，在西街及72街交口的地方，上來一個乘客，正符合貝奈思•卡默第的模樣，我猜我的運氣眞好。要追人，一向是一半運氣，一半力氣，是不是？探長。」

「嗯，」老探長酸溜溜的哼道：「你這回是比維利巡佐占了上風。然後呢？還有沒有更進一步的消息？」

「當然，」科朗索又點了一支煙：「那司機載那女孩去了艾斯特旅館，她要他等著。那女孩走進了旅館的走廊，兩分鐘後，一個男子跟她一起出來，那個男的很高，金髮，穿得體體面面，手上拿只箱子。他們一起進了車。司機說那女孩子好像很害怕，一句話也沒說，那個男子要司機帶他們去中央公園，但就在半路上，他忽然要司機停車。所以那個司機覺得很納悶，從沒碰過有人在公園中間下車的。不過他也沒說什麼。那個男人給了車錢，要他開走。他是開走了，但他偷偷看了那女孩一眼，她的臉色慘白，好像喝醉似的。所以他就故意慢慢開，一面注意觀察，果然給他瞧到了。大概還不到五十呎距離，他們坐進了一部停在旁邊的車。他們一坐進去之後，那部車就飛也似的開出了公園，往上城去了。」

「嗯，」老探長沙啞的說：「是給你找著了，我們得跟這司機好好談一談……他看到車子的牌照號碼了嗎？」

「太遠了，」科朗索說。他的臉暗了一暗，但不一刻又重新開朗：「但還是給他看到是麻州的車牌。」

「太好了，科朗索，太好了。」艾勒里突然跳起來叫道：「謝天謝地，眞虧你這樣機靈。是什麼樣的車？他看到了嗎？」

「看到了。」科朗索滿臉笑意，飄飄欲仙：「停著的是一部轎車，深藍色的別克。這可好吧？」

「你幹得好極了。」老探長不情不願的說：「那個女孩走向那部車去的時候，她表現得怎樣？」

「那司機沒辦法看個淸楚，不過他說那女孩跌跌撞撞的，那個高個子的男人抓著她的手臂，好像強迫她似的拉著她走。」

「不妙，不妙。」老探長喃喃道：「他看到那個開別克車的人嗎？」

「沒有，不過一定有人沒錯，因爲那對男女一鑽到後座，車子就立刻開走了。」

「這個高個子的金髮男人怎麼樣？」艾勒里一口一口急速的抽著煙：「那個計程司機應該可以提供一個非常詳盡的描述。」

科朗索抓耳撓腮：「我倒沒想到問個仔細。」他不大好意思的說：「探長，就請你的手下接手繼續查了，現在公司裏亂七八糟的，我的事情也忙。你要那司機的名字和住址嗎？」

「當然。」當科朗索在寫司機的名字及住址時，老探長好像在天人交戰，內心好一番掙扎。他終於氣度寬宏的伸出手，微笑的與科朗索握手：「恭喜你，你昨晚幹得好，幫了大忙。」

科朗索高興的抓住老探長的手，大力搖撼：「探長，能幫得上忙就好，我們這些在外頭給人當差的，也有幾下子吧，我就說——」

幸好這時門鈴響了，老探長立刻把手抽回來。艾勒里與老探長飛快的交換了一個眼色，艾勒里向門口奔了過去。

「你在等人嗎？探長。」科朗索問：「不再打擾了，我想我最好——」

「不，不，科朗索，請留下來，我還有事請教你。」艾勒里很快的阻止他，一邊繼續往門口走去。

科朗索滿面榮光的坐了下來。

艾勒里打開門，衛斯禮・韋佛滿頭亂髮，一臉憂色的走了進來。

27 第六本書

衛斯禮·韋佛跟衆人握了手，威廉·科朗索侷促不安的對他微笑致意，韋佛似乎有幾分驚訝，接著他緊張的抹抹臉坐了下來，憂慮的看著老探長，等待著。

艾勒里注意到他的神色不對，不禁微笑：「嘿，衛斯禮，犯不著這樣神經緊張。」他溫和的說：「可沒有人要被起訴。來，抽根煙，輕鬆點，你聽我說。」

他們圍著桌子坐下來，艾勒里直直瞪著自己的手指。

「我們一直在想那幾本我在法蘭西先生桌上找到的書。」他開始說：「這裏面可能暗藏玄機。」

「書？」科朗索不解的問。

「書？」韋佛也問道，但他的聲音平板，不像眞的在問問題。

「是的。」艾勒里回道：「書。就是我覺得很奇怪的那五本書，衛斯禮。」說完之後，他正視他朋友的眼睛：「我有種感覺，你藏著一些很有用的消息，沒有告訴我們──就是關於這幾本書的消息。老實說，我第一次看到這些書的時候，就注意到你的眼神不對，你到底在顧慮什麼？這些書背後隱藏的是什麼？」

韋佛的臉脹得通紅。他結結巴巴的說：「你為什麼問我？艾勒里，我從來不——」

「衛斯禮，」艾勒里傾身向前對著他說：「我知道你在擔心。如果這是為了瑪麗安，那你大可放心。我們沒有一個人疑心她。她這樣緊張，說不定是隱瞞了什麼事，但絕不是因為她做了壞事，而且跟這樁謀殺可能根本無關。我說得這麼清楚，你不會再遲疑了吧。」

韋佛瞪著他的朋友老半天，老探長和科朗索靜靜的坐在一旁。終於，他開口了。這一次他的聲調顯著的不同，比之前要鎮定了很多：「是的。」他緩緩的說，「我是在為瑪麗安擔心。我不能確定她跟這樁案子到底有沒有關係，這是我不夠坦白的緣故。除此之外，我的確知道一些跟這幾本書有關的事。」

艾勒里滿意的微微一笑，他們都等著韋佛整理他的思緒。

「你曾經提到過，」韋佛清晰的開始說：「一個叫詹姆士・史賓格的人，探長。我想是在查員工進出登記表時提到的。你可記得，在星期一晚上，詹姆士・史賓格一直到七點才離開？之後我也跟著走了。這些都在歐法提的紀錄上。」

「詹姆士・史賓格？」艾勒里皺起眉，老探長則點點頭。

韋佛猶豫的看了科朗索一眼，轉向老探長：「這是不是……」他有點不好意思的問。

艾勒里立刻替他父親接口道：「沒關係，衛斯禮，科朗索從一開始就參加辦案了。我們以後也還得請他幫忙，再往下說吧。」

「好，那我就繼續。」韋佛說。科朗索也就氣定神閒的坐著。「大約兩個月前——我不記得確實在哪一天——會計處向法蘭西先生報告，說圖書部的帳目有點不清楚。而詹姆士•史賓格是圖書部的經理。會計處認爲，收據跟書籍的數目好像並不符合。老人知道了很不高興。但是會計處一時還沒有確切的證據，所以老人要他們暫時不要驚動任何人，他要我私下先作點調查。」

「詹姆士•史賓格？」科朗索悶哼一聲：「眞怪，我從來沒聽說過這件事。韋佛先生。」

「法蘭西先生覺得，」韋佛解釋道：「這件事最好不要張揚出去。因爲我經常處理老人的私事，所以就找我暗中調查。當然在白天的辦公時間，史賓格幾乎總是在那裏，我不可能去查，所以只好等下班之後做。在其餘的人都離開後，我就到圖書部去查各種收據和紀錄，過了三四天，一件怪事發生了。」

昆恩父子及科朗索都豎耳傾聽，等他說下去。

「有一天晚上，正當我準備進入圖書部的時候，我發現有好些燈還亮著，比平常都要亮。我的第一個反應是一定有人在加班。在我小心觀察之後，果然有人，就是史賓格，只有他一個人在那裏走來走去，我不知道爲什麼會躲起來——大概是因爲我對他已經起了疑心——總之，我躲在一邊，好奇的看他在做什麼。

「我看到他走到靠牆的書架，鬼鬼祟祟的從書架上取下一本書。然後從口袋裏拿出一支鉛筆，把書從後面翻開，迅速的用鉛筆寫下一行字，闔上書，在後面的書皮作了記號，再把那本書放到書架的另一層。我注意到他放書的時候，非常留心放置的位置。他在那裏搞了一陣子才算滿意。放完書，他就到後面他自己的辦公室去。不久之後，穿好衣帽又重新出現，他走出圖書部，經過我躲的角落，我差點被他撞見。一會兒之後，除了一兩盞晚上一直開著的燈之外，其他的燈都熄了，我也出來了。在這件事發生後，我查過，他依照規矩簽退，告訴值夜守衛，他辦好了事，歐法提就把圖書部的燈全給關上。

「這有什好奇怪的。」科朗索說：「說不定這只是他工作的一部分。」

「如果你在找可疑的事，」老探長咕噥道：「十之八九你會找得到。」

「當時我也是這麼想，」韋佛回道：「史賓格會加班這一點就很奇怪——法蘭西先生一向最不鼓勵人加班。但這也算不了什麼。不過當他走了之後，我還是到書架上，取下他拿過的那本書，翻到最後，在裏面的書頁上，找到他用鉛筆寫的一個日期及地址。」

「地址？」艾勒里和老探長不約而同的叫出來：「在哪裏？」老探長緊接著問。

「我一時忘了。」韋佛說：「不過我記了下來。如果你想要知道——」

「沒關係，暫時不要去管它。」艾勒里出奇平靜的說：「我從法蘭西先生桌上拿來的那五本書上，好像沒有地址嘛。是同樣的書嗎？」

「不，不是。」韋佛回道：「你最好聽我按照時間先後，一件件慢慢道來，整個過程滿複雜的……我雖然發現了日期和地址，但是想來想去，想不出個所以然。因爲我看到史賓格在書皮後作過記號，我就檢查了一遍，果然，我發現在作者的姓名下面，有條輕輕的鉛筆印子。」

「你一提到背面的書皮，就引起我的興趣。」艾勒里說：「衛斯禮，你確定那個記號在作者的全部姓名下面，還是只在最前面兩個字母的下面？」

韋佛睜大了眼睛：「只在兩個字母的下面。」他叫道：「但你怎麼會知道？」

「我猜的，」艾勒里隨意的說，「怪不得，」他轉向他的父親：「我不能從那幾本書找出更多的線索。原來它們不是眞正被用到的書……再說下去吧，衛斯禮。」

「當時我沒有理由要立刻處理那本書。我只記下了地址及日期，就把它放回原處，然後又去查史賓格的帳目。事實上，我幾乎完全忘了這麼一回事，直到隔了一個禮拜——其實是八天，我才又記起這一件事。」

「我打賭史賓格又做了同樣的事。」科朗索叫道。

「猜得好，科朗索。」艾勒里喃喃道。

韋佛咧咧嘴，微微一笑又接下去：「不錯，在同樣的情形下，史賓格又做了同樣的事。我照常在晚上到圖書部去檢查，結果又給我撞到了。這一次我發現他不但跟上次做同樣的事，而且在每一個細節上，都跟上次完全一致。當然，這仍然讓我莫名其妙，百思不得其解。所以我照舊把地址和日期抄了下來，這是個新的地址，之後我就去幹自己的事。直到第三個禮拜，又有八天過去了，我決定採取行動。」

「所以，」艾勒里說：「你拿了另一本同樣書名的書，而那本是史坦尼•衛德斯基的《十四世紀貿易史》。」

「你說對了。」韋佛道：「到了第三次的時候，我逐漸覺得書上的地址一定非常重要。雖然我想不出它的重要性是什麼，不過我想這些書放在那裏，一定有其目的。所以我決定作個小試驗。一等史賓格走了之後，我拿了另一本《十四世紀貿易史》，在書背的日期上作了記號，又把地址也寫在我的記事本上，然後帶書上樓去研究。我想說不定看了這本書的內容，會使我有較深的理解。當然，我沒有動史詹斯作過記號的那一本，那一本就留在原處。

「我上去就拚命看那本書，但看得眼冒金星，也看不出個苗頭。雖然如此，在之後的四個禮拜，我都做了同樣的事——我注意到每隔八天，史賓格就神秘兮兮的幹那回事，而我每次都拿了一本與他作過記號相同的書，回去反覆閱讀，但還是一點道理也看不出來。我差不多就要放棄希望了。在這同時，我一直在查史賓格的帳目，而且終於給我找出弊端。史賓格利用一個制度上的漏洞，極其狡詐的假造帳目，所以我想這些書一定有它的重要之處——但到底跟我作的調查有沒有關係呢？這我就不知道了。不過無疑的，它們一定隱藏了什麼狡計。

「但到了第六個禮拜時，我幾乎要絕望了。這是星期一晚上，就是凶案發生的那個晚上，不用說，我當然不知道幾個小時之後會出這種事。我看到史賓格又照例做了同樣的事，然後他就走了。但這一次我作了一個大膽的決定。我把史賓格動過的那本書拿走了。」

「太好了，」艾勒里大叫道。他非常興奮，抖抖顫顫的燃了一根煙：「太好了，衛斯禮，再說下去。」老探長沒說什麼，而科朗索好像對韋佛有了一番新的敬意。

「我在另外一本書上作了相同的記號，然後放在史賓格原來放書的地方。我必須很快的做完這件事，因爲我決定在那個晚上跟蹤史賓格，看他有沒有從事任何可疑的活動。我的運氣不錯，因爲他停下來跟歐法提聊了一會。當我從公司奔出來，手臂下夾著史賓格剛才動過手脚的書，正好看到他在第五大道上轉了彎。」

「嗯，是像個偵探的幹法。」科朗索讚許的說。

「倒也沒這麼神，」韋佛笑道：「無論如何，整個晚上我跟著史賓格到處走來走去。他一個人在百老匯的一家餐館吃過飯，然後去看了一場電影。我就像個傻子似的一直跟著，但是他沒做任何可疑的事。整個晚上他既沒有打過一通電話，也沒跟任何一個人說過話。最後時間已經到了午夜，他就回家了。他住在布朗克斯區一棟公寓裏，我在那裏監視了約莫一個小時，甚至於偷偷走到他住的那一層。但是史賓格一直留在家裏沒有再出去，最後我只好帶著他的書回家。我對這檔子事，跟我開始跟蹤他的時候一樣的糊塗。」

「就算如此，」老探長說：「你跟蹤他仍然是個明智的決定。」

「第六本書的書名是什麼？現在在哪兒？我在法蘭西百貨公司的公寓裏，並沒有看到它跟其他的書放在一起。是你把那五本書放在桌上書擋裏的，是不是？」艾勒里迫不及待的連串追問。

「慢點，一件件來。」韋佛微笑的告饒：「這本書是《摩登室內設計》。作者是路憲・特克(Lucian Tucker)……」當韋佛提到作者的姓名，艾勒里和老探長互看了一眼。「你沒有找到這本，是因爲我沒有把它留在法蘭西家的公寓，我把它帶回家了。後來我覺得被史賓格動過手脚的原本才重要，我猜的不一定對，但這本既是原本，自然好像比其他本來得寶貴。因此我回家後，就把它放在一個安全的所在——我的臥房。至於爲什麼把其他五本放在百貨公司的公寓呢？那是因爲這樣的話，我可以利用零碎的時間來看這些書。老人正在爲與惠特尼合作的事忙得不可開交，我不想去打擾他，而且他一向把細節交給我處理。我每拿一本書，就把它放在老人桌上的書擋裏，同時把原來在書擋裏的書拿走，擱到書櫃裏去。漸漸的，老人原來的書都被移走，而史賓格的書卻放在桌上。我想如果老人問起，我就解釋給他聽，但他總沒問，我也就沒提。反正那些書放在桌上只爲了好看。他習慣看到有書擺在那裏，到底是什麼書，他早就視而不見……至於史賓格會不會發現呢？他從來沒有機會去老人的公寓，所以我對這點也不放在心上。」

「根據你說的，」艾勒里精神奕奕的追問道：「你一週接一週的把這五本書放在書擋裏，所以那本衛德斯基的書，在六個禮拜前，就已經在桌上囉？」

「不錯。」

「唔，這很有點意思。」艾勒里說，一邊陷進椅子裏。

老探長卻展開行動：「韋佛，你說你有地址是吧？拿出來看看吧。」

韋佛從口袋裏拿出一個小記事本，翻出一張紙，所有的人都好奇的湊過去，看上面的七個地址。

「哼，老天，」老探長沙啞的說：「艾勒里，你知道這都是些什麼地方？有兩個地方費洛黎派人去監視了好幾個禮拜，他們覺得可能是毒品的集散地。」

艾勒里又陷進椅子裏沈思，韋佛和科朗索則互瞪著對方。「我不覺得有什麼好驚異的。」艾勒里說：「兩個？那意思是這七個地方，可能都是買賣毒品的總站……每個禮拜換個地方……高啊，是想得周密。」他突然跳起來，尖聲叫道：「衛斯禮，最後一個地址，在哪裏？……快，快。」

韋佛急急的拿出來，地址是在東區98街。

「爸爸，」艾勒里馬上說：「哇，我們的運氣眞好，你知道我們手上有的是什麼？是他們昨天毒品交易的地方。時間是五月二十四號，星期二。這條線索還熱得冒煙。」

「老天，你說得對，」老探長低聲道：「這個地方可能還有人在，看來他們應該還沒跑掉——」他立刻跳起來打電話到總部，找著了維利巡佐，接著轉給緝毒小組薩瓦托．費洛黎，他迅速的說了幾句就掛了電話。

「我剛才告訴了費洛黎。現在他們馬上要趕去98街逮人。」他挑起一撮鼻煙，俐落的說：「他們會先去找湯瑪斯，然後來這裏接我們。我想親自到場督戰。」他緊縮下巴陰沈的說。

「你們要去突襲？」科朗索站起來，全身挺直的說：「探長，我可以一起跟去嗎？你知道這對我是小場面。」

「沒問題，科朗索，」老探長不在意的說：「你也該去參加點行動……費洛黎已經突襲過我剛才認出來的那兩個地方。但他們到的時候，那兩個地方都已人去樓空，希望這一次不致於又撲空。」

艾勒里張開嘴，彷彿要開口，但緊接著閉起嘴，重又陷入沈思。

韋佛似乎沒想到他所提供的資料，像是丟了一枚炸彈，此刻他像洩了氣的汽球般塌在椅子上。

28 解不開的結

他們突然全都憂心忡忡的看著艾勒里。威廉・科朗索嘴半張，又閉了起來去搔頭，衛斯禮・韋佛及老探長各自在他們的椅子裏不安的變換姿勢。

艾勒里一言不發的走進廚房，不知去跟朱南說些什麼。之後重新出現，摸出眼鏡隨手亂轉：「我剛才想到一個問題。不過，」他的臉色好轉過來：「可能這樣也好。」

他戴上眼鏡站起來，開始在桌子前漫步，這時朱南悄悄的從廚房溜出了公寓。

「在我們等他們來接的時候，」艾勒里說：「我們不妨根據衛斯禮剛才提供的最新資料，重新評估一下現在的情況。」

「是不是所有的人都覺得，法蘭西百貨公司被用作爲毒品的轉售站？」他帶著挑戰性的環視衆人，科朗索的眼睛裏閃出一絲憤怒的火光。

「昆恩先生，你這樣說，好像把我看扁了。」他反擊道：「我不是說詹姆士・史賓格不是個騙子——他是有問題沒錯——但你怎麼知道，我們公司被利用來經營毒品？」

「別發火，科朗索，」艾勒里溫和的說：「你們百貨公司只是整個組織的一環，他們設想得眞好，」他稱許似的繼續說：「這個毒品組織利用一套簡單的密碼，關於這一點我已經搞得相當淸楚了，然後經由書籍傳遞，而這都在道德重整協會會長的領域之內，這不是天才是什麼？你們看，不可能還有別的解釋。他們每隔八天採取行動，只有一次例外，可能是碰到星期天，所以往後移了一天，變成九天。而他們的辦法呢？是由圖書部的經理出馬，在很少有人會看的冷門書寫上地址，神不知鬼不覺的傳了出去……你們有沒有注意到每本書上標出來的日期，並不是史賓格動手脚的那一天。比如說有本書作者的姓名，開頭是WE，意思是星期三，然後把它放在固定的一層上……衛斯禮，每一次都是同一層，對不對？」

「沒錯。」

「書上雖然標明了星期三，但是是在星期二晚上被標好放在書架上的。而下一個禮拜，則在星期三晚上，標好了第二天星期四要被取走的書。這是什麼道理呢？很顯然的，史賓格希望每本書在他做過記號到有人取走之間，中間所間隔的時間越短越好。」

「有人取走？」老探長追問道。

「當然，每條線索都顯示出這是一個周全的計畫。史賓格主要的任務是料理書本，把地址傳遞出去。他不是不能親自通知接收的人，所以爲什麼要這樣痲煩？最合理的解釋是，史賓格知道誰會前來取書，但那個取書的人，只不過是個跑腿的小卒，卻不認得他。不過這點並不重要。關鍵之處是，史賓格不能容許那本有暗記的書，在架上停放太久，以免被人買走，或是有人注意到書後的地址。所以，爸爸，如果你是史賓格，你會安排這些書在什麼時候被取走？」

「很明顯的，如果史賓格在晚上作了暗記，他就安排那本書在第二天早上被取走。」

艾勒里微笑的說：「你說對了。在這種情形下，他冒的險是什麼？他下班之後，在書上寫好地址，所以沒有外人可能取走那本書，然後第二天一早，說好來取書的人，就到架子上固定的地方把書拿走。至於是什麼地方？當然在計畫之初就說定了。最有可能的情形是，那個來取書的人盡早就到，說不定在九點鐘，公司一開門，他就來了。他先東看看，西看看，最後走到約好的書架那裏，根據特別的記號找到那本書——這點我待會兒再解釋，就用平常的方法付了錢，把那本記有地址的書，挾在腋下走了出去，多麼安全、乾脆、而且簡單得可笑。

「當然，我們作了幾項推論。我們必須假設，那個一早來取書的人，與史賓格並沒有作直接接觸——事實上，每一樣線索都指出，史賓格與來人毫無交涉，至少有一方，甚至雙方都不認得對方的身分，所以取書的人唯一可以找出那本書的辦法，是根據一套事先約定的密碼。那麼這套密碼是什麼呢？這正是他們計畫的妙處所在。

「我就問我自己，根據這套計畫，作者姓名的前兩個字母，與取書那一天的前兩個字母吻合。這是爲了什麼呢？如果我們假設，取書的人對計畫的其他細節一無所知，就答覆了這個問題。假設他一開始接下這分工作，所受到的指示是這樣子的：每個禮拜，你到法蘭西百貨公司的圖書部，去找一本記下特別地址的書，這本書會在圖書部門的某處，一個四層書架的最上層上，而這本書永遠都在那一層上……現在，你在每一個禮拜的不同天去，講精確一點，是每隔八天，只有在遇見星期天的時候，才是隔九天去——從星期六之後，經過一整週，在下一個星期一去。如果你要去取書的那一天是星期三，那麼你要取的書的作者姓名，開頭兩個字母是WE，與星期三的WE吻合。爲了要確定指出那一本書，所以你不需要在那裏東翻西揀，而可以迅速找到了書就離開，在作者姓名的前兩個字母下，已經有人用鉛筆淡淡的作了記號，所以你知道是那本書沒錯，你拿了那本書，檢查地址寫上了沒有，一切沒問題，就買了書離開……你們覺得我說的情形，聽起來是不是很有道理？」

靜聽的三人都立刻表示同意。

「這是一個異常巧妙的詭計。」艾勒里深思的說：「是有點複雜，不過隨著時間，進行起來越來越容易。這個辦法的奧妙之處是，那個取書的人，只需要接受一次指令，之後他就可以不斷的自動執行……下一個星期四，他要找的書，是作者的姓名由TH起頭，再一次輪到星期五，則找FR。至於他找到這本書之後，要如何處理則不得而知。所有的小嘍囉對內情知道的都很有限，很可能連頭子是誰都不曉得，所以很自然的，我們現在的問題是——」

「但是爲什麼中間要隔八天？爲什麼不在每個星期的同一天去？」韋佛問道。

「問得好，不過理由很簡單。」艾勒里道：「這些人不容許有任何出錯的可能。如果有人在每個星期一九點就到圖書部報到，久而久之，說不定會招人注目，但假如他先在星期一去，然後星期二，星期三，每次都隔一個禮拜又多一天，那麼他被人注意到的可能性就小多了。」

「高明，高明。」科朗索結結巴巴的說：「難怪我們從來沒有發現。」

「光說高明也不足以形容，」老探長歎了一口氣：「艾勒里，所以你覺得這些地址，都是轉賣毒品的地點囉？」

「絕對沒錯，」艾勒里肯定的說，一邊燃起另一根煙：「而且要提起高明嘛。你們想想看，這個犯毒集團從沒有用過相同的地點，因爲每週的地址都不一樣。從這點也可以看出來，這個集團每週行動一次。如果他們一週接一週連續用同樣的地點，緝毒小組說不定有辦法找得到他們。比如說有人注意到事跡可疑，或是這個地點私底下傳得到處都是。但是假如他們每個禮拜都換地方，緝毒小組的人哪裏抓得著他們？可不是設想得眞好。不過就算如此巧妙，還是有人通風報信，所以薩瓦托•費洛黎才碰對了兩個地方。但也只有這兩個地方，可見他們的計畫及組織有多周密，而且這兩個地方雖然對了，等費洛黎追去抓的時候，早就人去樓空。他們大概每禮拜只有一個下午在作生意，最後一個顧客前脚一走，他們馬上把東西一收，後脚就離開了。

「所以你們看，這個集團有多謹愼，一絲險也不冒。他們一定有辦法定期與他們的顧客聯絡，而且我想，他們顧客的人數不會多，太多就保不住會事機洩露。所以這些顧客可能都很有錢，說不定都是社交人士。每個禮拜經由電話得知毒品買賣的所在，他們知道接下來該怎麼辦。而且這些人奮不顧身，非得買到毒品不可，而這個毒品集團，不但提供了一個安全的來源，而且一週接一週源源不斷——這些顧客難道還會多話？這可不？沒有比這樣的安排，還要更巧妙的了。」

「這眞是非常人所能想像。」老探長悶聲說道：「但如果這次給我們逮著……」

艾勒里笑道：「嗯，這我們就不知道了，只有走著瞧。

「我剛才曾經提過，有些問題與那樁謀殺案，有比較直接的關係。我們應該可以假設，貝奈思一定是這個集團的顧客，從這裏，謀殺的動機開始逐漸顯現。法蘭西太太自己並不吸毒。在她袋子裏，裝了海洛因的口紅不是她的，而是貝奈思的。而法蘭西太太一路帶著這支唇膏走向死亡。其間一定有關係。爸爸，有非常非常密切的關係……很有意思，是不是？特別是目前我們還沒找著其他的動機。不，恐怕光知道動機，並不能幫助我們破案。想要抓到兇手，又偵破這個犯毒集團，據我看，恐怕不大容易啊……

「還有一個問題是，史賓格只是個小角色？還是幕後主腦？我的猜想是，他是個中心人物，對一切知道得很清楚，但並不是領頭的，所以很自然的產生了下一個問題，是史賓格殺死法蘭西太太的嗎？現在我一時還不能作任何推斷。

「最後，雖然牽涉到這個犯罪集團，但是我們要把法蘭西太太被凶殺，與貝奈思失蹤視爲同一個案子相關的兩個部分，還是當作兩個不相干的案子呢？我相信它們一定相關，只是現在還找不出個端倪來。我可得要坐下來好好想一想。」

說完之後，艾勒里隨即一言不發坐了下來，漫不經心的把玩他的眼鏡，陷入沈思。

老探長、韋佛和科朗索都不約而同的歎了一口氣。

他們就在這樣的沈默之中面面相對，直到街上傳來一陣警笛，費洛黎、維利巡佐帶著突襲人馬到了。

29 大進擊！

擠滿了警探、警察的警車，經過城西上行。一路警笛之聲不絕於耳，硬在車流裏呼嘯出一條路來，所到之處，路人無不好奇瞪視，不知道發生了什麼事。

在咆哮的車聲之中，老探長提高了音量，把威廉・科朗索提供的消息，例如對那計程車司機的描述、和有麻州車牌的神秘汽車等等，告訴了一臉惱意的維利巡佐。維利巡佐立刻表示要盡速追查，同時把這些新資料交給手下辦理。看著維利巡佐從老探長手上接過那個計程車司機的姓名及住址，一旁的科朗索忍不住得意的呵呵發笑。

衛斯禮・韋佛等警車一到達，就告辭回法蘭西百貨公司上班去了。

薩瓦托・費洛黎靜靜的坐在那裏摳指甲，他神色緊張的把老探長拉到一邊：「我已經派人先到98街去把那房子包圍起來，」他粗聲喘氣：「不怕他們偷偷溜走。去的人先便衣隱藏起來，連一隻老鼠也逃不掉。」

艾勒里則平靜的坐在那裏，看著車外人潮的聚散，他的手指一邊有節奏的敲擊著車上的鐵絲，不知在想什麼。

終於，警車駛上了98街，又奔向西邊，一路上的房子越來越狹窄、骯髒。當警車直衝到了東河，附近的建築、人物也益趨衰敗、零落。

最後，警車猛然停住。一個身著便服的男人，從一扇門後忽的冒了出來，對他們指向一棟矮小的兩層樓房。這棟木製樓房腐朽消頽，油漆斑駁，彷彿一陣風就可以吹得倒。前門是關著的，窗戶也是關著的，整棟屋子既不像有人住，就連一絲生氣也沒有。

等警車一停住，至少有一打便衣警察，從各個角落門隙裏奔了出來。有幾個從屋後的院子拔出槍向那樓房的後面逼進，而前面由費洛黎、維利巡佐及老探長帶頭，科朗索緊跟在後，帶著一批警察警探，從車上躍下，直奔到前門的階梯上。

費洛黎砰砰砰的奮力敲門，但門後靜悄悄的沒有一絲回音，老探長作了一個手勢，維利巡佐及費洛黎一擁上前，粗壯的肩膀頂住門一陣搖撼，霍然撞開了木門。門後屋內一片昏暗，掛著一盞不亮的吊燈，一層光亮的木樓梯通向二樓。

此時突襲的人馬都進了屋，上上下下開門關門，沒有一個角落不搜索到了。而艾勒里閒散的跟在後面。屋子外面已經聚集了一群好奇的群衆，被幾個警察攔著不能上前。艾勒里一面頗有興致的觀察這些群衆的反應，一面一眼看了出來，這次的行動完全、完全失敗了。

整棟房子沒有一絲人煙，沒有留下一點痕跡。

30 輓歌

他們站在一間積滿灰塵的老式客廳裏，靜靜的談話。旁邊一座維多利亞式的壁爐，只留下部分殘骸。薩瓦托・費洛黎滿臉鐵青，怒不可遏，一脚又一脚把一截焦黑的木頭從房間的一邊踢到另一邊。維利巡佐的臉色也比平常更爲陰沈。只有老探長似乎對這次的失敗比較看得開，他一邊吸煙，一邊派了個警探去找找，看這附近有沒有這棟房子的管理人。

艾勒里則一句話也沒說。

過了一會兒，那個警探帶回一個身材高大的黑人。

「是你在管理這棟房子的嗎？」老探長問。

來人摘了帽，不安的移動：「沒錯，先生。」

「所以你是這房子的管理人？」

「差不多，我管理這條街上的這一大排房子。如果有人來租，我就替屋主收房租。」

「嗯，這棟房子昨天還有人住嗎？」

管理人拚命點頭：「是呀，大概四五天之前，一夥人來租了這棟房子——這是那個房屋掮客說的。他們立刻掏出現鈔，付了一個月的房租，我親眼看到的。」

「那房客是什麼樣子的人？」

「不高，嘴上留著很長的黑鬚。」

「他什麼時候搬進來的？」

「第二天，我想是星期天，一部卡車載來了一些家具。」

「你看到卡車公司的名字嗎？」

「沒有，什麼也沒看見。卡車的一邊鋪了黑色的帆布，一個名字也沒有。」

「你常看到那個房客嗎？」

管理人搔搔頭：「嗯，沒有，一直到昨天早上，我才又看見了他。」

「說說看是什麼情況。」

「先生，這次是他要搬走了，他沒跟我說一句話。但在昨天早上大概十一點的時候，同樣的卡車開了來，兩個司機下來進屋把家具搬上車。他們只搬了一下子，就搬完了。沒什麼家具嘛，然後我看到那個男人走出房子，跟司機說了幾句話，接著就走開了。卡車也跟著開走了。那個男人在走之前，倒是把房門鑰匙留了下來，就留在門口。」

老探長低聲囑咐維利巡佐幾句話之後，又轉過來對他說：

「在這四天之中，你看到過其他人來這裏嗎？特別是昨天——星期二下午？」

「啊，先生，不錯，昨天，但也只在昨天。我老婆整天坐在外面。昨晚她告訴我，昨天一整個下午，不斷有人到那空屋去探望。當他們看到屋子是關的，一個個似乎都很著惱的樣子。大概總有個一打人吧。他們也很快就走了。」

「好，夠了。」老探長緩慢的說：「留下你的姓名住址，你工作的那家房產公司的名字，一併交給站在那頭的那個警探。關於這檔子事，你最好不要到處多說，記住了吧。」

那個人身體僵直，不清不楚的對那個警探留下了資料，就拔腿快步走了。

「好了，現在都清楚了。」老探長對聚在一塊的維利巡佐、費洛黎及科朗索說：「他們聽到風聲，覺得不對，就立刻跑了。連毒品也來不及賣。今天在城裏，至少有一打有毒癮的人，在那兒活受罪哪。」

費洛黎作出一副憎厭的表情：「我們走吧，這回栽在這夥人手裏了。」

「眞倒楣，」科朗索說：「他們倒也眞快。」

「我想去追那部卡車。」維利巡佐冷笑的對科朗索說：「怎麼樣？也想揷一脚幫忙嗎？」

「唉，別這麼認眞嘛。」科朗索好脾氣的說。

「別吵了。」老探長歎了一口氣：「湯瑪斯，你可以去試試看，不過我看這部卡車多半是私人所有，專給這個集團辦事的，而且現在他們已經嚇跑了，恐怕一時之間找不到他們的蹤跡。你說呢？艾勒里。」

「我建議，」從突襲開始，這還是艾勒里第一次開口：「我們先回家，這一次，可以說是我們的滑鐵盧之役。」他慘笑了一聲。

費洛黎及維利巡佐帶著大隊人馬坐車回總部，只留下一個警察在98街的房子外駐守。科朗索戳著維利巡佐的肋骨，調笑的說：「他們會替我看好，我可還有正事要辦呢。」說著他叫了一部計程車，先行回到法蘭西百貨公司，昆恩父子也叫了一部車走了。

在車裏，艾勒里掏出他的細銀錶，似乎很有興味的瞪著指針，老探長在旁不解的看著他。

「我不明白你爲什麼想回家，」他嘟囔的說：「我好久沒去辦公室了，現在一定有一大堆事等著我辦。今天我也沒來得及去作晨報，而且我想史考特・華勒斯怕不已經找過我了。」

但艾勒里只顧瞪著他的錶，嘴上浮起一抹淺笑，老探長沒奈何的嘮叨了兩句，也就安靜了下來。

計程車在他們87街的房子前停下來，艾勒里付了錢，領著他父親上樓，直到朱南在他們身後關了門之後，他才終於開口。

「十分鐘，」他很滿意的宣布，咔一聲關了錶盒，收在衣袋裏，然後說：「這是平均時間，從98街過河，到另一頭的89街，平均大概需要十分鐘。」他微微一笑，把他的外套一扔。

「你把什麼事湊起來了？」老探長透不過氣的說。

「沒錯。」艾勒里拿起電話，「法蘭西百貨公司嗎？請接圖書部史賓格先生……什麼？你是哪一位？……啊，這樣子啊……不，不，沒關係，謝謝你。」

他放下電話。

老探長神色凝重的絞弄他的鬍鬚。他瞪著艾勒里說：「你的意思是，詹姆士・史賓格——

」他的聲音轉爲低吼。

艾勒里似乎並不在意：「我眞高興，」他半開玩笑的說：「根據史賓格的年輕女助手說，史賓格在五分鐘之前突然生了病，非得離開不可，而且說他今天不會回來了。」

老人焦急的一屁股坐下：「我一點也沒想到，我還以爲他至少會等晚一點再跑。他一定不會回來了，我們永遠也抓不到他了。」

「噢，你一定會抓到他的。」艾勒里溫和的說：「準備完善，事半功倍，小心駛得萬年船，這些俗語，可不是滿有道理的，嗯？」

31 不在場證明：瑪麗安、佐恩

老探長一面詛咒著失去蹤影的詹姆士・史賓格，一面離家到總部作一次飛快的視察，留下艾勒里舒舒服服的坐在窗前抽煙沈思。朱南像貓似的，一動不動的坐在他脚邊的地上，凝視著流入室內的柔和陽光……兩個小時之後，老探長回家時，艾勒里坐在桌邊研究一大疊筆記，一邊仍抽著煙。

「還在看嗎？」老探長立刻問，一面把他的衣帽丟在椅上，朱南靜悄悄的拿了起來，掛在衣櫥裏。

「還在看。」艾勒里回答，眉間一道深紋。他站起來，滿腹心思的看著他的筆記，之後歎口氣，聳聳肩，重新把它們放在桌上。但當他看到他父親焦慮的神情時，他的皺紋消失了，轉爲帶著笑意的細紋。

「沒什麼新消息？」他同情的問，一邊又在窗前坐下。

老探長神經質的在地毯上走來走去：「沒多少。湯瑪斯去找了威廉・科朗索說的計程車司機——不過這條線索也只到此爲止。他把那個高大、金髮，出手綁架貝奈思的男人，描述得滿清楚的。然後當然我們通知了整個東岸——特別是麻州——關於那部車以及貝奈思•卡默第的描述。現在看來，我們只好在這裏等待了……」

「唔，」艾勒里抖掉了煙灰：「等待恐怕不能把貝奈思•卡默第從墳墓裏帶回來。」他忽然激動的說：「說不定她仍然活著……不能只在東岸找她。爸爸，這夥人很狡詐，他們可能換個牌照，說不定他們是往南邊走，換部車——有太多的法子。事實上，如果你就在紐約找到貝奈思，不論是死是活，我都不會驚訝。畢竟她最後是在中央公園消失的。」

「湯瑪斯已經放出耳目，到處蒐集情報。」老探長憂慮的說：「而且他跟你一樣，知道這些花樣。兒子，只要有一絲可能，他一定會去追查的——不但要找到那女孩子，而且要抓到那幫人。」

艾勒里坐在那裏沈思了好一會兒。老探長雙手放在背後上下移動，一面帶著不解的表情看著他。

「瑪麗安•法蘭西打電話到總部去找我。」老探長突然道。

艾勒里的頭緩緩抬高：「嗯？」

老人笑了一聲：「我知道這會引起你的注意……不錯，今早我還在家裏的時候，她已經打到總部好幾次了，我一到辦公室，她就好像迫不及待要找我談談，於是我把她約到這裏來。」

艾勒里只微微一笑。

「我想韋佛一定跟她談過了。」老人繼續嘀咕道。

「爸爸，」這次艾勒里大笑出聲：「有時候，你的洞察力可眞嚇我一跳。」

此時門鈴響了，朱南跑去開了門。瑪麗安穿著一身嚴肅的黑衣，頭戴一頂黑色小帽，下巴帶點反叛意味，但又不失迷人的站在門外。

艾勒里立刻跳起來，急著整理他的領帶，老探長則快步向前，把門大大拉開。

「法蘭西小姐，請進請進。」他滿臉笑意，一副老父親的模樣。瑪麗安吃驚的對朱南微笑，一邊低聲的向老探長致意。當艾勒里熱切的表示歡迎時，她不禁微微臉紅。之後在老探長的敦促下，她拘謹的在老探長的大椅子上靠邊坐下，雙手交握在一起，閉緊了嘴。

艾勒里站在窗前。老探長拉過一張椅子，面對著她坐下。

「你想要跟我談些什麼？親愛的瑪麗安。」他像談天似的溫和說道。

瑪麗安膽怯的望了艾勒里一眼，又再轉回來：「我，這是關於……」

「關於你在星期一晚上去佐恩家看他的事。是不是？法蘭西小姐。」艾勒里微笑的問。

她一口氣透不過來：「你——你怎麼知道？」

艾勒里作了一個不在意的手勢：「這不算什麼，不過是猜測罷了。」

老探長目不轉睛的注視著她，不過他的聲音卻很溫和：「佐恩跟你有什麼關係？還是跟你父親有關？」

她來回瞪著他們，彷彿不能相信她的耳朵。她有點神經質的笑了一聲：「我還以爲這是一個天大的秘密……」她臉上的陰影忽隱忽現：「我猜你們想要知道整個事情的來龍去脈。你們一定聽說了，衛斯禮告訴我——」她立刻咬住唇，滿臉通紅：「我不應該說的，他特別告訴我，要我別提起我們討論過這件事……」昆恩父子看她這樣天真，兩人都忍不住笑了出來。「不論如何，」她帶著一絲淺笑繼續說：「我知道你們都已經聽說——聽說我繼母與佐恩……其實，這都是流言。」她忽然叫道，但很快的又回復平靜：「不過，我也不知道，……而我們都試著——盡我們所能，不讓父親知道這些可怕的謠言。但恐怕我們並沒有做到。」她的眼睛裏突然充滿了恐懼。她停下來，注視著眼前的地板。

艾勒里與老探長互望了一眼：「法蘭西小姐，請繼續。」老探長用同樣撫慰的聲調說。

「然後，」她開始很快的說：「我剛巧聽到了一些話，證實了部分謠言。他們之間並沒有眞的發生什麼事，但已經到了相當危險的階段。就連我也看得出來……這是星期一的情況。」

「你告訴你父親了嗎？」老探長問道。

她顫抖起來：「噢，不，但是我得替他的健康，他的名譽，及他的心境著想。我甚至於沒有告訴衛斯禮。他不會准我去的——我去找了佐恩，以及他的太太。」

「說下去。」

「晚飯後，我去了他們的公寓。老實說，我沒有其他辦法。我知道他們兩人都在家，而我希望佐恩太太在場，因爲她也知道這件事，而且嫉妒極了，她甚至於威脅——」

「威脅？法蘭西小姐。」老探長追問道。

「噢，這沒什麼，探長。」瑪麗安匆忙的加了一句：「只是我因此曉得她知道這件事。而且她也有部分責任，就因爲她是這樣的人，佐恩才會——才會愛上溫妮菲。佐恩太太——她實在討人厭……」她微弱的笑一笑：「你們一定以爲我專說閒話……但當著他們兩人面前，我提出了這件事，要佐恩立刻停止，而佐恩太太氣得不得了，立刻咒罵了起來，但她把所有的怒氣都出在溫妮菲身上。她威脅要去幹各種可怕的事，而佐恩試著向我辯解。不過——我猜兩個女人都在那兒責備他，把他給嚇壞了，他一陣風似的逃出了公寓，留下我跟那個可怕的女人在一起。她看起來好像瘋了似的……」

瑪麗安一陣顫抖：「所以我也開始害怕起來。我猜，我好像逃命似的奔了出來。我在走廊都還可以聽到她的尖叫……而——我說完了，探長。這就是事情發生的經過。」她結結巴巴的說：「我離開他們公寓時，大概是十點多，我覺得虛弱得快生病了，就像我昨天告訴你的，我的確去了中央公園，我在那兒走著走著，直到累得撐不下去，我就回家了，當時大約是午夜時分。」

房間裏靜悄悄的。艾勒里平靜的看著那個女孩子，把頭別了開去，老探長清了一下喉嚨。

「你直接上床睡覺了嗎？法蘭西小姐。」他問道。

瑪麗安瞪著他：「你是什麼意思？我——」她的眼睛裏又重新漲滿了恐懼，但她接下來勇敢的說：「是的，探長，我直接上床去睡覺。」

「有任何人看到你進屋嗎？」

「不，沒有。」

「你沒看到任何人？或跟任何人說話？」

「沒有。」

老探長皺皺眉：「不論如何，法蘭西小姐，你做對了——這一件事做對了——你應該告訴我們發生了什麼事。」

「我原先並不想說出來，」她小聲的說：「但是衛斯禮——當我今天告訴他時，他說我應該這樣做，所以——」

「你爲什麼不願意告訴我們？」艾勒里忽然開口。從瑪麗安開始陳述這件事到現在，這是他第一次說話。

那個女孩子沈默了許久，終於斷然的說：「我不想回答這個問題。昆恩先生。」說著站起身來。

老探長也立刻站起來，他靜靜的送了她出門。

當他回來時，艾勒里在那兒發笑：「眞是純淨得像個天使。」他說：「別皺眉，爸爸，你查過塞路斯・法蘭西的行蹤嗎？」

「噢，那個啊，」老探長仍是一臉不高興：「查過，強森昨天查了一個晚上，今早我看了他的報告。他是在大克鎭惠特尼家。據說他星期一晚上九點左右覺得消化不良，提早回房休息了。」

「是巧合？」艾勒里笑著問。

「嗯？」昆恩臉色陰沈的說：「無論如何，他是在那兒。」

「是嗎？」艾勒里坐了下來，架起長腿：「我們來作個頭腦體操如何？」他調皮的說：「這並不能證明他一定就在那裏。你看，法蘭西先生是在九點休息的，如果我們假設，他想瞞著他的東道主溜回紐約，偷偷的從他們的房子裏出來，然後一路走……慢著，有人看到他第二天一早，坐惠特尼的車回來嗎？」

老探長瞪著眼：「那個車夫。當然，那個送他進城的人。強森說，法蘭西先生在別人都沒起床之前就走了。不過，總有個司機吧。」

艾勒里笑道：「越來越妙了。」他說：「但你可以要那司機不聲張，這不是沒有發生過……所以我們這位道德重整的大將悄悄溜了出去。說不定，他的從犯——就是那司機，還偷偷的載他去車站。在那裏，每個鐘頭就有一班火車，這點我知道，因爲三個禮拜前的星期一晚上，我就是坐火車從布姆家回來的。差不多半個小時就到了紐約，正好還有時間從百貨公司的運貨口潛了進去……」

「但他得整個晚上待在公司裏。」老探長低吼道。

「沒錯，但那個機靈的司機可以作人證啊。你瞧，可有多簡單。」

「哼，少胡說吧，」老探長爆發了起來。

「我沒說這不是胡說。」艾勒里眨眨眼睛：「不過，我們也不能排除這個可能性。」

「作夢。」老探長又吼了一聲，兩人齊聲笑了起來：「告訴你，我已經安排了些人過來。

我在辦公室時，打電話給柯納斯•佐恩，要他到這裏來。我想知道他的說辭會不會跟瑪麗安的吻合。我也想知道，昨晚十點鐘之後，他在做什麼？」

艾勒里不再嘻皮笑臉，看起來似乎在煩惱著，他疲倦的搓搓前額：「既然如此，索性把所有的人都找來，最好佐恩太太也一塊來。現在我必須靜下來，好好想一想。」

老探長立刻就去打電話，朱南在一邊幫忙翻電話簿，而艾勒里閉起眼睛，陷進了一張安樂椅。

半個小時之後，佐恩夫婦面對著老探長，並排坐在昆恩家的客廳裏。艾勒里則站在遠遠的一個角落，幾乎躲在書架的後面。

佐恩太太是個骨架寬大，一身肥肉，臉色紅潤的女人。她留著一頭肅殺的短髮，顏色金得不自然。一對綠色冷硬的眼睛，極大的嘴。猛一看她的年紀好像不到三十，但仔細一瞧，眼角面頰夾著細細的紋路，大概總有四十了。她的穿著時髦，神態之間十分傲慢。

不論瑪麗安的故事眞實性如何，光看這對夫婦的外表，可看不出一點兒問題。當佐恩把他的太太介紹給老探長時，佐恩太太像個貴婦似的有禮致意，對佐恩更是一口又一口「親愛的」叫個沒完。

老探長細細的觀察了她一陣子，決定不必跟他們客氣。

他先轉向柯納斯•佐恩：「佐恩，由於偵訊的需要，所以請你解釋一下，在這個星期一晚上，你做了些什麼事？」

佐恩伸手去摸頭禿的地方：「星期一晚上？謀殺案發生的那個晚上？探長。」

「不錯。」

「你這是什麼意思？」在他沈重的金邊眼鏡後面，他的眼睛冒出了怒火。但佐恩太太只微微作個手勢，佐恩立刻安靜了下來。「我吃了晚飯，」他彷彿若無其事的說：「我們一起在公寓裏吃的。然後一直待在家裏，直到十點左右，我離開公寓，就到第五大道與32街上的潘尼俱樂部去。我在那裏遇見了葛雷先生，我們討論了一會兒與惠特尼合併的事，大概說了二十多分鐘，我開始頭痛起來，所以我告訴他要去散散步解頭痛。我們道了晚安，我就離開了。我沿著大道走了好一陣子。事實上，我是一路走回我們74街上的家。」

「佐恩，那是什麼時候？」老探長問道。

「我想是差一刻十二點。」

「佐恩太太還醒著嗎？她看到你嗎？」

那個大塊頭的紅潤婦人決定替她丈夫回答：「沒有，探長，佐恩離開公寓之後，我遣散了僕人，接著就上床睡覺去了。我幾乎立刻就睡著，所以他進來的時候，我一點也沒聽到。」她微笑的說，展露出一口巨大的白牙。

「恐怕我不大了解這怎麼可能——」老探長很有禮貌的開口。

「佐恩與我各自有專用的臥房，探長。」她回答，一面露出酒渦。

「嗯。」老探長又轉向佐恩。後者一逕動也不動，筆直的坐著：「佐恩，你散步的時候，曾遇見任何熟人嗎？」

「什麼？不，沒有。」

「你進公寓大門的時候，有管理員看到你嗎？」

佐恩撫弄著他的那一把紅髭：「我想並沒有。十一點過後，只有一個晚上的工作人員在總機那裏，當我進來的時候，他並不在他的位置上。」

「電梯，我猜是自動的囉？」昆恩探長硬梆梆的問道。

「不錯，是自動的。」

老探長轉向佐恩太太：「你星期二早上什麼時候看到你丈夫？」

她彎起一道金眉：「星期二早上——啊，是早上十點鐘。」

「他已經穿著整齊了？佐恩太太。」

「不錯，我到客廳的時候，他正在那兒看報紙。」

老探長委頓的笑了一笑，起來在房內走了一遭，最後他在佐恩面前停下，冷冰冰的盯住他：「爲什麼你沒有告訴我，瑪麗安·法蘭西小姐在星期一晚上曾經去過你們家公寓？」

佐恩立刻僵住不動，但最驚人的是佐恩太太的反應。她一聽瑪麗安的名字，忽然臉色慘白，瞳孔渙散，像個母老虎似的。不是柯納斯·佐恩，而是她先開口了。

「那個——」她的聲音低沈，但繃硬的身體蒸騰出一股怒氣，不再假惺惺作有禮狀的她，馬上顯得更老，更潑辣，更冷酷。

老探長卻像沒聽到她的話：「佐恩？」他問。

佐恩神經質的舔著唇：「是的，是的，只是我不覺得這有什麼相關。不錯，法蘭西小姐是來看過我們，她在十點左右離開的。」

老探長作出一副不耐煩的樣子：「佐恩，你們討論過你與法蘭西太太之間的關係嗎？」

「啊，是，是，就是這個。」佐恩幾乎像受到解放似的連聲承認。

「而佐恩太太氣得不得了？」

那個女人的眼裏冒出冰冷的火花。佐恩結巴的說：「是的。」

「佐恩太太，」那對眼睛裏，不再露出什麼表情：「你在星期一晚上十點過後不久，就上床睡覺，在第二天早上十點之前，都沒有離開你的房間，對不對？」

「對，昆恩探長。」

「既然如此，」老探長歸結的說：「目前就沒有什麼可以再討論了。」當佐恩夫婦離開時，老探長看到艾勒里在沒人注意到的角落，自顧自的發笑。

「有什麼好笑的？」老人愁容滿面的說。

「噢，爸爸，你看，千頭萬緒，各種事情都不對頭，實在妙極了……你覺得剛才的談話怎麼樣？」

「我不知道你在說什麼？」老人低吼道：「但我知道一件事。任何人在星期一晚上十一點三十分，到星期二清晨九點之間，沒有被其他人親眼看到的話，這個人就可能是兇手。讓我們作個假設，假設某人可能是兇手，在星期一晚上十一點三十分鐘起，他就沒有被人看到過。他說他回家睡覺了，只是沒有證人。現在我們假設，他沒有回家，他偷偷從法蘭西百貨公司的運貨口溜了進去，然後在星期二早上九點溜了出來，回家，不給半個人看到，摸進了自家的公寓。在十點半左右，再重新出現，別人看到了，自然以爲前一個晚上他在家睡覺，所以不可能出去殺人犯罪，其實這很容易就辦得到……」

「可不是，可不是。」艾勒里喃喃的說：「下一個該來了吧。」

「他隨時都會到了。」老探長說。接著他走進浴室，去洗他滿是汗水的臉。

32 不在場證明：馬奇班

下一個出場的人是胡柏・馬奇班。他的臉色陰鬱，一看就是一個常常記恨於心，憤憤難平的人。他對老探長毫不客氣，對艾勒里更是視而不見。他砰的一聲把手杖、帽子丟在桌上，不讓朱南去碰，之後不等人請就一屁股坐下，一邊粗橫的敲著扶手。

「哼，」老探長暗自想道：「我們可不會放過你。」他故意挑起一撮鼻煙，一面冷眼打量著馬奇班：「胡柏・馬奇班，」他冷硬的問道：「星期一晚上，你在哪裏？」

那個死去婦人的兄弟皺著眉陰沈的說：「這是什麼意思？你想要告我？」

「那要看你怎麼做了，」老探長反擊道，他用最惹人難堪的聲調繼續說：「我再重複一遍——星期一晚上，你到底在哪裏？」

「如果你非得知道，」馬奇班尖利的說：「我到長島去了。」

「噢，長島。」老探長似乎眞有點動容：「你什麼時候去的？去了哪裏？待了多久？」

「你們這些人老是想要挖別人的事。」馬奇班兩脚踩在地毯上，咻咻的說：「好吧，我就告訴你，我在星期一晚上七點左右，離開紐約，在我的車……」

「你自己開的車？」

「不錯，我……」

「有人跟你在一起嗎？」

「沒有。」馬奇班尖叫道：「你到底想不想聽？我……」

「繼續說。」

馬奇班瞪了他一眼：「就像我剛才說的——在星期一晚上七點左右，我開車出了城，我的目的地是小克鎮。」

「小克鎮？」老探長似乎被激惱的插嘴道。

「不錯，小克鎮。」馬奇班怒聲回答：「又有什麼不對了？我有個朋友邀我到他家裏去作客……」

「他的名字是——」

「麥崔克。」馬奇班冷冷的說：「當我到了那裏，我發現除了一個僕人之外，一個人影也沒有。那個僕人告訴我，麥崔克臨時有要事，一定得去辦理，所以只有取消了宴會。」

「你事先知道可能會發生這樣的情況嗎？」

「你的意思是，我是不是知道麥崔克可能不在？不錯。那天稍早的時候，他曾在電話裏提起有這個可能性——無論如何，我想我不必待在那兒等了，所以我就立刻走小路回家。幾哩之外，我也有個所在，就是爲了偶爾在長島時可以用用的。我——」

「你在那兒有僕人嗎？」

「沒有，那只是個小地方，而且我在城外的時候，喜歡一個人清靜一點。所以我就在那裏睡了一個晚上。第二天開車回到這裏。」

老探長譏刺的笑道：「我想你整個晚上以及清早都沒遇見人吧，所以不會有人可以替你作證？」

「我不知道你這是什麼意思？你想要怎麼樣？」

「有人看到你，還是沒人？」

「沒有。」

「你在什麼時候進城的？」

「大概十點半，我很晚才起來。」

「星期一晚上。你什麼時候到你朋友家，跟他的僕人說話的？」

「噢，我想大概是八點半，我記不清楚了。」

老探長帶著戲謔的眼神，看了在另一頭的艾勒里一眼，接著聳聳肩。馬奇班臉色一沈，猛然站了起來。

「探長，如果你沒有什麼別的問題，我要走了。」他拿起了帽子及手杖。

「啊，還有一件事。坐下，馬奇班。」馬奇班不情不願的再坐了回去。

「你覺得你姊姊爲什麼會被謀殺？」

馬奇班嘿嘿一笑：「我就知道你會問這個，你一點線索也沒有是嗎？我一點也不意外，這個城裏的警察就是——」

「回答我的問題。」

「我不知道，而且我怎麼會知道？」馬奇班突然大叫起來：「這是你該辦的事。我只知道我的姊姊被槍殺了。我希望殺她的兇手被送上電椅，烤成焦炭。」他透不過氣來，停住了。

「好了，好了，我了解你想要報復的心情。」老探長疲倦的說：「你可以走了。馬奇班，不過記住，別出城。」

33 不在場證明：卡默第

文森・卡默第是下一個前來造訪的人。他照舊異常的沈默，寂靜無聲的屈身坐進椅子裏，一言不發的等待。

「啊，卡默第先生。」老探長很不自在的開始。他知道這個古董商最恨別人開門見山的問他問題：「啊，卡默第先生，我有一件小事要請教你。對於與法蘭西太太直接或間接相關的人，我們都想知道他們的行蹤。你知道，這不過是個形式……」

「嗯。」卡默第應了一聲。他的手放在稀疏的鬍子上。

老探長匆匆取出一撮鼻煙：「卡默第先生，我希望你能告訴我，星期一晚上，你做了些什麼事——就是發生謀殺的那個晚上。」

「謀殺。」卡默第不在意的說：「探長，我對謀殺不感興趣。你有沒有我女兒的消息？」

老探長瞪著卡默第一無表情的削臉，一股惱意升了上來：「我們已經派人全面追查，目前我們是還沒有找到她，但根據最新的消息，可能就要有結果了。現在請你回答我的問題。」

「結果？」卡默第的語氣透出一股怨恨之意：「我知道當警方說這種話時是什麼意思，你們沒有半點進展，而且你肚子裏也明白。我要另外找偵探去追查。」

「你可以回答我的問題了嗎？」老探長咬牙切齒的說。

「請你冷靜點，」卡默第說：「看不出來我在星期一晚上的行動，跟這個案子有什麼關係。不消說，我當然沒有綁架我自己的女兒，不過如果你一定得知道，你就聽著。

「星期一快天黑的時候，我接到一個手下的電報。他說他在康州一個荒僻的所在發現有一家人，幾乎一屋子都是美國早期的家具。遇到這種情形，我一向都親自調查。當天晚上我到中央車站搭了九點十四分鐘的火車，中途在史坦佛轉車，結果搞到快半夜才到達我的目的地。這個地方的確荒僻，我循著地址去找有那些家具的人家，但一個人也不在。到現在我也不知道什麼地方出了錯。在那兒沒有一個旅館，我沒有地方可去，只好再回到這裏，但那個時段很難轉車，所以搞到清晨四點我才到家。這就是那個晚上的經過。」

「沒這麼簡單，卡默第先生。」老探長道：「當你回到城裏的時候，有人看到你嗎？比如說在你的公寓附近，你有沒有碰到人？」

「沒有。那時候已經太晚了。沒有一個人起來。而我只有一個人住。第二天十點鐘，我在公寓裏的餐廳裏吃的早餐，那裏的僕人認得我。」

「那當然，」老探長不悅的說：「你進出城的時候，曾遇見可以認出你的人嗎？」

「沒有，除非那個火車的車掌能認出我來。」

「好吧，」昆恩探長一拍手，不再掩飾他對卡默第的憎惡：「把你的行蹤一一寫下來，寄到警察總部去。現在還有一個問題。你知不知道你的女兒貝奈思吸毒？」

卡默第從椅子裏跳了起來。瞬息之間，他從滿腹不耐煩轉為怒火高燒。艾勒里從他在角落裏的椅子上半站了起來。在那一刻，卡默第好像想要出拳去打老探長，但那老人一動也不動，只是冷冷的瞪視著他。卡默第的雙拳仍然緊握，但漸漸平靜了下來。

「你怎麼知道的？」他用一種奇怪的聲音悶哼道。他尖削的下巴微微顫抖：「我以為除了溫妮菲與我之外，沒有一個人知道這件事。」

「噢？法蘭西太太也知道了。」老探長立刻問：「她早就知道了嗎？」

「這麼說，大家都知道了。」卡默第咬著牙說：「老天。」他形容慘澹的望著老探長。「我知道快一年了，溫妮菲——」他的臉轉為冷硬——「溫妮菲原來一點也不曉得，她這個作母親的，什麼也沒注意到，」他恨恨的說：「爛貨，她只想到她自己……所以我終於告訴了她——這不過是兩個禮拜之前的事。她不相信，我們吵了一架，但最後她只得信了，我在她的眼睛裏可以看出來。我不知道跟貝奈思談過多少次了。但她就是不知羞恥，絕不肯告訴我她毒品的來源。最後我只有去找溫妮菲，希望她說不定能問得出來……我不知道該怎麼辦……」他的聲音越來越低沈：「我原來打算把貝奈思帶走，找個地方把她治好……然後溫妮菲被謀殺了——而貝奈思失蹤了……」他停止了，無法再說下去。他的眼皮浮腫，深深的陷入悲痛之中。

之後，卡默第一言不發的跳了起來，抓起他的帽子，飛也似的奔出了昆恩家的公寓。站在窗邊的老探長可以看到他在街上狂奔的背影，一頂帽子仍緊抓在手上。

34 不在場證明：崔斯克

當梅威爾・崔斯克終於到達昆恩家的時候，已經晚了半個小時。他懶洋洋的進了門，懶洋洋的跟昆恩父子打個招呼，又懶洋洋的陷進椅子裏，掏出火柴點了煙，他一手夾著玉煙管，一邊有氣沒力的等老探長發問。

他星期一晚上在哪裏？在城裏。他隨意揮揮手含糊的說。又捻捻鬍子。城裏什麼地方？嗯，不大記得了，大概在什麼夜總會吧。什麼時候？應該是在十一點半左右吧。十一點半之前在哪裏呢？有朋友失約，所以臨時去百老匯看場戲。那個夜總會的名字叫什麼？唔，天曉得？誰能記得？

「記不得」是什麼意思？好，老實說，喝了一點私酒，裏面一定有炸藥——哈，哈，開玩笑的，一喝就倒，醉得不得了，什麼也記不得了，只記得星期二早上十點鐘，在火車站廁所澆了一臉冷水，搞得稀哩嘩啦。前一晚一定糟糕透了，搞不好在清晨給哪家夜總會踢了出來，剛好夠時間趕回家，換身衣服去法蘭西百貨公司開會。

「太妙了。」老探長低哼道，橫眼瞪著崔斯克，好像他是一個討人厭的小動物。崔斯克把煙灰往煙灰缸的方向隨意一揮。

「崔斯克，」老探長尖厲的聲音終於起了點作用，崔斯克吃了一驚。「你確定不記得去了哪一家夜總會？」

「我說，」崔斯克慢吞吞的說，又縮進椅子裏：「探長，你剛才嚇了我一跳。我已經告訴你了，我腦子裏空空的，什麼也記不得了。」

「哼，太不幸了。」老探長咬著牙說：「崔斯克，你可知道貝奈思有毒癮？」

「我不清楚，」崔斯克坐直了：「那我以前猜對了。」

「噢，所以你已經起了疑心？」

「有好些次了。有時候貝奈思的舉動非常奇怪，有所有吸毒的徵狀。我看多了。」他帶著嫌惡的表情，掃掃落在衣襟別花上的煙灰。

老探長不禁微笑：「雖然如此，你還是打算跟貝奈思訂婚？」

崔斯克一臉正氣：「當然，我想等我們結婚之後，再去治她，這樣她家裏也不需要知道這件事了。太不幸了，嗯，太不幸了。」他歎了一口氣，接著又歎了一口氣。

「你跟塞路斯•法蘭西之間的關係怎麼樣呢？」老探長不耐煩的問。

「噢，那個——」崔斯克的表情豁然開朗：「好得不得了，探長，以一個人與他未來岳父的關係來說，不能比我們之間更好了，呵，呵，呵。」

「你給我走吧。」老探長一個字一個字哼了出來，當下把他趕走了。

35 不在場證明：葛雷

約翰・葛雷整整齊齊的把手套疊好，放在他昂貴的黑帽裏，微笑的交給一旁的朱南。然後彬彬有禮的與老探長握手，又跟艾勒里點點頭，熱絡得恰到好處，之後應老探長之請，乖乖的坐了下來。

「嗯，」他摸著他平順的白鬚笑著說：「你們家可眞雅緻。好，好得很。探長，你打算怎樣進行這個調查？」他像個老鸚鵡似的喋喋不休，眼睛一邊閃個不停。

老探長淸淸喉嚨：「葛雷先生，只有幾個小問題，希望不會給你帶來任何麻煩。」

「哪裏，哪裏。」葛雷好脾氣的說：「我剛剛才去看過塞路斯——塞路斯・法蘭西，他已經好多了，好太多了。」

老探長應了一聲：「葛雷先生，現在我們因爲各方面都要調查到，所以我想請問你在星期一晚上，做了些什麼事？」

葛雷臉上表情一空，接著他先微微一笑，繼而笑出了聲：「啊，原來是這麼一回事。高明，高明，探長，你什麼事也不放過。有意思，我猜每個人都得來這裏接受這個小測驗囉？」

「嗯，不錯，」老探長要他放心：「我們今天已經找了你好幾個同事上過這塊地毯了。」他們齊聲笑了起來。葛雷逐漸轉爲嚴肅。

「星期一晚上？讓我想想看。」他抓著髫子沈吟道：「嗯，我知道了，整晚我都待在潘尼俱樂部，跟幾個老朋友在那裏吃了晚飯，玩了一會撞球——老習慣了。大概是十點鐘的時候，或是十點過一點，佐恩——你記得，啊，當然，他也是董事嘛——佐恩來聊了一會。我們討論了一下合併的事，一些第二天開會要解決的細節問題。大概談了半個小時，他說頭痛得厲害，就先走了。」

「唔，眞巧。」昆恩探長露齒一笑：「佐恩不久前在這裏的時候，也提到你們在潘尼俱樂部見面的事。」

「眞的嗎？」葛雷微笑道：「既然如此，這就沒什麼好說的了。」

「這倒不見得，葛雷先生。」老探長狀至愉快的說：「爲了留下完整的記錄，請你說說看，之後你做了些什麼事。」

「噢，就跟平常一樣，大概十一點左右，我離開俱樂部，散步回家——我住在麥迪遜大道上，離得很近。我就這樣回了家，上床睡覺。」

「葛雷先生，你一個人住嗎？」

葛雷作了個鬼臉：「很不幸的，作爲一個怕結婚的人，我並沒有成家，倒是有個老僕幫我打點，你知道，我住在一棟公寓式的旅館裏。」

「葛雷先生，你從俱樂部回家的時候，你的管家還沒睡吧？」

葛雷伸手搖了一搖：「奚爾達星期六晚上到澤西市去看一個生病的兄弟，直到星期二下午才回來。」

「噢，」老探長吸了口煙：「不過，一定有人看到你回家吧？」

葛雷似乎吃了一驚，片刻他又恢復了他閃爍的笑容：「啊，你要我找一個人證，是不是？探長。」

「不錯，你可以這麼說。」

「那麼，我就沒什麼好說的了。」葛雷似乎很愉快的回答：「因爲看門的傑克森看我進的門。我跟他要了信件，又站在那裏和他談了一會，之後我才坐電梯去我的公寓。」老探長的臉一亮：「眞的嗎？」他說：「那的確沒什麼好說了。只有一件事——」他的臉一時拉長：「你停下來，跟他說話及上樓，是在什麼時候？」

「剛好是十一點四十，我記得我看了傑克森桌子上方的鐘，跟我的錶對了一下。」

「那麼你的旅館在哪裏？」

「在麥迪遜大道與37街之間，叫伯頓。」

「那麼——艾勒里，你想問葛雷先生幾個問題嗎？」

葛雷一臉驚異的轉過頭去，他幾乎完全忘了坐在角落裏靜聽的艾勒里。他作出一副待考的模樣，艾勒里看了微微一笑。

「謝謝你，爸爸，我是有幾個問題，希望我們不會把你留太久了？」他以詢問的表情望向葛雷。

葛雷連忙說：「哪裏，哪裏，昆恩先生，有任何可以幫忙的地方，我——」

「太好了，」艾勒里在椅子上伸展了一下筋骨：「葛雷先生，我有個很尷尬的問題想問你。一方面，我希望你能謹愼，不要傳了出去；另一方面，我知道你忠於法蘭西先生，對他喪偶這件事非常關切，所以我希望你能坦白的回答我。」

「請直說吧，我一定盡我所知告訴你。」

「讓我在這裏作個假設，」艾勒里很快的繼續說下去：「假設貝奈思‧卡默第吸毒……」

葛雷皺眉道：「吸毒？」

「對，現在我們假設她的母親及繼父原來都毫無所知，但她母親突然發現了這件事……」

「嗯。」葛雷喃喃的說。

「在這種情形之下，你想法蘭西太太會怎樣做？」艾勒里燃起一根煙。

葛雷陷入沈思，他正視著艾勒里的眼睛說：「昆恩先生，我第一個想到的是，法蘭西太太不會坦白告訴塞路斯的。」

「嗯，有意思，你跟他們兩個人都這麼熟……」

「不錯。」葛雷下巴緊繃：「塞路斯跟我是一輩子的朋友了。至於法蘭西太太，一般說來，也算熟識了。我相信，以我對塞路斯爲人的了解，以及法蘭西太太對他的了解，她絕對不會告訴他的。她只會放在她自己心裏，或是告訴她的前夫文森・卡默第。」

「葛雷先生，這點我們先不討論。」艾勒里說：「爲什麼她絕對不會告訴法蘭西先生？」

「因爲，」葛雷坦率的說：「塞路斯對各種不良風俗習慣深痛惡絕，特別是吸毒這個問題。你別忘了，最近這些年，他花了好多的時間在領頭改革，如果他發現自己家裏有人吸毒，我想他一定會氣瘋的。不過當然，」他很快的加了一句：「他並不知道。我敢肯定法蘭西太太一定沒有說出去。她說不定想偷偷治好那個女孩……」

艾勒里接著一語道破：「我猜法蘭西太太不願意說出去的理由是，她希望她的女兒仍然能夠分到法蘭西先生的財產？」

葛雷非常不自在：「嗯……我不知道……好吧，老實說，我也這麼想，法蘭西太太這個人工於心計。倒不是說她狡詐——不過她就是這麼個有心機又現實的女人。我相信，作爲貝奈思的母親，如果塞路斯過世，她一定希望貝奈思也分到一大批家產……好了，還有什麼問題，昆恩先生？」

「沒有了。」艾勒里微笑的說：「非常感謝你的合作，葛雷先生。」

「那麼，」老探長說：「就到此爲止了。」

葛雷好像鬆了一口氣，他從朱南那裏接過衣帽，客氣的告別走了。

老探長和艾勒里聽見他輕快的腳步聲，一路走到街上。

36 時機到了

昆恩父子在靜默之中用過了晚餐，朱南靜靜的上了菜，又悄悄的收了餐具。老探長把頭埋進鼻煙盒裏，吸了又吸，而艾勒里不是在抽煙，就是在抽煙斗。兩個人誰也不開口。氣氛低迷，不過這在昆恩家倒也並不出奇。

終於艾勒里歎了一口氣，望著壁爐發呆，結果還是老探長先開了口。

「要我看起來，」他一臉的失望：「今天一天都在浪費時間。」

艾勒里挑起眉毛：「爸爸，你在說什麼，你怎麼一天比一天急躁，要不是我知道你又累又煩，我也要給你惹毛了。」

「你覺得我笨？」老探長追問道，但他的眼睛閃著光。

「哪裏有？你不過比平常要少幾分敏銳，」艾勒里來回轉頭，笑著對他父親說：「你敢說今天發生這麼多事，都沒有什麼意義？」

「我們突襲沒抓到人，史賓格又給跑了。約談了這些人，也談不出個究竟——我看不出來有什麼好高興的。」老探長反駁道。

「嗯，」艾勒里皺起眉：「說不定我太樂觀了，不過整個事情看起來這麼清楚。」

他跳起來開始搜索桌子。他翻出他那一大疊筆記，就在老探長疲倦又疑惑的眼前，嘩啦嘩啦翻了一遍。又隨手扔了回去。

「案子已經了結了。」他宣布道：「案子雖然了結了，但是我們沒有任何眞憑實據。所有的線索全都指向誰是殺法蘭西太太的兇手，但是這些線索並不會被法院所接受。所以，爸爸，在這種情形下，我們該怎麼辦？」

老探長著惱的皺起鼻子：「啊，我可是千頭萬緒摸不著頭腦。看起來，對你倒像是得來全不費功夫。哈，就像我養了一個科學怪人，到老找我麻煩……」說完他笑呵呵的伸手放在艾勒里膝上。

「好小子，」他說：「如果沒有你，我不知道該怎辦？」

「開玩笑。」艾勒里臉紅了起來：「你這是什麼話？爸爸。」他們輕輕的握住了手。「好了，探長，現在你得幫我作個決定。」

「是，是……」昆恩探長不好意思的坐直了：「你解決了這個案子，搞通了來龍去脈，但就差眞正的證據。好，該怎麼辦？……虛張聲勢呀，兒子，兵不厭詐，虛張聲勢，逼那兇手出洞。」

艾勒里想了一會：「只有走險招了……天曉得。」忽然他不知想起了什麼，眼睛一亮：「啊呀，瞧我笨的。」他大叫道：「我有一張王牌在這兒，但我完全忘了，虛張聲勢？哈，現在我們一定可以把他嚇個魂飛魄散，現出原形來。」他一把抓起電話，忽然停住，轉而交給老探長。老探長仍舊一臉憂色，但帶著稱許的神情看著他。

「這裏有張名單，」艾勒里在紙上寫下一串名字：「這些人最好都出席。爸爸，可不可以請你通知他們？我要開始熟讀這些筆記。」

「時間是——」老探長聽話的說。

「明天早上九點半，而且你可以找檢察官來抓詹姆士・史賓格。」

「詹姆士・史賓格？」老探長叫道。

「詹姆士・史賓格。」艾勒里回答。接著陷入沈默，滿室之中，只陸續傳來老探長打電話的聲音。

第五部

在作了四十年的偵查工作之後，有人可能以爲，會因此消磨了擒兇歸案的勁頭，謝謝老天，那可不見得，至少對我不是如此，我跟其他任何人一樣起勁……就拿那個了不得的亨瑞·鄧魁維爾來說，當我們在他蒙多特的隱匿處圍捕他的時候，他就在我眼前活生生的割了脖子，還有那柏梯·夏洛特，他先拔槍殺死了我兩個忠實的手下，又在混打之中咬掉了蒙森警官的鼻頭，好不容易才把他制服……啊，想到往事惹我感懷，但……我得強調，就算我今天如此老弱，我也不會放棄那最後的大進擊，不會放棄追捕那氣喘吁吁，走投無路的獵物——不，就是永遠歡愉的土耳其天堂也不堪相比……

——引自阿古斯汀·別倫著

《一個巴黎警察局長的回憶錄》

37 預備！

他們一個接一個走了進來。有人鬼鬼祟祟閃了進來，有人卻在東張西望，有人面無表情，有人一臉厭煩，更有人神情緊張，手足無措。但不約而同的，他們都靜悄悄的進來，彷彿每個人都感覺到強大的警力圍繞，以及不安浮動的氣氛，而每個人的一舉一動無不在其他人的注意之下。不過最梗在所有人心頭上的，是一種揮之不去的大難臨頭之感，誰也不知道將會發生什麼事？將會有什麼樣的結局。

這是星期四早上九點三十分。這些人穿過掛著私人專用牌子的門，進入塞路斯・法蘭西的公寓，他們先進入陳設不多的會客室，再走進被靜默籠罩的圖書室，最後坐在面對著窗、臨時擺出來的椅子上。

圖書室裏很快就擠滿了人。坐在最前面一排的不是別人，正是塞路斯・法蘭西。他的面色蒼白，微微顫抖，手指緊緊抓住坐在一旁的瑪麗安・法蘭西。衛斯禮・韋佛面容憔悴的坐在瑪麗安另一邊，一看就像一夜沒睡好覺。法蘭西的另一邊則坐著他的私人醫生，史都華大夫一逕帶著職業性的專注，注意著他的病人。再過去是約翰・葛雷，短小精悍，像個鳥似的，不時越過大夫的胖大肚皮，湊到法蘭西耳邊去說話。

後面一排是安德希管家和女僕基頓小姐。兩個人直直的坐在一起，緊牽嘴角悄悄私語，驚惶的眼睛一邊不住四處打量。

密密麻麻坐在那裏的，還有氣喘喘吁吁的胡柏・馬奇班，不住玩弄錶鍊的柯納斯・佐恩，而那渾身香氣四溢的佐恩太太，則對摸著鬍子面容嚴肅的保羅・賴夫瑞不斷投以巧笑。梅威爾・崔斯克胸前別著一朵花，但面色蒼灰，眼下好大一道黑圈。還有高大的文森・卡默第，坐在椅上仍高人一截，如常的靜默自持，拒人於千里之外。百貨公司的麥肯齊經理也到了，發現屍體的模特兒黛安・瓊森也在場，還有那四個值夜的守衛……

但他們之間，幾乎沒有一個人開口。每次會客室的門一開，衆人便伸長脖子，在椅子上不安的移動，接著調回目光瞪著窗外，只在眼角偷偷的瞟來瞟去。

圖書室的會議桌已經被推到牆邊。在桌前的一排椅子上，坐著湯瑪斯・維利巡佐和威廉・科朗索，兩個人在那裏低聲說話。旁邊是面色陰沈的緝毒組長薩瓦托・費洛黎，黑色的眼睛裏不知在想什麼。那個矮小禿頭的指紋專家吉米也到了，站在會客室門邊的則是警察布許，他像個門神似的守在那裏。其餘的還有一群警探，探長的愛將海斯壯、福林特、強森、賀斯及皮格無不在場，面對著會議桌，靠牆一排站開，就連每一個牆角，都有個警察在站崗，端的是團團圍住。

但是老探長昆恩及艾勒里卻遲遲沒有出現。衆人交頭接耳，猜疑不定。他們的眼神全都聚集在會客室的門口，布許守著的地方。

逐漸的，室內歸於死寂，聽不到一點私語聲。越來越多人偷偷的張望，越來越多人不安的在椅子上扭動。法蘭西先生一陣又一陣咳個不住，史都華大夫的眼睛裏開始透出幾分焦慮。當那老人終於停止咳嗽時，韋佛向瑪麗安靠了過來，瑪麗安先是吃了一驚，接著兩人的頭漸漸的靠近……

科朗索用手蓋住臉：「搞什麼鬼。爲什麼這麼慢？」維利巡佐陰沈的搖搖頭。「到底是怎麼回事？」

「你問我？我也不知道。」

科朗索無可奈何的聳聳肩。

室內越發的安靜，衆人像石像似的動也不動，而那難堪的沈默，隨著時間的流逝，彷彿不斷的擴大，有了自己的氣息，變出自己的生命……

忽然，維利巡佐神不知鬼不覺的做了件怪事，他伸出手指放在膝蓋上，有節奏的敲了三下。不要說別人，就是在他身邊的科朗索也沒注意到。但是一個站崗的警察留心維利巡佐的手已經好一陣子了，馬上跳起來開始行動。所有的眼睛一看到有動靜，全都熱切的集中在他身上……那個警察走到蓋著一塊布的桌邊，小心翼翼的把布掀開。他往後退一步，把布整齊摺好，再度轉回他的屋角。

不過衆人已經忘了他的存在。好像桌上有一盞探照燈，所有人的眼睛全都盯住桌上的東西，彷彿他們整個人全都被深深的吸引住。

在桌上陳列了許多東西，各式各樣，百物紛陳，在玻璃桌面上一排排列好。每一樣東西的前面還有一張卡片。這些東西裏，有一支金管的唇膏，上面刻著「W・M・F」，是艾勒里在臥室梳妝台上發現的。有一支銀管唇膏，刻著「C」字，是在橱窗裏死者的皮包內找到的。有五把鑲金片的鑰匙，其中四把分別屬於塞路斯・法蘭西，瑪麗安・法蘭西，貝奈思・卡默第以及衛斯禮・韋佛，還有一把主鑰匙。有兩個雕花的瑪瑙書擋，放在書擋旁邊的是一小瓶白粉和一把毛刷。有五本艾勒里在塞路斯・法蘭西桌上發現的書。一套從浴室裏拿出來的刮鬍用具。兩個裝滿煙的煙灰缸，兩邊煙蒂的長度大不相同。一條從死者脖子上拿下的絲巾，上面繡著「M・F」。一個從牌桌上拿下的板子，上面釘著一副玩了一半的牌，排列得跟被發現時一模一樣。一張給塞路斯・法蘭西的藍色備忘錄，一頂藍帽，一雙便鞋——根據管家及女僕的指認，就是貝奈思失蹤當天穿過的。最後是一把點三八口徑左輪槍，靠近槍管躺著兩塊好像生銹的金屬，不是別的，就是那兩顆致命的子彈。

而最引人注目的，是一副單獨陳列的手銬，像在預告不可知、但又不可避免的最後審判。所有在調查過程中收集來的證物，就這樣靜靜的暴露在衆人不自在的眼光之下，一次又一次的，他們不能自已的瞪視著，一邊交頭接耳起來。

但這一次他們並沒有等多久。走廊外傳來窸窸窣窣的聲音，逐漸的越來越清晰。維利巡佐霍然站起，快步走到門口，把站在門口的警察布許揮到一邊，接著消失在門後。

現在這扇門變成眾人目光集中的焦點。經過這番久待，艾勒里的客人一半惱怒，一半惶惑，就在這樣的氛圍之中，他們聽到門外先是一陣嗡嗡的交談聲，接著所有的聲音在門前忽的靜止，最後門終於打開，八個男人大踏步走了進來。

38 一切的終局

是艾勒里最先開的門。他的面容嚴肅，看起來跟平常有種說不出來的不同。他銳利的掃視了全場一眼，又轉回會客室。

「局長請。」他拉開門喃喃的說。史考特・華勒斯哼了一聲，移動他龐大的身軀，領頭走了進來，後面跟著他的三個便衣保鏢，閉緊了嘴夾著他穿過房間走到桌邊。

接下來出現的是老探長昆恩，很奇怪的，他看起來也跟平常不大一樣。他的臉色蒼白，異常莊重，沈默的跟在局長之後。

在他後面的是檢察官亨利・山普森，以及他的紅髮助手提摩西・庫倫寧。他們兩個交頭接耳，完全沒有注意到室內其他的人。

走在最後的維利巡佐小心的關上了門，伸出一指，把布許召回他原來的崗位，然後一屁股又坐回威廉・科朗索的旁邊。科朗索帶著詢問的眼神看了他一眼，但他沒說什麼，只顧坐好，他們兩人就轉頭注視剛進來的這些人。

艾勒里及其他的人站在桌邊，略微交談了幾句，昆恩探長指著桌子右邊的一張皮椅，請華勒斯上坐，華勒斯似乎也改變了，變得比較收斂，他一面望著站在桌前的艾勒里，一面沈默的坐下來。

他的三個保鏢也跟過去和其他的警探一排站好。

昆恩探長在桌子左邊坐下，庫倫寧在他旁邊，而檢察官亨利・山普森則坐在華勒斯的那一邊。桌子在中央，上面滿是證物，兩頭則有官家出席……

好戲就要開鑼。

艾勒里再度掃視全場，然後走到桌後，背對著窗站好。他低下頭，眼睛望著桌面，雙手在四處移動，一會兒碰碰那對書擋，一會兒把玩那瓶白色的粉末……他微笑，挺身，抬頭，摘下眼鏡，平靜的打量他靜下來的觀衆，他慢慢等著……直到滿室沒有一點聲音，他才開口。

「各位先生，女士。」很平常的開場白，但空氣之中，似乎傳過一陣輕微的震動，很多人都不自禁的歎了一口氣。

「各位先生，女士，六十個鐘頭以前，法蘭西太太在這棟大樓裏被射殺，四十八個小時之前，她的屍體被發現。今天早上我們聚在這裏，就是要找出謀殺她的兇手。」艾勒里靜靜的說，等著看有沒有任何反應。

但從剛才那陣歎息之後，每個人彷彿連呼口氣都小心翼翼的，沒有人開口，沒有人低語，他們只是坐在那裏等待著。

艾勒里的聲調轉為尖銳：「好，在我們開始之前，我先要作點解釋。局長，我想我已經得到你的准許，來進行這個非正式的審判，是不是？」

史考特・華勒斯立刻點點頭。

「那麼讓我來澄清一下，」艾勒里對著他的觀衆繼續說道：「昆恩探長臨時感染喉疾，多說話痛苦不便，所以由我來代他發言。」他對著父親的方向一欠身：「是不是？」老探長的臉色益發蒼白，無言的點點頭。

「我再附加一點，」艾勒里繼續道：「待會如果我用到『我』這個字，其實這都是指昆恩探長，只是這麼用比較方便罷了。」

他忽然停止，帶著挑戰性的環視全場，但是他所看到的只是一對對睜大的眼睛，一隻隻豎起來的耳朵。他就立刻開始進行法蘭西百貨公司謀殺案的分析。

「各位先生，女士，我將要帶領你們檢查這個調查的每一個步驟。」他的聲音開始具有權威性：「一環接一環，一步接一步的推論下去，直到我們達到不可避免的結論。海斯壯，你開始作記錄了嗎？」

衆人隨著艾勒里的視線望去，在警探聚集的地方，海斯壯坐在那裏，紙筆在手，略略點了點頭。

「今天早上即將發生的事，將會成爲這個案子官方記錄的一部分。」艾勒里解釋道，一面清清喉嚨：「好了，我們應該開始進入正題。

「溫妮菲・馬奇班・法蘭西女士在星期二中午，大約十二點過十五分的時候，被發現遭槍殺致死。一顆子彈打在心上，另一顆打在心臟下端。當昆恩探長抵達現場的時候，他發現了好幾個因素，都導致他判定這一點——」他停了一下：「事實上，位於一樓的櫥窗，並不是謀殺發生的現場。」

滿室靜寂，沒有一個人移動。一張張發白的臉上，恐懼、嫌惡、悲傷、不可思議，掛著各種不同的表情。艾勒里很快的接下去。

「在初步的調查中，有五項因素都指向這一點——謀殺並不是發生在櫥窗之中。

「第一點，在星期一晚上，法蘭西太太仍持有她進這間公寓的專有鑰匙，但在星期二早上屍體被發現時，鑰匙卻失蹤了。根據晚上的値夜領班歐法提作證，在星期一晚上十一點五十分左右，當法蘭西太太離開門房，坐電梯上樓時，她仍然持有這把鑰匙。可是我們在這裏四處找遍了，都找不著。這代表什麼意思呢？這點顯示出這把鑰匙與這個案子很可能有關。但怎麼有關法呢？因爲這把鑰匙和公寓有關，如果鑰匙不見了，表示公寓說不定與這個案子有關。至少我們可以暫時假設，這間公寓可能就是凶案發生的地方。」

艾勒里停了下來，看到下面一個個皺著眉的臉，他牽牽嘴角，感到一陣快意。

「好像有人覺得這是牽強附會，不大相信的樣子。請你們記得這一點，鑰匙不見了，本身是沒什麼，但把待會我要討論的另外四項因素全放在一起，這點就特別重要了。」

他又轉回正題：「第二項因素說起來也沒什麼，甚至於有點可笑——你們將會發現，這個案子的偵破，並不是建立在重大的、明顯的線索上，而是在一些彼此矛盾的細節中……我剛才已經提過，這個凶殺案是在午夜過後不久發生的，這是根據法醫山繆・鮑迪醫生的推斷。在屍體被發現的時候，法蘭西太太大概已經死了十二個小時了。

「如果法蘭西太太是午夜後在那個櫥窗遭槍擊的話，各位先生女士，」艾勒里眼睛發亮：「她的兇手要不是在一片漆黑之中殺死她的，就是得靠手電筒的微光。爲什麼？因爲在那個房間裏，根本沒有照明設備——連一個燈泡也沒有，甚至於也沒有裝電線。如果兇手在那裏與死者見面，跟她說話，說不定還與她吵架，然後對準了兩個致命所在殺死了她，把她的屍體藏在牆後的床上，最後把血跡收拾得乾乾淨淨——而所有這些事，都發生在這樣的一個房間內，至多只有一點手電筒的微光。不，這是不合理的。所以昆恩探長根據邏輯分析，判定這件凶殺案一定不是在櫥窗裏發生的。」

衆人一陣小小的騷動，艾勒里微微一笑，繼續下去。

「但這不是他唯一的理由。還有第三點。這裏有一支唇膏，就是那支銀管長唇膏，上面刻著『C』，放在法蘭西太太的皮包裏，在死者的身旁找到。我先不討論爲什麼這不是法蘭西太太的唇膏。我現在要提出來的是，這支唇膏的顏色比死者嘴上塗的顏色爲深，所以這表示法蘭西太太自己的唇膏，一定還留在別的地方。我們在櫥窗裏找不到，那可能在哪裏呢？還是給兇手拿走了？兇手沒有理由拿走唇膏，所以這支唇膏很可能還在這棟大樓裏。……爲什麼我們判定在這裏，而不是在法蘭西太太家裏，或是在公司外面呢？

「我可以提供一個很好的理由，當我們檢查法蘭西太太的嘴唇時，可以看出來，她還沒塗好唇膏。在她上唇的兩邊，各有兩點口紅，在下唇的中央則有一點。都沒被抹開，只被點上就留在那裏……」艾勒里轉向瑪麗安，溫和的說：「法蘭西小姐，你是怎麼塗唇膏的？」

那個女孩子小聲的說：「昆恩先生，就像你所說的，三點，上唇兩邊各一點，下唇中央再塗一點。」

「謝謝你。」艾勒里微笑道：「所以現在我們可以看到，證據顯示死者剛開始塗口紅，但並沒有來得及塗完。這一點太不自然了，不能不引人注意。有多少事會打斷一個女人塗口紅？少，非常少。可不可能是被某種突發的暴力事件所打斷？這裏有一件凶殺，所以可不可能就是被這樁凶殺打斷的呢？」

他的音調改變，繼續說下去：「這不是沒有可能。無論如何，法蘭西太太不是在櫥窗裏搽的口紅，那麼她的口紅在哪裏呢？最後我們是在公寓裏找到的，證實了我們的猜測。

「第四點跟流血量有關。鮑迪醫生對於只在屍體上發現很少的血，覺得十分不解。兩個傷口，特別是其中的一個，都可能造成大量的出血。在心臟下端有很多的肌肉及血管，在被子彈擊中之後，留下嚴重的傷口，那麼流出來的血到哪裏去了呢？是不是被兇手收拾乾淨了？但在一個漆黑，或昏暗的房間，他不可能把所有的血跡一滴滴的都擦乾淨。所以我們再度推斷，那些血一定流在其他地方，換句話說，法蘭西太太一定是在別的地方被殺死的。

「第五點是一個心理因素，」他有點傷感情的笑笑：「我怕這點在法院審判時站不住脚。不過就我看來，卻非常重要。因爲你只要在心裏過一過。就會覺得這櫥窗不可能是謀殺的現場。以兇手的角度來看，這個地點危險，沒有一點好處——他跟法蘭西太太的會面，以及接下來發生的謀殺，都需要在極度隱密的情形下進行。這個櫥窗完全不合格嘛，它離值夜守衛的辦公室不到五十呎，每隔一段時間，就有人來巡視。如果有人開槍，怎麼會沒被聽到？所以探長與我都覺得，雖然我剛才提到的五個理由中，沒有一個理由可以導出結論，但如果把它們一併考慮，我們確信，凶殺絕對不是在這個櫥窗內發生的。」

艾勒里停了下來。他的觀衆無不聚精會神的聽他陳述，華勒斯局長的小眼睛裏射出一線光芒，彷彿在重新估計艾勒里的分量，老探長則像陷入沈思。

「如果不在櫥窗，」艾勒里繼續說道：「那會在哪裏？那把鑰匙直指公寓——這間公寓提供了隱私、燈光、一個能搽唇膏的地方，看起來再理想不過，因爲昆恩探長那時正在櫥窗從事初步調查，不能分身走開，所以他要我到公寓去，看看可以找出什麼，我就照他指示去了，結果的確沒有白跑一趟。

「我在公寓裏找到的第一件東西是法蘭西太太自己的唇膏，就放在臥房的梳妝台上。」艾勒里從桌上拿起那支金管唇膏，高高舉起：「這支唇膏當然立刻就證明了，法蘭西太太在星期一晚上的確到過這間公寓。因爲這支唇膏剛好在一只托盤的弧形邊緣，很可能因此而被兇手所忽略。事實上，兇手也沒有理由要找它，看起來他並沒有注意到，法蘭西太太皮包裏的唇膏，與她嘴上的顏色並不符合。」艾勒里把那管唇膏重新放回桌上。

「好，現在我找到了唇膏，但這是什麼含意呢？很明顯的，就是當法蘭西太太在梳妝台旁搽口紅的時候，她被打斷了。但以唇膏還留在桌上這點看來，我相信法蘭西太太不是在臥室被謀殺的。她是被什麼打斷的呢？顯然的，不是敲門聲，就是兇手進門的聲音。不過並不是後者，因爲待會我就要證明，兇手並沒有這間公寓的鑰匙，所以那一定是敲門聲了。不只如此，法蘭西太太一定已經知道來者是誰，而且因爲這對她很重要，所以她馬上丟了唇膏，不顧她的口紅只擦了一半，急急忙忙的經過圖書室，奔到會客室，接進了訪客。可以想見的，她開了門，來人進入，然後他們一起走進圖書室。法蘭西太太站在桌子後面，而來人面對著她，站在右邊——法蘭西太太就站在我現在站的地方，而兇手大概站在海斯壯警探坐的地方。

「我怎麼知道的呢？」艾勒里連珠砲似的繼續說：「很簡單，我檢查圖書室時，在書桌上發現了這對書擋。」他小心的舉起那對瑪瑙書擋：「而這對書擋已經被人動過了手脚。其中一個的綠色絨布，比另一個的顏色要來得淡。根據韋佛先生所說，這對書擋不過只用了兩個月。是法蘭西先生上次生日的時候，葛雷先生送給法蘭西先生的禮物。他在當時注意到，這對書擋的狀況完好，絨布的顏色完全一致。而且這對書擋一直放在桌上，從來沒有出過這個房間。可見絨布的改變，一定是發生在前一天的晚上。當我用顯微鏡更進一步的觀察之後，我注意到絨布與瑪瑙黏合的膠水印子上面，附著了幾顆白色的粉粒。

「膠水印還差一點，沒有完全乾透，」艾勒里說：「可見是新近才黏上去的，經我觀察，以及警方指紋專家檢驗的結果，這幾顆粉粒，就是平常警方用來顯指紋的藥粉。這藥粉一出現，就表示裏面一定大有問題。我們在瑪瑙上，並沒有找到任何指紋，可見指紋已經被除去了，顯然的，兇手先在上面撒了顯指紋的藥粉，找出指紋在哪裏，然後再把它們擦掉。這點應該是無庸置疑。

「但更重要的問題是，為什麼兇手要對這個書擋大動手腳？」艾勒里微微一笑：「這個問題的答案，會引導我們對這個案子，有更進一步的了解。現在我們知道，兇手動過書擋，是因為他要換下一片絨布，但為什麼要換絨布呢？」

他的眼睛帶點戲弄意味，挑戰似的看著衆人：「這只有唯一一個合乎邏輯的解釋。兇手在隱藏或消除犯罪的痕跡。那麼會是什麼樣的痕跡呢？在什麼情形之下，兇手非得小心的剝掉整片絨布，奔到百貨公司裏的某個部門，找了絨布及膠水，你們想想看，他冒了多大的危險，最後再把這片新布黏上？那一定是因為留下的痕跡太明顯，而在一個凶殺案裏，我所能想到最明顯的痕跡是——血，而這就是我們的答案。

「鮑迪醫生非常確定傷口一定會造成大量流血，而我知道法蘭西太太被射殺的地方，所以現在我可以試著重演事情發生的過程。書擋位於書桌的邊緣，在我現在站的地方的另一端。如果我們假設法蘭西太太是站在這裏被射殺的，第一顆子彈射進腹部上方、心臟下方，血立刻噴了出來，直接流到玻璃桌面上，然後慢慢流過去，書擋就浸在血裏，這個時候，她一定倒在椅子上，但上身卻往前傾，此時第二顆子彈也來了。這次射在心臟上，只流了一點血。

「在兩個書擋中，只有接近書桌中央的那一個被血浸到，但是由於血跡淋漓，兇手只好把整片絨布換掉，換上一片新的。兇手為什麼要掩藏這些血跡呢？這點我們待會兒再討論。至於爲什麼換了一片顏色深淺不同的絨布？這可用我們的視覺來解釋。在燈光下不比白天，我們的眼睛比較看不出顏色的細微差別。在晚上，這兩種深淺不同的綠色，看起來一定完全一樣，但在白天，我一眼就看出不同來。

「你們看，我們現在已經推斷出法蘭西太太被謀殺的地點。至於她的兇手站在哪裏呢？這點我們可以根據傷口的角度來研判。她的傷口往左呈鋸齒狀，可見兇手一定是站在右前方。」艾勒里停下來，拿出手帕擦擦嘴：「我剛才有點扯到枝節去了，不過我一定得解釋給你們聽，所以你們可以相信我，我有證據證明，凶殺的現場就是在這間公寓。

「雖然我在玩牌間發現了這副牌，以及這些煙蒂，」他對衆人展示了一下證物：「不過在我還沒有發現書擋被動過之前，我不能確定凶殺的現場到底在什麼地方。」他放下釘著牌的板子繼續解釋：「我們發現這些牌放在牌桌上，根據這些牌擺列的方式，顯示出有人曾經在玩俄式班克牌，但不知道什麼緣故被中途打斷了。根據韋佛先生的證辭，在前一天晚上他離開之前，玩牌間收拾得整整齊齊，這些牌根本沒有擺出來，所以一定有人在夜裏來過。韋佛先生更進一步提到，在法蘭西先生家及朋友之間，只有法蘭西太太和她的女兒貝奈思・卡默第嗜打班克牌，而這一點在他們的圈子裏，可以說是人盡皆知。

「我們再來看桌上煙灰缸裏的煙蒂，韋佛先生再度指出，這是種女爵牌香煙——是卡默第小姐的私人香煙，有她最喜歡的紫羅蘭香味。

「由此看來，法蘭西太太和卡默第小姐兩人，星期一晚上一定都在公寓裏囉。卡默第小姐抽她的煙，而她們一起玩了一會兒她們最喜歡的班克牌。

「除此之外，在臥室的櫃子裏，我們找到了一頂帽子及一雙便鞋。經由法蘭西先生的管家安德希小姐，和女僕基頓小姐指證，在謀殺發生當天，卡默第小姐離開家就此失蹤的時候，她就是戴著這頂帽子，穿著這雙鞋。在櫃子裏另有一頂帽子及一雙鞋不見了，似乎表示卡默第小姐換下了原來的溼鞋，穿上乾鞋走了。

「關於這部分，我們先說到這裏。」艾勒里停下來環顧四處，他的聽衆群沒有一絲聲息，他們好像全受了催眠，只能坐在那裏靜待他抽絲剝繭，提出一項項的證據。

「現在我要提出一個非常重要的問題。既然我已經知道公寓是凶殺的現場，緊接著我要問的是，那麼，爲什麼要把屍體移到樓下的櫥窗去？這樣做的目的是什麼？一定有個目的，一個特定的目的。我們到此可以看出來，兇手的設計極其狡詐完密，所以他不可能只是一時興起，去做任何沒頭沒腦，沒有任何目的的事。

「第一個可能是，移走了屍體，公寓就不像是犯罪的現場了，但這樣是說不通的。因爲如果兇手想要消除在公寓裏所有的犯罪痕跡，那麼他爲什麼不一併拿走班克牌、煙蒂、以及鞋帽？當然，在屍體還沒有被發現之前，即使有這些東西的存在，也不表示與凶殺有關。但是兇手不能期望屍體永遠不被發現。一旦屍體被發現，那麼這些牌、煙和其他東西一定會受到注意，指出公寓爲謀殺發生的地點。

「由此可見，一定是另有其他的理由，屍體才被移走的。理由可能是什麼呢？經過一番仔細的思考之後，我相信兇手之所以要這樣做，是爲了要延遲屍體被發現的時間。爲什麼？你只要計算一下，就可以想出來了。櫥窗的展示，在每天正午十二點準時舉行，從不例外，而在這之前，櫥窗並不開放。這個情形很多人都曉得。所以如果屍體被藏在牆後的床上，兇手可以放心，知道在十二點十五分之前，屍體是不會被發現的——這點可以解釋兇手不顧諸多不便及危險，竟然選擇這個櫥窗的原因。我們就在此作個總結，兇手之所以不嫌麻煩，背著屍體走下六層樓放進櫥窗，就是因爲他知道，如此一來，可以確定屍體不會一大早就被發現。

「根據邏輯，下一個問題自然是，爲什麼兇手想要延遲屍體被發現的時間？好好想一想，其實只有一個最有可能的理由，在星期二早上，他一定要去辦一件極其重要的事，一旦屍體被發現，他的事就辦不成了。」

他的聽衆屏息靜聽。

「這怎麼說呢？」艾勒里眼睛發亮：「不過我們暫時先來看一下其他的問題……不論兇手是怎麼進入這棟大樓的，他必須在這裏過夜。他可以經由三種途徑進入，但沒有辦法出去。他可以在白天就藏在公司裏；他可以在下班後，經由員工進出口進來；他也可以在晚上十一點，當卡車來送第二天的食品時，偷偷的從那扇門進來。他最有可能是用最後一種辦法進來的。歐法提並沒發現有人從他守的門進入。而與其從五點半起，一直到半夜都躲在公司裏，自然不如到十一點時再摸了進來。

「但他怎麼離開呢？歐法提說，沒有人從他守的門出去。所有其他的出口都關閉了，而在

39街進貨的那扇門，也在十一點半就關閉了。這個時候，比法蘭西太太到達的時間還早了十五分鐘，比她被殺的時間，早了半個鐘頭。所以兇手可以說別無選擇，只得在公司過夜。他非得等到第二天早上九點，百貨公司開門之後，才有機會假裝是普通的顧客混出去。

「那麼另一個問題出來了。既然他在九點可以走出公司，自由行動，他自然可以前去料理他急著要辦的事，何必要大費周章，移動屍體以便延遲它被發現的時間？關鍵之點就在這裏浮現。兇手移動了屍體，是因爲他在早上九點，不能就這樣的離開這裏。換句話說，他需要延遲時間，就是因爲在九點鐘以後，他還是得留在法蘭西百貨公司。」

房間四處不約而同的傳來急促的喘息聲，艾勒里環顧四側，彷彿急著找出來，是哪些人受了莫大的驚嚇？

「我看得出來，你們之中，有好些人了解到，我剛才所作推理的含意。」他微笑的說：「當然，只有一個理由可以解釋，爲什麼九點以後他非得留在公司裏——那就是他與法蘭西百貨公司有某種關係。」

這一次驚異、懷疑、恐懼，種種反應寫在一張張臉上，很多人不自覺的移動身軀，避開鄰座，彷彿忽然警覺到，兇手可能就坐在他們之中。

「不錯，」艾勒里卻非常平靜：「我們可以作這樣的結論，如果這神秘的兇手在這百貨公司工作，或是跟公司有某種關係，那麼當屍體被發現之時，假如他不在，他就馬上會招人注意。而避免受到注意對他來說太重要了。除此之外，」艾勒里拿起桌上那張藍色的便條：「這是一份備忘錄。星期一晚上韋佛先生留在桌上，兇手很可能看到了，所以他知道韋佛先生和法蘭西先生兩人第二天一早九點鐘的時候，就會到達公寓。如果他把屍體留在公寓裏，那麼在九點時，就會被人發現，整個地方一定驚動起來，他就不可能溜走，秘密去辦他神秘的要事。不但如此，即使是用電話往來，也可能受到別人注意，所以他必須確定，在屍體沒被發現之前，他有充分的時間可以溜走或去打個電話──在這種情形之下打電話，就不成問題，沒有人有理由去追查的，而他所知道唯一能保證延遲屍體被發現的方法是，把它藏在櫥窗裏，這一點他很成功的做到了。

「現在我們回過頭來看，兇手到底是怎麼進來的。我們剛才已經說過，兇手不是在這裏做事，就是跟這公司有某種關係，所以我們查過了星期一的員工進出登記表。根據記錄，在五點半左右，每一個人都照常下班走了。到此我們可以斷定，兇手只有一個辦法進來，就是經由運貨口。

「還有一點是，當我們提到兇手想辦法延遲屍體被發現的時間時，我不免想到，你們可能也想到了，就是在我們的兇手殺人之後，他冒了極大的危險，大費周章來滅跡，比如說，他得把屍體一路運到樓下，他得費番手脚去找一塊新的絨布，小心的把所有的血跡收拾乾淨。同時我們也知道，他非得在早上去辦某件事──是什麼事呢？我們尙未解釋。但就是爲了辦這件事，所以他非得全部收拾好，不讓任何人起疑心。因此非常明顯的，他要去辦的事一定重要得不得了。在他還沒來得及辦好那件事之前，他絕對不能讓任何人發現這樁凶殺案。」

艾勒里停了下來，從胸前口袋抽出一張紙：「現在我們知道這個兇手與法蘭西百貨公司有某種關係——請你們記住這點，接下來我們要看其他的問題。

「不久之前，我提出四項具體證據。這些證據都指出貝奈思・卡默第小姐在星期一晚上，曾經來過公寓。我們找到了只有卡默第小姐和法蘭西太太喜歡打的班克牌，卡默第小姐專用的、有紫羅蘭香味的女爵牌香煙，以及卡默第小姐的鞋帽。而且有人證指出，星期一下午她失蹤之前，就是穿戴著同樣的鞋帽。

「現在我要指出，這些證據，不但不能證明卡默第小姐在星期一曾經來過這裏，事實上，恰恰相反，它們反而證明，其實她不曾來過。」艾勒里肯定的說：「這班克牌不能幫助我們澄清這一點，所以我們不必討論。

「但是這些香煙卻是很好的佐證。這些，」他舉起一只煙灰缸：「是我們在玩牌間找到的。」他高高舉起一支煙蒂：「你們可以看到，這支香煙幾乎完全抽完了，只剩下最後有商標的部分。在這只煙灰缸裏的十幾支煙，幾乎每一支都抽到只剩下這麼一點。」

「而這是我們在法蘭西家卡默第小姐臥室裏找到的煙蒂。」他舉起另一只煙灰缸，在厚厚的煙灰裏，拿出一支煙蒂給大家觀看：「你們可以看出來，這些煙蒂，同樣是女爵牌的，只有大約四分之一的香煙被抽掉了，顯然的，卡默第小姐每次只抽個五六口，就在煙灰缸裏把煙給熄滅。每一支從她的臥室裏找出來的煙蒂，都是這個樣子的。

「換句話說，」他微帶笑意：「我們發現兩種完全不同的煙蒂，難道同樣的人，會有兩種完全不同的抽煙習慣？我們在作調查的時候，發現卡默第小姐爲了某種稍後會提到的緣故，平時非常的緊張。事實上，所有跟她很熟的人都記得，她一向是這樣不可自制的浪費香煙。

「所以這表示什麼呢？」他頓了一頓，「這表示卡默第小姐根本沒抽我們在玩牌間找到的那些煙，那些煙是別人故意放在那裏的，而且這個人不知道卡默第小姐一向只抽個四分之一，就把剩下的煙給丟了……

「至於那些鞋帽呢？」不等他的聽衆有時間消化最新的驚奇，艾勒里繼續說道：「我們找到更多的線索，指出是有人搗鬼。從外表看起來，卡默第小姐星期一晚上到達，因爲下雨淋溼了，所以在她離開公寓之前，換下了溼透的鞋帽，然後在臥室衣櫃裏，另外找了一套換上。但是我們發現，當帽子被放進帽盒時，是帽緣被放在盒底，而那雙鞋子在被塞進鞋袋時，鞋跟翹了出來。

「我們再一次考慮到習慣的問題。大多數女人在把帽子放進帽盒時，是把帽身，而不是帽緣放在下面。在放鞋的時候呢？如果鞋子上有很大的鞋扣，像這雙一樣，那麼她們會把鞋跟放在裏面，鞋扣放在外面，以免鞋扣夾到鞋袋，所以從這雙鞋和帽子被放置的方法看來，放的人完全沒有注意到一般女人放東西的習慣。因此這代表的意思也很明白了。這不是卡默第小姐收的鞋帽，是一個男人做的，男人是有這種把帽緣放在下面的習慣，而且男人通常看不出有沒有鞋扣的差別。所有掛在鞋架上的鞋，是把鞋跟放在外面沒錯，這是因爲其他的鞋都沒有鞋扣。把卡默第小姐的鞋放回去的人，就依樣畫葫蘆，但是一個女人絕不會這樣做。

「所以這些線索，一件件單獨來看都沒什麼，但如果你把它們放在一起一併考慮，結論就很明顯了。不是卡默第小姐抽的煙、放的鞋帽，而是別人，是一個男人做的。」

艾勒里清一清開始有點嘶啞的喉嚨，但他的音調仍然十分熱切：「還有一點跟我們剛作的結論有關，」他繼續說：「在我們檢查浴室的時候，韋佛先生和我發現有一樣東西很古怪的失蹤了。那是一片韋佛先生的安全刀片。韋佛先生在星期一下午五點三十分之後，曾用來刮過鬍子。他知道第二天早上他可能還會再用，而這是他的最後一片，所以用完之後，他把刀片清過後再放了回去。星期一晚上韋佛先生十分忙碌，完全忘了要帶新的刀片。星期二一早，他又趕著在法蘭西先生九點鐘到達之前把報告準備好，所以八點半他就到了，正要去刮鬍子，但怪得很，前一天他特別留起來的刀片卻不見了。至於法蘭西先生，從不自己刮鬍子，所以並不用刀片。

「好了，那這片刀片到什麼地方去了？一定是有人在星期一晚上或星期二早上韋佛先生到達之前用掉了。那這個人會是誰妮？想來不是法蘭西太太，就是兇手了。法蘭西太太可能用刀片來切過東西，要不然就是那個兇手用的。

「在這兩種可能性之中，當然以後者比較說得通。你們記得，因爲情況所逼，兇手非得在公司裏過夜不可。對他來說，什麼地方最爲安全呢？當然，待在公寓裏最安全。有這麼些守衛整夜走來走去，他自然不能在黑暗之中奔來奔去。就是藏在一角也不及公寓安全。好，我們再回來說刀片。刀片被用掉了，最有可能就是有人用來刮過鬍子。我們知道兇手在早上必須以公司的職員或主管的身分出現，所以當他在公寓的時候，何不刮個鬍子呢？由此也可見這個人有多冷血了。但為什麼刀片會不見？一定是出了什麼事。是斷了嗎？很可能。這片刀片已經被用過好幾次，相當脆了，在刀片鎖上的時候，稍微多用點力，刀片就可能因此而斷裂。讓我們假設，眞的發生了這樣的情形，那麼兇手為什麼不索性把斷裂的刀片放在那裏就是了？這個兇手不但是個老謀深算的惡棍，而且深通人心，所以他並沒有那樣做。如果一片斷了的刀片擺在那裏，一般人比較容易回想到原來刀片並沒有斷。但如果刀片不見了呢？卻可能根本沒有人會注意。換句話說，一個被改變的東西，比一個不見的東西更容易引起別人的注意。如果我是兇手的話，我也會這麼想的。事實上，兇手這樣做是對了，因為在我引導韋佛先生去想這件事之前，韋佛先生並沒有把這片失蹤的刀片放在心上。而且如果我不是非常客觀的觀察，可能也不會想到這一點。」

艾勒里露齒一笑：「你們一定覺得我做的推論，有牽強附會之嫌。但如果你們把我在這十分鐘之內所提到的各種線索放在一起，根據常理判定，就會發現刀片當然是用來刮鬍子，不小心折斷，就被帶走了，就是如此簡單。我們也沒有發現其他證據指出刀片不是用來刮鬍子，而是用來做其他事的。這個部分，我要到此打住，現在我們要來看，在這個調查過程中，一個非常重要的問題。」

衆人又是一陣騷動，彷彿到處有人提起一口氣。但是沒有一雙眼睛從艾勒里身上移開。

「你們或許會想到，」他的聲音靜而冷硬：「可能不只一個人涉案。說不定卡默第小姐雖然沒有把她的鞋帽放回去，但是也許她站在一邊，由另一個人，一個男人幫她放回去。現在我要提出其他更有力的證明，來指出這是不可能的。」

他的手掌平放在桌上，身體向前傾：「各位先生女士，有哪些人可以合法的進入公寓？答案是那五個持有鑰匙的人——法蘭西先生，法蘭西太太，卡默第小姐，瑪麗安·法蘭西小姐，以及衛斯禮·韋佛先生。主鑰匙放在歐法提的桌子裏，被嚴密看守著，有人要用，一定得經過歐法提或白天的守衛老申。據他們說，沒有發生這種情形，所以我們可以不必把主鑰匙列在考察的範圍之內。

「總共六把鑰匙裏，我們只找到了五把，法蘭西太太的那把不見了。其他的人都各自持有他們自己專用的鑰匙，局裏的警探上天下地各處找遍，還是沒找到法蘭西太太的鑰匙。歐法提很確定法蘭西太太在星期一晚上，是帶著鑰匙進公司的，但是現在這把鑰匙並不在公司或公司的附近。

「一開始我就告訴你們，兇手大概拿了法蘭西太太的鑰匙，現在我要說，他不但拿了，而且他非拿不可。

「我們知道兇手需要鑰匙。星期一下午，在卡默第小姐離開法蘭西家不知去向之後，管家安德希小姐接到一通電話，要她把卡默第小姐開公寓的鑰匙準備好。不久會有人前來取它。但就在那天早上，卡默第小姐告訴安德希小姐，她覺得她把鑰匙丟了，要安德希小姐幫她再打造一副。

「安德希小姐懷疑打電話來的人根本不是卡默第小姐，而是有人冒充的。她發誓有人站在那個女子的旁邊。當安德希小姐提到弄丟的鑰匙，及卡默第小姐上午作的吩咐時，這個站在一邊的人教那個女子要如何回答，然後就在一片混亂之中掛了電話。

「這件事的含意是什麼呢？打電話來的人當然不是卡默第小姐。那個女子不是臨時受僱，就是兇手的從犯。而兇手打電話來，就是爲了取得一把進公寓的鑰匙。」

艾勒里深深吸了口氣：「我讓你們想想，這番曲折會把我們引到什麼方向去……現在讓我根據邏輯帶你們下一個結論，同時我要開始討論這個案子的另一個層面。」

「爲什麼兇手想要一把公寓鑰匙？很顯然的，他想要進公寓，如果他自己沒有鑰匙，那他非得借助別人的不可。我們可以假設，法蘭西太太會開門讓他進去，但在兇手計畫行凶的時候，他一定覺得有把鑰匙比較穩當，這就是他爲什麼會找人打電話，找人去取鑰匙。現在我們來說正題。

「這兇手在公寓裏殺了法蘭西太太，現在他有個屍體，然後爲了某種理由，他得把屍體移到樓下去。忽然他想到一點，他知道這間公寓的門，有個彈簧鎖，一開隨即關上。他沒有鑰匙，也沒能拿到卡默第小姐的鑰匙，現在他非得把屍體運出去。可是之後他在公寓裏還有這麼多事要善後——清洗血跡、布置鞋帽、班克牌、煙蒂等等。事實上，就算他先清理、布好疑陣，再把屍體運下去，他還是得出了公寓，去找絨布、膠水和其他東西回來整修書擋，所以問題來了，要怎麼樣才能重回公寓？除此之外，他還打算回公寓過夜。總之，無論如何，他都得要重回公寓……

「他第一個想到的辦法，可能是在門和地板之間夾點東西，所以門不會立刻關上。可是萬一給守衛看到了呢？守衛大概每小時都會到這個走廊巡視一遍，如果公寓的門是半開的，一定會引起他們的注意，所以兇手一定想，不成，門得要關著，他忽然靈機一動，法蘭西太太有鑰匙呀，她就是用鑰匙開進公寓的呀。我們可以想像，法蘭西太太躺在那裏，血濺四方，而兇手越過書桌，打開她的皮包，找出鑰匙，放進他自己的口袋，然後拖起屍體，走出公寓，現在當他處置了屍體之後，他有辦法可以回公寓了。

「但是，」艾勒里陰沈的笑笑：「他必須把鑰匙帶在身上，不然他就不能進入公寓，所以我們在死者身邊找不到鑰匙。當然，他也可以先上樓，清理妥當，然後再帶鑰匙下樓，放回死者身邊，不過這是說不通的。因爲他還是得再回公寓過夜，而且想想看，經過六層樓到櫥窗去，是件多麼危險的事，第一次去是迫不得已，非去不可。這一次呢？不，他很有可能決定能免則免，他就帶在身上，等第二天早上一有機會出了大樓就丟，當然他也可以把鑰匙留在公寓，比如說放在牌桌上，不過鑰匙既然不在公寓，可見他帶在身上——而這是他作的選擇。

「由此可見，」艾勒里稍停片刻：「我們的兇手是獨立作案，並沒有其他從犯。

「我看到有人好像不相信，其實再清楚不過。如果他有從犯，他根本就不需要鑰匙了嘛……他把屍體運到樓下，他的從犯留在公寓裏，等他完事後，替他開門。你們看，他之所以需要鑰匙，就可以顯示出他是一人行動。或許有人反對，說還是可能有兩個人，因爲屍體是給兩個人搬下樓的。我說不可能，因爲兩個人搬，比一個人搬更容易被守衛發現，所以如果有兩個人搬，就有雙重危險。這個謀殺經過嚴密思考過，兇手絕對不會冒任何不必要的險。」

艾勒里突然停住，瞪著他的筆記，下面衆人也都一動也不動。當他抬起頭，他的嘴唇緊閉，彷彿泛出一股緊張的氣息。

「各位先生女士，現在我可以開始，」他的聲音卻很平靜：「描述這個難以捉摸的兇手，你們想要聽我來描述嗎？」

他環顧全室，帶著挑戰性的一個個看過去，每個人身體僵硬，轉過頭去，但又難掩興奮之情，沒有人發出一點聲音。

「我想你們是願意聽囉。」艾勒里仍舊用一種平板的音調問道：「好，我們再繼續。」他傾身向前，眼光轉動：「我們的兇手是男人。從他放置鞋帽的方法，到失蹤的刀片，都指出這是一個男性。除此之外，搬運屍體所需要的體力、機智、冷酷、不擇手段等等都指向這一點。還有一個特徵是，這個男人鬚髮茂盛，所以非得每天都刮鬍子不可。」

衆人聚精會神聽著，大氣都不敢透。

「這個兇手是一人作案，從那把失蹤的鑰匙，我們可以得到這個結論。」

滿室沒有一絲動靜。

「而且這個人與法蘭西公司有某種關係，從把屍體移到櫥窗，以及其他我曾經提到的線索，都可以證明這一點。」

艾勒里稍微放鬆了口氣，他再度帶點笑意的看看衆人，掏出手帕擦擦嘴，一面橫一眼過去觀察華勒斯局長。局長滿頭大汗，十分警覺的坐在那裏。他又去看他父親，老探長委頓的癱在椅子上，一隻手遮住他的眼睛。艾勒里又左顧右瞧，看看一動不動的湯瑪斯・維利巡佐及威廉・科朗索諸人，最後他終於重新開始。

他平板的說：「但有一件事，我們還沒有得到結論，到底在星期二早上，兇手有什麼重要得不得了的事，以致於他非得去辦不可？

「在這裏，我要提出我們在桌上發現的五本書。而這五本書乃是全案關鍵所在。這五本書湊在一起，可以說是十分古怪：有古生物學大綱，音樂入門，老掉牙的貿易史，講集郵的，以及一本不入流的笑話集。」艾勒里開始描述這五本書、上面的記號、韋佛的發現、詹姆士・史賓格動的手脚，最後揭發出這些地址原來是毒品的銷售站。而當警方根據韋佛所持有的第六本書，按址突襲98街上的房子時，卻遭了滑鐵盧。

「當史賓格在第六本書上作記號時，」艾勒里對著他越來越緊張的聽衆說：「我們可以假設，他並沒有懷疑有人已經發現了這套密碼。如果他知道了，他就不會照作不誤，把這本書留下來給韋佛先生調查。所以當史賓格在星期一離開這裏時，後面還有韋佛先生跟著，他並不知道第六本書已經落在我們的業餘偵探手裏。而且整個晚上，史賓格都沒有與其他人聯絡——我們查過電話公司的紀錄，當他回家之後，並沒有打過任何電話——所以最早等到星期二早上他去上班之後，換句話說，謀殺發生之後，他才可能知道這套密碼出了問題。現在我們假設不是史賓格，而是其他人發現了這件事。我們先不要忘記下面幾點，第一，兇手既然留在公司，他就不能出去，所以唯一與外界聯絡的辦法是經由電話。第二，在晚上，除了有一線電話通到歐法提的桌上之外，整個法蘭西公司的電話全被切斷，而歐法提說並沒有人用過他的電話。

「所以我們可以下個結論，從星期一晚上到星期二清晨，任何身在法蘭西百貨公司的人，都無法聯絡史賓格，無法告訴他，有人拿走了第六本書。」

艾勒里滔滔不絕的說下去：「我們再來看另一方面。星期二下午，位於98街上的毒品銷售站，忽然一陣風撤走了。而這正可以證明，一定有人，一個與販毒集團有關的人，在星期一夜裏，發現密碼出了問題。我在這裏再說一遍，詹姆士•史賓格在星期一晚上稍早的時候，還照常在書上作記號，可見直到那個時候爲止，販毒集團還認爲他們的密碼系統是安全的。但第二天早上他們發現不對，不顧他們的老顧客，立刻就跑了，所以唯一合理的解釋是，在前一天晚上，有人發現到這套系統出了問題。

「是怎樣被發現到的呢？有幾種可能：在星期一晚上，韋佛拿走第六本書離開之後，有人注意到那本書沒放在圖書部原來的地方，第二，他在法蘭西先生的桌上，發現了這五本書，或是他同時注意到了上面兩點。既然在謀殺發生之後的第二天早上，販毒集團確實是解散了，所以我們可以推斷，一定是有人在星期一晚上發現了不對，然後下令要他們跑掉。而這個人，讓我在此強調，這個人一定是在星期一晚上史賓格與韋佛離開之後，才進公司來，而且在星期二早上九點之前，沒有辦法出去，或跟其他人聯絡。」

看到有些人似乎顯出一副領悟的模樣，艾勒里微笑道：「我看得出來，有人已經下了不可避免的結論。是誰在那個晚上發現這套傳遞系統出了問題？不用說，當然是那個兇手了。在他殺死法蘭西太太的房間裏，就供著這五本書，不只如此，有沒有其他證據證明他發現了這五本書？有。就是爲了這個緣故，兇手才非得把法蘭西太太的屍體搬到櫥窗，好在第二天早上出去辦事——而他要辦的事，一直到現在才被澄清。

「各位先生女士，」艾勒里的音調裏，藏不住勝利的意味：「根據我們一步一步的推理，我們可以判定，是兇手在星期二早上，警告了那個販毒集團。

「到此，我們可以更清楚的描述這個兇手，他是一個男人，一人作案，他與法蘭西百貨公司有關，他同時也屬於一個組織嚴密的大販毒集團。」

他停下來翻翻面前的書：「現在我們可以更進一步，提出另一項有關兇手的事實。

「如果，這個與販毒集團有關的兇手，在謀殺發生之前，就去過法蘭西先生的公寓——我所謂『之前』，是指在謀殺發生前的五個禮拜之內，他可能就會發現到這五本書，可能開始疑心，可能會下令圖書部停止在書上寫記號。既然在謀殺的那一個晚上之前，這套系統一直在運作，那麼，可見在前五個禮拜之中，兇手都沒有去過法蘭西先生的圖書室……我們知道是兇手看到這五本書的，當他在修理書擋的時候，也不可能沒看到，而他一看到之後，立刻明白問題有多嚴重。

「事實上，」艾勒里緊接著說：「很顯然的，當兇手看到那五本書之後，他馬上走到樓下圖書部，開了手電筒，檢查那第六本書怎麼樣了，當他發現第六本書居然不見了——這一驚非同小可，迫使他非得去通報同黨，走避風頭，這是相當合理的推測，而且待會兒我們還會再來討論。」

說完之後，他忽然停住，拿出手帕來擦前額，又擦眼鏡。這時候，有人開始打破沈寂，絮絮私語，逐漸的越來越熱烈，但艾勒里伸出一手，衆人又恢復安靜。

「爲了要作一個完整的分析，」他重新掛起眼鏡：「我怕得要冒犯了，因爲接下來，我要根據我作的分析，將你們一個個舉出來檢查。」

立刻衆聲紛紜，有人惱怒、抗議，也有人表示莫名奇妙。艾勒里聳聳肩，轉過去看坐在那裏的局長，史考特・華勒斯先深具權威的說聲「好」，又瞪起了眼，衆人也就安靜了下來。

艾勒里半帶微笑的對他的聽衆說：「說眞的，我沒什麼驚人的話要發表的，請你們不必抗議。現在讓我們開始用消去法，來找出兇手是誰。

「根據我分析標準的第一條——就是兇手是個男人，」他說：「我們可以立刻把瑪麗安・法蘭西小姐、貝奈恩・卡默第小姐及佐恩太太都排除在外。

「第二點是這個男人獨立作案，不過這點對斷定兇手是誰沒有任何幫助，所以可以不必考慮。第三點是這個男人與法蘭西百貨公司有關，加上第四點，他在過去五個禮拜之內，沒有去過法蘭西先生的公寓。

「第一，我們來看塞路斯・法蘭西先生，」艾勒里對那個衰老的大亨略鞠一躬：「法蘭西先生不消說跟這公司有關。如果我們只考慮他有沒有辦法謀殺他太太，那麼是可以把他列為嫌犯。我曾私下考量過，如果法蘭西先生賄賂了他友人惠特尼的司機，要他在星期一晚上，把他從大克鎮送回城裏，然後絕口不提這回事，那麼他應該有充分的時間從運貨口進來，潛入公寓。畢竟在星期一晚上九點，他說他不舒服，早早就告退回房了，除了那個司機之外，誰也沒有再看到他。

「不過，」艾勒里對漲紫了臉的法蘭西先生說：「法蘭西先生在過去五個禮拜，都曾去過公寓，事實上，多年以來，他每天都去。法蘭西先生，請安心，除此之外，還有其他我尚未提到的因素，都使我相信你不可能是兇手。」

塞路斯・法蘭西放鬆了下來，他的嘴邊露出一點微笑，瑪麗安捏了一下她父親的手。

「現在，」艾勒里緊接著說：「約翰・葛雷先生，法蘭西家的好友，贈送書擋的人。葛雷先生，你，」他對著那個老董事說：「也被排除在外，雖然你也與這公司有關，而且如果星期二早上你不能出席，一定會受到注意，但是在過去五個禮拜，你也常常進出公寓。事實上，就在上個星期五，你還去過。而且我們查過星期一晚上見過你的人，發現你的人證比你說的還要有力，不但那個看門的人可以作證，說你在星期一晚上十一點四十分的時候，曾經跟他說過話。另一個住戶還看到你在十一點四十五分進入你的房間。就算沒有另外這個證人，我們也會相信那個看門的人，因為我們沒有理由相信他是個不誠實的人。我們也沒有理由懷疑是你殺的人。同樣的，在法蘭西先生的情形，我們也沒有理由說惠特尼先生的司機說謊，只不過收受賄賂就算不太可能，卻不應該完全被排除在外。」

約翰・葛雷歎口氣，雙手插在口袋裏，又坐了回去。艾勒里轉向紅著臉，神色倉惶，不斷扯著錶鍊的柯納斯・佐恩，對他說：「佐恩，雖然你提不出有力的人證，而且佐恩太太的證詞不全可靠，所以你的確有可能殺了法蘭西太太，但是你身為董事，過去幾個月來，你每週至少來這裏開會一次，而且你跟法蘭西、葛雷兩位先生一樣，基於心理因素，也不可能行凶。

「馬奇班先生，」艾勒里對著死者的兄弟繼續說道：「你說你開車去長島，然後在小克鎮過夜，但是沒有一個人看到你，所以你不是不可能及時趕回城裏行凶，但是你昨天實在不必如此激怒，因爲就跟佐恩一樣，你也常常參加董事會議，所以我也把你排除在外。

「而崔斯克先生，」艾勒里冷冷的說：「在星期一晚上和星期二清晨，你不但喝醉了，而且在街上漫遊，但像其他董事一樣，你也早被排除了。」

艾勒里停了一下，深沈的看著面無表情的文森・卡默第：「卡默第先生，我要在這裏跟你道歉，你跟法蘭西百貨公司並無關係，就憑這一點，你就不在我們的疑兇名單上。如果你是兇手，第二天早上九點，你可以一走了之，並不需要害怕受人注意，自然也就沒有必要把法蘭西太太的屍體搬到樓下去。至於你提到去康州的事，我們不知道眞假，不過就像我剛才所說的，你也被排除了。

「現在，」艾勒里轉向一臉憂色的保羅・賴夫瑞：「我們要來談談你的情況。別緊張，」他微笑道：「兇手不是你，我非常確定這一點，所以根本沒有問你星期一晚上的行蹤。有好幾個禮拜，你每天都在這公寓裏，除此之外，不久之前，你才從法國到這裏來，所以不可能捲在這組織嚴密的販毒集團裏。同時你也不符合我前面提到的邏輯標準。而且，我相信以你的智慧及見識，也不會犯這個兇手的錯誤，像你這樣見過世面的人，大概是我們之中，唯一知道女人怎麼把帽子放在帽盒裏、怎麼把有鞋扣的鞋子放在鞋袋裏的男人……

「我們現在，」艾勒里仍舊很溫和的說著，但他的眼睛彷彿在發燒：「已經大幅縮減了嫌犯的名單。當然，我們得提到麥肯齊經理。不，不，麥肯齊先生，不必站起來抗議，我們已經排除你了。你雖在法蘭西公司工作，但在過去五個禮拜之內，你曾經去過法蘭西先生的公寓。可是還有很多其他的工作人員呢？他們從來沒有去過公寓，也沒辦法提出人證來解釋他們星期一晚上的行蹤，他們都可能是嫌犯。現在，各位先生女士，」艾勒里對站在會客室門口的布許作個手勢，布許立刻開門出去──「我要跟各位介紹一位男士，到目前為止，我們還沒有討論過他，」就在此時，門外一陣脚步聲，布許走了進來，後面跟著一個警探，緊抓著一個面色泛白，戴著手銬的男人──「詹姆士•史賓格先生。」

艾勒里臉上掛著陰沈的微笑，稍微退後一步。那個警探把詹姆士•史賓格帶到衆人前面，馬上有人排出兩把椅子，這兩人就坐了下來。史賓格帶著手銬的手無力的放在膝上，只顧盯著他面前的地板。他是一個中年男人，灰髮，面容削瘦，在他右頰上有道傷痕，像是不久之前打架拒捕打出來的。

每個人都無聲的瞪著他。塞路斯•法蘭西對著這個不肖的員工怒目而視，瑪麗安和韋佛不約而同的伸出手去抓住他，但在全室之中，沒有一個人說話，只有熱烈好奇的目光，但其中有一雙逐漸領悟到不可避免的最後終局。

「史賓格先生，」艾勒里安靜的說，但他的聲音像在這個緊張的房間裏，投了一枚炸彈：「經由史賓格先生的合作，警方得到了不少的證據，史賓格先生原來以爲他有可能逃過警方的追捕，不過我們早有準備，就在他計畫逃亡的那一天被我們抓到了。史賓格先生已經告訴了警方許多細節，都不是我們單憑邏輯推論可以知道的。

「比如說，兇手就是販毒集團裏他的頂頭上司。這個販毒集團現在流竄各處，警方正在積極追捕之中。這個兇手在販毒集團裏，是大頭目的得力助手，而貝奈思・卡默第小姐——在我們的調查過程中，已經知道她的毒癮很深，原來曾經與這個大頭目碰過面，長期向他們購買毒品，而且由於中毒太深，所以經常從她自己的社交圈子裏拉新的顧客，簡直可以說是這個集團的一分子。不過在她的生父文森・卡默第先生起疑之前，她家裏其他的人並不知情。卡默第先生把他的疑心告訴了他的前妻法蘭西太太，而法蘭西太太經過觀察之後，相信這是眞的，所以她就前去質問貝奈思，逼她坦白，最後那個女孩什麼都說了，包括那個與法蘭西百貨公司有關的人，而她就是從他那裏直接得到毒品。法蘭西太太想來並沒有告訴法蘭西先生，因爲法蘭西先生對吸毒深痛惡絕，可能有非常激烈的反應，所以法蘭西太太決定由她自己來處理。

「就在星期一，她把卡默第小姐暗藏毒品的唇膏取走，又逼她女兒跟那個在法蘭西公司做事的人訂好時間見面。她準備求他放貝奈思一馬——或是威脅他，如果他不放過貝奈思，她就要通知警方，揭發這個集團。如果他放過貝奈思，法蘭西太太才有辦法偷偷的治療她的女兒，幫她戒毒。見面的時間是在星期天經由卡默第小姐訂好的。這個人立刻把這個緊急狀況報告給大頭目知道，大頭目本來就是個冷血惡棍，馬上斷定法蘭西太太知道了太多內情，絕無存活之理，而卡默第小姐過於軟弱，不如一併殺了。

「這個在法蘭西公司做事的人，知道搞不好自己老命也不保，當下作好計畫，訂好時間。他知道每天晚上，在同樣的時間，運貨口會開門半個小時。他就在那個時候偷偷潛入，等在廁所，直到午夜會面的時間，他才溜到六樓公寓，敲了門，剛到不久的法蘭西太太開了門讓他進去，就像我們推斷的，她站在桌邊，兩人開始爭論，他毫不遲疑的掏槍殺死了法蘭西太太，法蘭西太太血濺四處，把書擋也浸溼了，就在他彎腰檢查書擋的時候，他忽然發現了那五本書，警覺到他們的傳遞系統出了問題。同時他看到桌上藍色的備忘錄，知道第二天一早，法蘭西、韋佛兩位先生九點就到。而他在第二天早上之前，既不能出去，也不能打電話，所以不能通知其他人這個出乎意料的發展。

「因此，他決定把屍體藏在櫥窗裏，這樣他才有機會在早上溜出去警告他的同黨。否則如果屍體留在公寓，而在九點就被發現的話，爲了安全起見，他就不能貿然離開大樓。最後他把屍體搬了下去，而在回公寓的路上，他轉到圖書部，發現第六本書已經不見了。

「不錯，他是拿了法蘭西太太的鑰匙。白天時他想騙出卡默第小姐的鑰匙，但沒有成功。最後他把一切收拾乾淨，換了書擋的絨布，又把卡默第小姐的鞋帽布置好，好像她曾經來過公寓，之後他就在這裏過夜，早上刮過鬍子，不小心折斷了刀片，就帶了刀片走了。在九點過後不久，他混在早到的顧客群中先走了出去，再由普通員工進出的地方，正式簽到進來。不久之後，他偷偷溜了出去，警告販毒大頭目密碼出了事……」

艾勒里清清喉嚨，又緊接下去：「史賓格先生也告訴了我們，卡默第小姐是如何被綁架走的。法蘭西太太拿走了她的毒品，所以那個女孩好像發起狂來，她跟兇手聯絡上了，而這正合兇手之意。他就跟她約好地點，以便補充毒品。卡默第小姐在星期一下午依約前往，一到之後，立刻被綁到布克藍一個隱密的所在，就在那兒被殺。之後他們把她的衣物交給兇手。在星期一晚上，兇手就帶了卡默第小姐的鞋帽前往，不只如此，他還故意讓鞋帽被雨水稍微沾溼了一點，這樣就益發逼眞了。

「我知道，你們都在等著揭曉誰是兇手，不過我還有一點要說明。爲什麼要擺出班克牌、煙蒂和鞋帽等，作出貝奈思好像也涉案的樣子呢？史賓格先生雖然不情願，不過他還是告訴我們了。

「兇手故布疑陣，想要陷害貝奈思，這是因爲她已經被殺死，不能再出現了。如果把她的失蹤與她母親被謀殺，兩件事連了起來，好像說不定她就是兇手，而引導警方走入歧途。當然，兇手並不以爲警方會受騙太久，但是只要能爭取一點時間，他覺得就不無好處，而且布這個疑陣不花多少工夫，他知道貝奈思在哪裏買的煙、喜歡打的牌等……」

所有的人全都坐在椅子邊緣，豎起耳朵，不放過任何一個音節。有時候他們不解的對望，好像不能明白這番分析的最後目的。此時艾勒里忽然大喝了一聲。

「詹姆士・史賓格，」艾勒里的聲音異常尖銳，詹姆士・史賓格彷彿受了驚嚇，鬼鬼祟祟的抬起頭來。他的眼睛立刻重新回去瞪著地板。「詹姆士・史賓格，我剛才所說的，可是完整無誤？」

史賓格的眼睛滿是驚恐，目光不住的在面前衆人的臉上流竄。當他終於開口的時候，他的聲音嘶啞單調，低到幾乎聽不見。

「是的。」

「太好了，」艾勒里傾身向前，這一次他的聲音裏，充滿了勝利：「我只有最後一件事要解釋了……

「你們記得，我曾經提起那對書擋，以及在瑪瑙與絨布之間的膠痕上所黏的粉粒，而那些粉粒是顯指紋的藥粉。

「當我一發現這些粉粒原來是顯指紋用的，我立刻猜到了眞相。各位先生女士，」他繼續說道：「首先我們想到，以兇手會使用這種藥粉來看，似乎表示這個人不比尋常，乃是一個超級罪犯，所以才會想到以警方之道，來消滅犯罪之實……

「但是，」艾勒里咬著牙強調道：「但是，還有另外一個含意——而且由此顯示，在所有疑犯之中，其實只有一個人……」他的眼睛冒火，聲音轉爲淸晰，他小心的向前，靠近滿是證物的桌子：「只有一個人……」他慢慢的又重複了一次。

靜止了一會，他接著說：「這個人是法蘭西百貨公司的員工，他在五個禮拜之內，都沒有來過這間房間。他找了一個沒有前科的從犯，提供警方有關貝奈思的不實消息，以便把我們引入歧途。同時他也夠機靈了，當他發現我們相信貝奈思其實是被陷害的，他馬上表示同意。當詹姆士•史賓格在書上動手脚，以及有關的事被提出來的時候，在疑犯之中，他是唯一在場的人。而正是他，一有機會就通知詹姆士•史賓格逃跑，因爲他知道，只要詹姆士•史賓格被抓到了，他也跑不了。但最重要的是，在所有被調查的對象之中，只有一個人，對他而言，用顯指紋的藥粉，是一件理所當然、完全合乎邏輯的事……」

他忽的停住，眼睛望住一角，似乎期待有行動要發生：「維利巡佐，看住他。」他厲聲大叫起來。

在衆人還沒來得及意識到發生什麼事，在他們還來不及轉頭去看的時候，激烈的打鬥聲、憤怒的低吼、沈重的喘息聲爆發了開來，最後的一聲尖銳、震耳欲聾、直逼人心……

艾勒里無力的站在桌邊不動，但其他的人從四方趕了過去。在房間的一角，一灘血泊之中，躺著一具正開始僵硬的屍體……

還是老探長昆恩縱身一躍，最早趕到屍體的旁邊，他迅速的跪在地上，要紅著臉喘氣的維利巡佐移開，翻轉了那個自殺的死者，一邊低聲喃喃自語：

「沒有法律上可以站得住脚的證據——就憑虛張聲勢，居然成功了……謝天謝地，有這樣的兒子……」

被轉過來浸在血泊裏的臉，不是別人，正是法蘭西百貨公司的保全隊長，威廉・科朗索。

國家圖書館出版品預行編目資料

法蘭西白粉的祕密 / 艾勒里・昆恩（Ellery Queen）著；顧效齡譯. -- 初版. -- 臺北市：臉譜出版：家庭傳媒發行，2004〔民93〕

面；　公分.- -（艾勒里・昆恩作品系列；9)

譯自：The French powder mystery

ISBN：986-7335-00-7（平裝）

874.57　　　　93018148